O CLUBE DO LIVRO DO BUNKER

ANNIE LYONS

O CLUBE DO LIVRO DO BUNKER

Tradução de
NATALIE GERHARDT

Rocco

Título original
THE AIR RAID BOOK CLUB

Primeira publicação, em 2023, por Headline Review,
um selo da HeadlinePublishing Group

Copyright © 2023 *by* Honeysett Books Ltd.

O direito de Annie Lyons de ser identificada como autora dessa obra foi
assegurado por ela em concordância com o Copyright, Designs and Patents Act 1988.

Todos os direitos reservados.
Nenhuma parte desta obra pode ser reproduzida ou transmitida
por meio eletrônico, mecânico, fotocópia ou sob
qualquer outra forma sem a prévia autorização do editor.

Copyright edição brasileira © 2024 *by* Editora Rocco Ltda.

Direitos para a língua portuguesa reservados
com exclusividade para o Brasil à
EDITORA ROCCO LTDA.
Rua Evaristo da Veiga, 65 – 11º andar
Passeio Corporate – Torre 1
20031-040 – Rio de Janeiro – RJ
Tel.: (21) 3525-2000 – Fax: (21) 3525-2001
rocco@rocco.com.br
www.rocco.com.br

Printed in Brazil/Impresso no Brasil

preparação de originais
ANDRESSA CAMARGO

CIP-BRASIL. CATALOGAÇÃO NA PUBLICAÇÃO
SINDICATO NACIONAL DOS EDITORES DE LIVROS, RJ

L997c

Lyons, Annie
  O Clube do Livro do Bunker / Annie Lyons ; tradução Natalie Gerhardt. - 1. ed. - Rio de Janeiro : Rocco, 2024.

  Tradução de: The air raid book club
  ISBN 978-65-5532-397-9
  ISBN 978-65-5595-235-3 (recurso eletrônico)

  1. Ficção inglesa. I. Gerhardt, Natalie. II. Título.

23-87289   CDD: 823
                           CDU: 82-3(410.1)

Gabriela Faray Ferreira Lopes - Bibliotecária - CRB-7/6643

Todos os personagens neste livro, além das figuras históricas óbvias, são fictícios,
e qualquer semelhança com pessoas reais, vivas ou não, é mera coincidência.

A autora e editor original informam que todos os esforços foram feitos para atender
aos requisitos relacionados à reprodução de material protegido por direitos autorais.
E que terão prazer em corrigir quaisquer omissões na primeira oportunidade.

*Para Helen, minha amiga saudosa e maravilhosa,
com muito amor e gratidão*

Quando está "no sangue", como se diz, o trabalho de livreiro é uma doença da qual nunca nos recuperamos completamente.

The Truth About Bookselling, Thomas Joy

A leitura nos traz amigos desconhecidos.

Honoré de Balzac

Londres, 1911

Prólogo

Gertie Bingham estava na fila do açougue Piddock, olhando os miúdos, quando sentiu um arrepio de emoção, quase como se estivesse se apaixonando. Reconheceu a sensação na hora, pois era apenas a segunda vez que a experimentava. Algumas pessoas achavam que se apaixonar era algo que acontecia com o passar do tempo, desenrolando-se como o fio de um novelo, mas, para Gertie, era instantâneo. Um raio atravessando o coração. Inesperado. Imediato. Eterno.

Seus olhos passaram das bandejas com corações de ovelha rubros e fígados arroxeados de porco para a loja do outro lado da rua, parando em uma placa de "aluga-se". Gertie deixou escapar um gritinho de animação. A mulher à sua frente na fila, a srta. Crow, cujo nome fazia jus ao seu olhar desconfiado e animalesco, fez um muxoxo.

— Queira me desculpar — exclamou Gertie, abandonando seu lugar e seguindo para a porta. — É só que encontrei. Encontrei!

E o que tinha encontrado era uma chapelaria. A *Chapelaria Buckingham: Chapéus elegantes para damas de classe*, para dizer com precisão. A rua principal de Beechwood ostentava não uma, mas duas chapelarias, além de um açougue, uma padaria e até mesmo uma fábrica de castiçais, embora esse estabelecimento se apresentasse sob a denominação mais geral de "loja de ferragens". Gertie se desesperava com a escassez de comércios interessantes. Por ter crescido no centro de Londres, achava a vida de casada naquele canto da região sudeste da capital às vezes um pouco insípida. Ansiava por um teatro, uma sala de concertos ou, melhor ainda, uma livraria que lhe trouxesse um pouco de distração e cultura. As lojas eram muito boas, de fato, mas basicamente funcionais. Havia uma alfaiataria, uma farmácia e a confeitaria administrada pela sra. Perkins, que, Gertie era obrigada a admitir, fazia o melhor caramelo caseiro que já havia provado. Ela também gostava de visitar a Travers, a quitanda de Gerald e sua esposa, Beryl, e o sr. Piddock era um excelente açougueiro, mas Gertie desejava mais e, naquela manhã ensolarada de junho, aparentemente conseguiria isso.

Impaciente por compartilhar a boa notícia, subiu apressada a ladeira até a biblioteca pública, na qual o marido, Harry, trabalhava. Irrompeu pelas portas pesadas de mogno e foi logo repreendida pela bibliotecária sênior, a srta. Snipp, que fulminou a invasora com um olhar por cima dos oclinhos pincenê.

— Preciso lembrá-la de que estamos em uma biblioteca, sra. Bingham — disse com a voz sibilante. — E não em uma de suas reuniões de sufragistas estridentes.

— Desculpe — sussurrou Gertie. — Eu gostaria de falar com Harry, se ele estiver disponível.

A srta. Snipp abriu a boca, pronta para censurar tamanha ousadia, quando a porta do escritório do diretor da biblioteca se abriu e Harry apareceu, segurando uma xícara e um romance de P. G. Wodehouse. Ele não notou Gertie no início, e ela se lembrou da deliciosa emoção que sentira logo que se conheceram. À primeira vista, a aparência de Harry Bingham só poderia, mesmo com toda a generosidade, ser chamada de esquisita. Seus braços e suas pernas pareciam desproporcionais ao resto do corpo, o que lhe conferia o aspecto desengonçado de um cavalinho aprendendo a andar. Sua gravata estava sempre torta, e suas mãos costumavam ter manchas de tinta, mas tudo isso simplesmente fazia com que Gertie o amasse mais. Na verdade, essas tinham sido algumas das coisas que a atraíram naquele homem charmoso e amarrotado quando ele entrou na livraria do seu pai tantos anos antes.

Gertie Bingham teve a sorte de nascer em uma família progressista. Seu pai, Arthur Arnold, havia aberto a Livraria Arnold na Cecil Court, em Londres, com o irmão, Thomas, no fim do século XIX. Arthur e a mulher, Lilian, nunca fizeram distinção entre a educação de Gertie e a do caçula, Jack. Um dos primeiros livros que a mãe usou para ensiná-la a ler foi *Histórias originais da vida real*, de Mary Wollstonecraft. Lilian Arnold era uma sufragista ferrenha, e por isso Gertie cresceu com uma mente afiada e um instinto apurado para detectar qualquer injustiça. Isso funcionava muito bem dentro de casa, onde debates e discussões faziam parte da rotina. No entanto, quando a mãe decidiu matriculá-la em um colégio para meninas, ela se sentiu deslocada, já que as colegas ficavam chocadas ao descobrir que não desejava uma vida doméstica e submissa.

— Por que raios recebemos um cérebro se não para usá-lo? — queixava-se ela com a mãe.

— Tenha paciência, minha filha. Nem todos enxergam o mundo como você.

Mas paciência não era uma das virtudes de Gertie. Ela estava sempre com pressa, sempre ansiosa por ler mais um livro, absorver uma nova ideia e poder soltá-la no mundo como se libertasse uma borboleta de uma rede. A mãe sugeriu que fizesse universidade, mas Gertie não tinha tempo. Queria viver, experimentar o mundo real. Então, pediu ao pai um emprego na livraria. Lá, os astros se alinharam, e ela conheceu Harry.

— Gertie, tenho um novo recruta para você — disse seu tio Thomas um dia. — Pode mostrar a ele como as coisas funcionam, por favor?

Gertie levantou o olhar das fichas que estava preenchendo e soube que estava diante dos olhos surpreendentemente azuis do homem com quem ia se casar.

— Harry Bingham, esta é Gertrude Arnold.

— Pode me chamar de Gertie — disse ela, levantando-se e estendendo a mão.

Um súbito rubor tingiu o rosto de Harry quando ele a cumprimentou.

— Prazer em conhecê-la — respondeu ele, retirando a mão logo, como a etiqueta exigia.

Harry ajeitou os grandes óculos de armação redonda, que tinham escorregado no nariz. Eles lhe davam uma aparência de coruja, e, combinados com a estatura alta e ar desengonçado, faziam com que Gertie gostasse mais dele. Harry era um aprendiz introvertido, mas Gertie descobriu que, assim que começavam a conversar sobre livros, todos os traços de timidez desapareciam. Eles se uniram pelo amor compartilhado por Charles Dickens e Emily Brontë. Não demorou muito para que os dias de trabalho virassem tardes no teatro e passeios pelo parque nos fins de semana. Gertie às vezes se dava conta de que se apaixonar por Harry tinha sido tão fácil quanto as canções diziam.

Eles se casaram alguns anos depois e se mudaram para a região ao sul do Tâmisa assim que Harry se tornou bibliotecário. Os recém-casados imaginaram que, em sua casinha aconchegante, logo haveria o som de bebês. Mas, depois de anos de decepção e sofrimento, eles se resignaram com a ideia de que não era para ser. Sempre mais racional e prática, Gertie seguiu com a vida do jeito que sabia e, quando viu a placa de "aluga-se" na Chapelaria Buckingham na rua principal, logo vislumbrou em sua mente inquieta uma solução e um novo futuro animador para os dois.

— Uma livraria? — perguntou Harry enquanto ela entrelaçava seu braço no dele e o levava para caminhar entre as roseiras perto da biblioteca no horário de almoço.

— Por que não? Conseguiríamos administrá-la de olhos fechados. Além do mais, você não gostaria de trabalhar em um lugar em que não precisasse sussurrar o tempo todo nem levasse broncas da srta. Snipp?

— Ora, Gertie, a srta. Snipp não é tão ruim assim...

— Eu sei, mas ela não é páreo para sua esposa — disse Gertie, puxando o marido para trás de um carvalho e lhe dando um beijo nos lábios.

Harry sorriu e a beijou novamente.

— O que seria de mim sem você, Gertie Bingham? — perguntou.

— Um homem triste e solitário.

Os dois apresentaram a proposta pessoalmente às senhoritas Maud e Violet Buckingham, as irmãs que administravam a Chapelaria Buckingham havia trinta anos, desde a morte do pai. As duas pareceram simpatizar bastante com o jovem casal e elogiaram Gertie pela "elegância discreta" do seu chapéu.

— Ah, eles não são um casal encantador, Maud?

— Totalmente encantador, Vi.

— E que tipo de negócio pretendem estabelecer, meus queridos?

— Uma livraria — respondeu Gertie.

— Ah, livros. Que maravilha. Não é uma maravilha, Vi?

— Uma maravilha mesmo — confirmou Violet.

E realmente era uma maravilha. Violet e Maud não só concordaram em alugar a loja como também se tornaram clientes fiéis dos Bingham. Gertie sempre adorou mandar os romances recém-publicados para as duas aposentadas em Suffolk. Conseguia imaginá-las felizes e contentes em uma casinha acolhedora, cercadas pelo jardim de lavandas, delfínios e rosas grandes e perfumadas — que combinavam perfeitamente com aquelas românticas incuráveis.

No dia da inauguração do novo empreendimento, Gertie sentiu o cheiro forte dos livros novos, mais intoxicante do que champanhe francês, e não conseguiu se imaginar em nenhum outro lugar do mundo. Harry pegou a mão dela e deu um beijo.

— Bem-vinda à Livraria Bingham, meu amor.

Parte Um

Londres, 1938

Capítulo 1

"Nossos atos nos acompanham por muito tempo, e o que fomos antes nos torna o que somos agora."

Middlemarch, George Eliot

Gertie chegou cedo à livraria naquela manhã. Vinha perdendo o sono logo depois das cinco da manhã naqueles dias. Era um incômodo, mas não tinha jeito. Hemingway, o labrador manso de pelagem caramelo, a acompanhava como de costume. Ele tinha se tornado uma celebridade local desde que se juntara à equipe quatro anos antes. Gertie notava que ele tinha a capacidade de arrancar um sorriso até dos clientes mais carrancudos, e várias mães paravam ali, se desviando do caminho das compras, só para que os filhos inquietos pudessem acariciar aquela cabeça de urso.

Pouca coisa tinha mudado na cidade de Beechwood desde que Harry e Gertie abriram a Livraria Bingham tantos anos antes. Os Tweedy ainda eram donos da padaria, e o sr. Piddock, o açougueiro, havia se aposentado apenas no ano anterior, passando as facas impecavelmente afiadas para o filho, Harold, que, de acordo com a srta. Crow, a fofoqueira da região, deixava muitos nervos na carne. Gertie ficou olhando a rua principal por um tempo. Seus ombros se encolheram quando ela viu o letreiro cor de mel da confeitaria Perkins. Harry comprava um pacotinho de caramelos da sra. Perkins toda semana, sem falta, para os dois dividirem no início da noite ao lado do rádio.

— Venha, Hemingway. Bom garoto — disse Gertie, conduzindo o cachorro para a livraria, grata como sempre pela distração que ele oferecia.

Os primeiros raios de sol entravam pela vitrine, e partículas de poeira dançavam como vaga-lumes. Gertie parou para absorver as extraordinárias possibilidades daqueles livros nunca abertos, exatamente como vinha fazendo todas as manhãs por quase trinta anos. Aquele lugar tinha lhe trazido alegrias por muito tempo. Harry e ela haviam construído algo maravilhoso juntos, um mundo cheio de ideias e histórias. Em determinado momento da vida, Gertie acreditou que mudaria o mundo de uma forma pública e dinâmica, mas logo percebeu que poderia fazer isso com livros. Eles eram poderosos. Forjavam ideias e inspiravam histórias.

Aquela alegria, porém, estava começando a diminuir agora. Gertie olhou em direção à porta dos fundos da livraria e imaginou Harry parado ali, carregando um monte de livros e sorrindo para ela. Instintivamente baixou a mão para acariciar uma das orelhas aveludadas de Hemingway enquanto a memória deixava seu coração apertado. O cachorro lhe lançou um olhar tristonho.

Harry tinha recebido dispensa da Grande Guerra por causa de uma doença, a mesma que provocara sua morte dois anos antes. Gertie se considerou uma mulher de sorte por Harry ter sido dispensado por questões médicas, embora a srta. Crow não perdesse a oportunidade de chamá-lo de "fujão" para quem quisesse ouvir. Se Harry se magoava com tais comentários, não demonstrava. O serviço voluntário que ele prestava como warden para o serviço de Precauções contra Ataques Aéreos, orientando a população de forma discreta durante os ataques, deixava Gertie explodindo de orgulho. Mas a vida sempre dá um jeito de nos surpreender, e a doença respiratória com a qual Harry convivia desde a infância impediu seu corpo de lutar contra a tuberculose, que por fim causou sua morte. Gertie ainda não acreditava. Como era possível que ele tivesse partido? Ainda tinham tanto para viver.

— Não é a mesma coisa sem ele, não é verdade? — perguntou Gertie, e sua voz reverberou pelo espaço vazio, como se ela estivesse falando alto demais em uma igreja. Hemingway suspirou, concordando, enquanto Gertie enxugava uma lágrima. — Bem, não adianta ficar remoendo coisas que não podemos mudar. Venha. Temos apenas um último exemplar do livro de Wodehouse, e Harry não gostaria nada disso.

Quando Betty, a livreira assistente que havia contratado depois da morte de Harry, chegou, Gertie já tinha limpado, organizado e reabastecido as estantes. Estava tudo pronto para abrirem a loja.

— A livraria está um brinco, sra. B. — disse Betty, tirando o casaco. — Quer que eu prepare um chá?

— Obrigada, querida. Estou mesmo com a garganta seca.

Betty reapareceu logo depois trazendo duas xícaras que não combinavam.

— Aqui está. Aliás, ainda estou pensando no título para o clube do livro do mês que vem e gostaria de saber se você tem sugestões.

Gertie fez um gesto casual com a mão.

— Tenho certeza de que qualquer escolha sua será maravilhosa.

— Bem, eu estou tendendo bastante para *Middlemarch*.

— Boa ideia — disse Gertie. — Não consigo me lembrar da última vez que escolhemos um romance de George Eliot.

— Infelizmente a srta. Snipp não ficou tão entusiasmada.

— Por acaso ela está fazendo campanha para outro livro de Thomas Hardy?

Betty assentiu.

— Não me entenda mal, sra. Bingham, porque ele é um escritor maravilhoso, mas nós lemos *Tess dos D'Urbervilles* há apenas dois meses. Além disso, perdoe-me por dizer, alguns dos membros não gostaram do jeito como a srta. Snipp conduziu a reunião.

Isso não surpreendia Gertie. O jeito de falar da srta. Snipp poderia ser mais bem descrito como ríspido, beirando o grosseiro. Logo que se conheceram, Gertie tinha presumido que a mulher simplesmente não gostava dela. No entanto, em pouco tempo, percebeu que ela não gostava de quase ninguém. A não ser do Harry. Mas, enfim, todo mundo amava o Harry.

— Entendo. E qual é o livro que ela está propondo dessa vez?

— *Judas, o obscuro.*

Gertie franziu a testa.

— Que Deus nos ajude.

— O sr. Reynolds ficou tão chateado com o que aconteceu com *Tess* que não sei como ele vai reagir.

— Vou conversar com a srta. Snipp.

Betty soltou o ar.

— Eu ficaria muito grata, sra. Bingham. Já estou preocupada com as adesões. Sei que temos os membros por correspondência, mas havia pouca gente na reunião do mês passado... O sr. Reynolds disse que o salão costumava ficar lotado quando você e o sr. Bingham organizavam tudo. Não quero decepcioná-la.

Gertie lhe deu um sorriso reconfortante.

— Ah, Betty. Você não está me decepcionando. O mundo mudou, e as pessoas andam bem distraídas no momento. Vou conversar com a srta. Snipp, mas, por favor, não pense mais nisso. O Clube do Livro da Bingham é a menor das nossas preocupações.

Gertie não podia dizer como realmente se sentia. Seu mundo tinha mudado, era ela quem andava distraída, e o clube do livro era a menor das suas preocupações porque ela não conseguia nem pensar sobre ele. Não tinha participado de nenhuma reunião desde a morte de Harry.

Na verdade, Gertie tinha intencionalmente decidido se ausentar pelo simples fato de que não suportaria estar ali sem o marido.

Eles tinham criado o Clube do Livro da Bingham juntos e o coordenavam em parceria, apreciando a cada mês o desafio de escolher o livro perfeito e conduzir discussões estimulantes. O sr. Reynolds estava certo. As pessoas vinham das cidades próximas para os encontros. Elas já tinham até trazido autores para discutir suas obras, conseguindo um tipo de proeza quando Dorothy L. Sayers concordou em participar do que acabou sendo uma reunião especialmente animada.

Agora, para Gertie, aquela parecia uma lembrança distante. Tinha sumido a faísca de animação que costumava acender em sua mente quando ela e Harry selecionavam com cuidado o título para o clube do livro. Ela mal conseguia encontrar energia para ler nos últimos tempos e decerto lhe faltava entusiasmo para fazer qualquer coisa nova e original. Foi justamente por isso que delegou a função para Betty, uma ávida leitora, com um gosto bem mais jovial do que Gertie poderia ter.

Betty tinha sido um bem-vindo acréscimo à equipe da livraria e ainda servia como um agradável antídoto à srta. Snipp, que dedicou a vida a construir uma carreira de sucesso especializando-se em livros e reclamações. Claro que tinha sido o Harry quem insistira em contratá-la depois que ela se aposentou como bibliotecária.

— Ela é uma enciclopédia do mundo dos livros, Gertie — dissera ele. — Não existe ninguém mais qualificado para escolher livros para nossos clientes.

Ele tinha razão, obviamente, mas, mesmo assim, era um alívio que Gertie só estivesse trabalhando duas manhãs por semana, na maior parte do tempo trancada em um escritório improvisado no cantinho do estoque.

Sentiu um desânimo ao ver a srta. Snipp na porta com a cara de quem acabou de chupar um limão azedo. Decidiu tentar adotar a atitude amigável de Harry, apesar do absoluto desconforto diante da conversa que teriam pela frente.

— Bom dia, srta. Snipp — cumprimentou Gertie com o máximo de animação que conseguiu. — Está tudo bem, espero?

— Não exatamente — respondeu a mulher com a cara amarrada. — Minha ciática anda atacada e me causando incômodos horríveis.

— Ah, sinto muito — disse Gertie. — A senhora já tentou um banho com sais de Epsom?

— Claro que sim. Mas o problema é essa umidade miserável — disse ela em tom de acusação, como se Gertie fosse de alguma forma responsável pelo clima.

— Ah, sim. Mas não temos muito o que fazer em relação a isso.

— Hum... Suponho que não. A propósito, sra. Bingham, será que eu poderia ter um minuto da sua atenção?

— Claro.

A srta. Snipp ajeitou os óculos.

— É sobre o clube do livro.

— Ah, sim — respondeu Gertie, sentindo o desconforto aumentar.

A mulher cruzou os braços.

— Acho que terei de renunciar à posição de presidenta.

— Presidenta? — repetiu Gertie, surpresa.

A srta. Snipp assentiu.

— É um fardo pesado demais para uma mulher da minha idade, e, para ser bem franca, as pessoas que frequentam as reuniões hoje em dia não parecem merecer o meu esforço.

— Sinto muito.

A antiga bibliotecária olhou para o nada e balançou a cabeça.

— Elas não conseguem apreciar a magnitude de alguns dos nossos maiores autores. Não há nada que eu possa fazer para ajudá-las.

— Minha nossa.

— É um caso perdido. Então, acho que seria melhor se a srta. Godwin tomasse as rédeas do clube.

— Entendo. Bem, se a senhora acha melhor assim...

A srta. Snipp levantou os olhos imediatamente com uma expressão descontente.

— Devo dizer que a senhora não parece estar dando a devida importância ao assunto.

Gertie suspirou, tentando assumir um ar de preocupação.

— Pode acreditar quando digo, srta. Snipp, que isso muito me entristece, mas apoio totalmente a sua decisão.

A srta. Snipp a encarou por cima dos óculos em formato de meia-lua.

— Bem, é melhor eu começar a trabalhar — disse enquanto mancava em direção aos fundos da livraria.

— Bom dia, srta. Snipp! — exclamou Betty quando as duas se cruzaram na entrada.

— Bom dia para quem? — resmungou antes de desaparecer na sala dos fundos.

— Ela está bem? — perguntou Betty, aproximando-se do balcão.

— Sim, muito bem. E acabou de delegar a você as responsabilidades que tinha no clube do livro. Então, teremos George Eliot este mês. Espero que concorde com a decisão.

— Não vou decepcioná-la, sra. B.

Gertie deu um tapinha na mão dela.

— Sei que não, querida.

O dia pareceu se arrastar lentamente até o meio da manhã, quando Barnaby Salmon, o jovem representante de uma editora, apareceu. O fato de que Betty se empertigava, desamassava o vestido e ajeitava o cabelo toda vez que o rapaz de óculos entrava na livraria não passava despercebido para Gertie. O fato de que o sr. Salmon sempre se certificava de marcar suas visitas quando sabia que Betty estaria trabalhando também não.

— Bom dia — disse Gertie.

Barnaby levantou um pouquinho o chapéu em um cumprimento.

— Bom dia, sra. Bingham, srta. Godwin.

— Sr. Salmon — disse Betty, que pareceu ficar um pouco mais alta sob o olhar dele.

Gertie se virou para o jovem.

— Sr. Salmon, será que posso deixá-lo sob os cuidados da srta. Godwin esta manhã? Ela tem assumido mais responsabilidades ultimamente e quero encorajar os seus esforços.

O sr. Salmon ficou como se tivesse recebido um prêmio.

— Mas é claro, sra. Bingham. Será um grande prazer. — Ele se virou para Betty. — Tenho um livro novo do sr. George Orwell que está magnífico. Sei que vai adorar, srta. Godwin.

— Que maravilha — disse Betty com os olhos brilhando.

Gertie sorriu. Gostava de observar aquele lindo romance desabrochando em meio aos livros. Era transportada para a época em que ela e Harry se conheceram. Lembranças tão felizes. Como ela sentia saudade da presença desengonçada do marido.

Gertie ficava grata por Betty prontamente aceitar qualquer responsabilidade extra que lhe era oferecida. Dizia a si mesma que era importante encorajar a geração mais jovem, entretanto, no fundo, sabia que estava fugindo. O mercado livreiro tinha sido o seu mundo, mas, sem Harry, acabou perdendo o brilho, a magia. O mesmo aconteceu com todos os aspectos da sua vida, na verdade. A ausência de Harry era a companhia mais constante de Gertie. Ela se via servindo duas xícaras na mesa para o chá e, quando escutava no rádio alguma coisa digna de comentário ou preocupação, se virava para discutir com ele. Às vezes, um cliente pedia uma indicação de livro, e ela na mesma hora pensava em Harry. Ele sabia instintivamente do que cada pessoa ia gostar de ler, do garotinho apaixonado por piratas ao idoso, já aposentado, fã de Shakespeare. Gertie tinha o mesmo instinto, sim, mas, em Harry, era natural. Enquanto ela costumava lidar com as editoras, ele se concentrava em cuidar dos clientes. Ainda havia pessoas que vinham à livraria e pediam para falar com ele, mesmo depois de dois anos. Elas sempre ficavam muito comovidas quando descobriam que ele tinha partido. Gertie sabia como se sentiam. Às vezes, ela passava a mão pelas lombadas alinhadas na estante e via Harry em cada livro, em cada página, em cada palavra. Aquilo lhe dava um pouco de consolo, mas também uma grande tristeza. Gertie amava a livraria deles, mas o amor era maior quando Harry ainda estava lá.

— Está me ouvindo, sra. B.?

Gertie acordou de seu devaneio.

— Queira me desculpar, querida. O que foi que disse mesmo?

Betty deu uma risadinha.

— Seus pensamentos pareciam estar mesmo bem longe, sra. B. Eu estava só avisando que o sr. Salmon já está de saída. Gostaria de verificar as encomendas? Achei que poderíamos fazer um grande lançamento com o novo livro de George Orwell. Posso preparar a vitrine, se quiser.

Gertie olhou de relance para a lista, grata por ter outra pessoa tomando as decisões por ela.

— Está ótimo. Agradeço muito a vocês dois.

O sr. Salmon fez uma reverência educada.

— Eu que agradeço, sra. Bingham. Srta. Godwin, nos vemos no sábado?

Betty olhou para ele.

— Não vejo a hora.

— Tenham um bom dia — disse ele, parando na porta para dar um último aceno a Betty.

— Sábado? — perguntou Gertie assim que ele saiu.

Betty assentiu.

— Ele me convidou para ir ao cinema. Vamos assistir ao novo filme de James Stewart. Normalmente, eu ficaria doidinha por ele, mas agora não estou nem aí para ator algum.

— Fico feliz por você, querida.

Betty soltou um suspiro de felicidade.

— É tão maravilhoso encontrar alguém que ama as mesmas coisas que você, não é? Barnaby e eu...

— Ah, então já estamos chamando o rapaz de Barnaby agora, é? Betty ficou acanhada.

— Bem, "sr. Salmon" é um pouco formal, não? As coisas mudaram desde os anos 1900. Nós estávamos dizendo agora mesmo que não conseguimos pensar em nada melhor do que trabalhar com livros. É realmente um bálsamo para a alma. Por exemplo, pense em P. G. Wodehouse. Os fascistas tomam a Europa, e ele cria Roderick Spode para mostrar como são estúpidos.

Enquanto Gertie ouvia Betty tecer teorias sobre como os escritores, de Charlotte Brontë a Charles Dickens, deixavam a vida melhor, uma ideia surgiu na sua mente. Betty e Barnaby eram a nova geração. Eles tinham a paixão que tanto lhe faltava nos últimos tempos. Talvez fosse a hora de passar adiante seu legado, exatamente como o sr. Piddock fizera.

Gertie vinha pensando nisso havia alguns poucos meses, mas agora parecia óbvio. Estava na hora de seguir em frente, talvez até de se mudar. Ela gostava muito de Rye, mas talvez considerasse Hastings. Já estava com quase sessenta anos e, apesar do que o sr. Chamberlain dizia, parecia que o país poderia estar caminhando para outra guerra. Gertie queria se colocar a uma distância segura de Londres se qualquer coisa acontecesse. Não conseguiria enfrentar outra guerra na cidade. Não sabia se conseguiria enfrentar outra guerra, ponto. Acima de tudo, porém, queria fugir da lembrança constante de que Harry tinha partido e da realidade dolorosa de uma vida sem ele.

Capítulo 2

"O passado e o presente estão no meu campo de investigação, mas o que um homem pode fazer no futuro é uma pergunta difícil de responder."

O cão dos Baskerville, Sir Arthur Conan Doyle

Thomas Arnold era um personagem singular no mundo literário. Aos setenta e oito anos, ainda administrava a Livraria Arnold e se autointitulava o livreiro mais antigo de Londres. Estava em boa forma, dizia, graças ao nado diário no lago Serpentine e ao fato de que "tive o bom senso de nunca me casar".

Thomas tinha aberto a Arnold em sociedade com o irmão, Arthur, no século anterior. A livraria tinha sobrevivido aos problemas e dramas dos últimos quase cinquenta anos e se estabelecido como uma das mais bem-sucedidas do país. Ele era conhecido por ter um temperamento explosivo e um bom coração. Os refinados editores de Londres ou o respeitavam profundamente ou o viam como um estorvo necessário. Escritores e artistas batiam à sua porta na esperança de receber um convite para um dos seus famosos almoços literários. Independentemente do lado em que se estivesse, Thomas Arnold era reverenciado tanto como um grande excêntrico quanto como um empresário sagaz. Talvez o melhor e mais sucinto exemplo disso tenha isso o telegrama que enviou a Hitler em 1932 perguntando se poderia comprar os livros que o tirano planejava queimar.

— Um desperdício criminoso! — dissera ele a Gertie e Harry durante um dos seus passeios dominicais mensais pelo parque Greenwich.

Desnecessário dizer que Gertie adorava o tio. Depois que ela perdeu o irmão, o pai e a mãe, ele se tornou o seu último parente vivo e desempenhava o papel com convicção. Seus passeios mensais eram sagrados para Gertie, ainda mais depois da morte de Harry. Eles conversavam sobre negócios, sobre livros e sobre a família da qual sentiam tanta saudade.

— Se eu tivesse tido uma filha, gostaria que ela fosse exatamente como você — disse ele enquanto subiam a colina até o topo do parque, prontos para serem recompensados pela vista estonteante de Londres que surgia diante deles como um quadro de um mestre antigo.

— Você é um amor — disse Gertie, parando para recuperar o fôlego.

— Mas, é claro, eu sou um velho ranzinza e teria sido um péssimo pai. E ainda tem aquele pequeno detalhe: não suporto crianças. Nunca suportei e nunca vou suportar.

— Você sempre foi carinhoso comigo.

— Ah, mas é diferente, Gertie. Você é um tesouro.

Eles se sentaram em um banco para apreciar aquela vista espetacular enquanto raios de sol emolduravam perfeitamente a paisagem. Para além da colina, da casa da rainha e da escola militar, o Tâmisa corria, sinuoso, na direção da catedral St. Paul e além. Era como se toda a cidade se descortinasse diante deles.

— Concordo com dr. Johnson: se um homem está cansado de Londres, então está cansado da vida — declarou Thomas. — Anote isso, querida sobrinha. Eu gostaria desse epitáfio na minha lápide.

— Pois eu me recuso a discutir a sua morte — retrucou Gertie. — Você é a única família que me resta.

Thomas pegou a mão dela e deu um beijo.

— Minha querida, eu não quis chateá-la. Perdoe este velho tolo.

— Tudo bem. Eu só estou um pouco sensível hoje.

— O que houve, Gertie? Você está pálida. Não tem dormido bem?

Tio Thomas era obcecado com o sono. Ele acreditava que todo homem, mulher e criança precisavam exatamente de oito horas de descanso à noite. Nem mais, nem menos.

— Eu estou bem — disse ela. — Um pouco cansada, mas não mais do que o usual.

Era mentira, claro, mas não havia motivo para preocupá-lo com o fato de que ela, em geral, ficava acordada na cama, aflita, com a cabeça mergulhada em pensamentos muito tristes. Às vezes, conseguia dormir e depois acordava sentindo uma alegria momentânea. Mas logo se virava na cama e se deparava com o espaço vazio onde Harry antes dormia. Na maioria das manhãs, ficava aliviada por ter Hemingway ali para lhe dar o ânimo de se levantar.

— Os negócios estão bem?

— Ah, sim. Tudo funcionando perfeitamente.

— Então, o que é, minha filha?

Gertie pigarreou.

— Estou pensando em vender a livraria e me mudar para o litoral. Talvez para East Sussex.

— Entendi.

Thomas olhou em direção ao rio. Gertie estava acostumada com as reações explosivas do tio. Preparou-se para uma tempestade, mas ele permaneceu taciturno, olhando para a frente.

Ela respirou fundo e continuou:

— Acho que chegou a hora de me aposentar. Harry e eu cuidávamos da livraria juntos, e, agora que ele não está mais aqui, não sei se quero continuar fazendo isso sozinha. Gostaria de ir para um lugar calmo. Acho que Hemingway gostaria dos passeios pela praia, e, é claro, o senhor sempre poderia me visitar. Acho que lhe faria bem fugir de Londres de vez em quando.

— É isso que você está fazendo, então? — perguntou Thomas. — Fugindo de Londres? — Ele parecia quase magoado.

— Eu não sei. Estou cansada, tio Thomas. E sinto saudades do Harry. Não sei como viver sem ele. — Seus olhos ficaram marejados.

Thomas pegou um lenço de seda verde e ofereceu para a sobrinha.

— Ah, minha querida. Sinto muito. Eu entendo. É só que eu sentiria muita saudade de você. Estou sendo egoísta. Perdoe-me se estou agindo como uma criança mimada.

Gertie aceitou o lenço e o passou de leve nos olhos.

— Nós ainda nos veríamos. Posso vir a Londres para visitá-lo.

Ele deu tapinhas na mão da sobrinha enquanto olhava para a cidade.

— Não posso culpá-la por querer sair de Londres, Gertie. A possibilidade de haver outra guerra me enche de terror.

— Você acha provável que isso aconteça?

Thomas deu de ombros.

— Alguém precisa enfrentar aquele lunático. É estarrecedor o que está acontecendo com os judeus na Alemanha. Os estabelecimentos comerciais estão sendo destruídos e saqueados; as sinagogas, incendiadas, os homens, encurralados como animais. É monstruoso.

Gertie assentiu.

— É horrível. Gostaria de poder fazer alguma coisa para ajudar.

Thomas se virou para ela.

— Você deve fazer o que é melhor para você, querida. E se for a aposentadoria, então que seja.

Gertie suspirou.

— Parte de mim sente como se eu estivesse desistindo. Nunca achei que eu fosse acabar assim. Eu tinha muito mais garra na juventude.

Thomas riu baixinho.

— Com certeza, você era uma jovem impetuosa. Deu um trabalhão para o seu pai e sua mãe. Tinha tantas ideias e opiniões. O suficiente para mudar o mundo.

— Você sabe tão bem quanto eu que a vida tira isso de uma pessoa.

— Minha querida Gertrude, você tem cinquenta e nove anos, não oitenta e nove.

— Então o senhor acha que devo ficar?

— Tudo que quero dizer é: não tome decisões precipitadas das quais possa vir a se arrepender. Um momento difícil se aproxima. Tenho certeza. Nós talvez precisemos de pessoas como Gertie Bingham para resistir e lutar.

— Não sei se consigo fazer isso sozinha.

— Eu estou aqui, Gertie.

— Eu sei. E sou muito grata. — Ela se inclinou, deu um beijo em sua bochecha e entrelaçou seu braço ao dele. — Agora eu quero saber todas as fofocas do mercado livreiro.

Os olhos de Thomas brilharam.

— Bem. Vou dizer apenas que o marido de certa autora está entrando com um pedido de divórcio depois que ela foi flagrada em uma situação comprometedora com um famoso ator shakespeariano.

Estava começando a chover quando Gertie entrou em casa naquela tarde. Ela sacudiu o guarda-chuva e o deixou na entrada.

— Vai cair um pé-d'água — disse para Hemingway, que se aproximou para recebê-la e ganhou um beijo na cabeça peluda. — Você teve um bom dia, meu amor?

As pessoas a considerariam louca, mas ela sabia que aquele gigante tão meigo era um dos poucos seres que lhe davam forças para continuar. A ideia de se mudar para uma casinha idílica com ele e passar os dias no litoral, fazendo longos passeios juntos e olhando para o mar, era muito tentadora.

— Eu poderia começar a escrever — continuou dizendo enquanto acendia a lareira na sala. Hemingway inclinou a cabeça para o lado como se prestasse muita atenção. — Ser uma concorrente de Georgette Heyer.

Gertie sorriu ao pensar naquilo. Era uma ideia romântica em todos os sentidos da palavra. Mas que opções tinha? Permanecer ali, no silêncio opressivo de uma casa que era grande demais para ela, ou se mudar para um lugar tranquilo, onde pudesse organizar seus pensamentos e não fosse lembrada a toda hora da ausência de Harry. Ela começou a preparar um chá. Colocou a água para ferver e pegou uma xícara no armário.

— Aqui está, garoto — chamou, colocando comida na tigela.

Hemingway cheirou o pote antes de olhar para ela e dar um suspiro pesado.

— Sei exatamente como se sente — disse ela, acariciando sua cabeça. — Também estou sem um pingo de fome.

Ela estava prestes a preparar o chá quando ouviu uma batida na porta. Hemingway rosnou baixinho.

— Acho que você está precisando aprimorar suas habilidades de cão de guarda — brincou, olhando para o relógio.

Já eram quase seis da tarde e estava totalmente escuro lá fora. Gertie foi até a sala e espiou pela cortina rendada. Sentiu o rosto relaxar ao reconhecer o visitante.

— Veja só, sr. Ashford, eu já expliquei que não recebo visitas de cavalheiros depois que escurece — disse ela, abrindo a porta da frente.

Charles Ashford era o amigo mais antigo do seu marido. Eles tinham se conhecido na escola, e, quando Harry começou a trabalhar com livros, Charles iniciou a sua carreira no setor bancário. O período que passou como oficial na guerra transformou a opinião que tinha sobre a humanidade. Ele voltou mudado. Deixou o mundo das finanças de lado, assumiu um posto no Comitê Internacional da Cruz Vermelha e depois continuou trabalhando para diversas organizações humanitárias. Harry sempre dizia que Charles era uma das pessoas mais sinceras e bondosas que alguém poderia conhecer.

O coração de Gertie se alegrou quando ela viu aquele homem afável na porta. Seu cabelo estava ficando ralo nas têmporas, mas o rosto continuava amigável e gentil como sempre. Ele fazia Gertie pensar em Harry da melhor forma possível, lembrando-a daqueles momentos valiosos da juventude quando os três estavam juntos. Passaram muitas noites agradáveis indo ao teatro ou saindo para jantar. Charles sempre se divertia com as tentativas de Gertie de jogá-lo para cima de qualquer moça que olhasse na sua direção.

— Prefiro a minha própria companhia — ele sempre dizia. — Ou a sua ou a de Harry. Sou egoísta demais para ser um bom marido.

Mas naquela noite, Charles, em vez de relaxado e cordial, estava sério.

— Sinto muito por aparecer tão tarde, Gertie. Posso entrar? Preciso conversar com você.

— Claro — respondeu ela, levando-o até a sala de estar. — Está tudo bem?

— Na verdade, não — respondeu ele enquanto Hemingway se aproximava, abanando o rabo ao cumprimentar o visitante. Charles acariciou sua cabeça. — Oi, amigão.

— Eu estava preparando um chá. Você aceita uma xícara?

— Você não teria um uísque, teria? — Na sala pouco iluminada, Charles parecia magro e cansado.

— Acho que ainda tenho uma garrafa que era do Harry em algum lugar — respondeu Gertie. Ela abriu o armário de bebidas e serviu dois copos. — Venha se sentar. Parece que você acabou de tomar um susto daqueles. O que houve?

Eles ficaram sentados um ao lado do outro no sofá. Gertie deu um golinho na bebida, apreciando o seu calor.

Charles girou o líquido âmbar no copo antes de dar um grande gole.

— Imagino que saiba o que está acontecendo com os judeus na Alemanha, certo?

Gertie estremeceu.

— Sim, claro. Uma coisa terrível.

— Eu vou para lá ajudá-los.

Gertie ficou olhando para o amigo.

— Ajudá-los. Mas como?

Charles deu mais um gole no uísque.

— Uma delegação vai conversar com o primeiro-ministro e o ministro do Interior na semana que vem. Eles querem resgatar o maior número de crianças possível. É quase certo que o governo britânico permita que venham para cá.

— Minha nossa, Charles. Mas não será muito perigoso para você ir até lá? — Gertie não conseguia suportar a ideia de perder mais alguém que amava.

O rosto de Charles estava impassível.

— Não tão perigoso quanto será para aquelas crianças se as deixarmos nas garras de Hitler e seus seguidores.

Gertie assentiu.

— Sim, é claro. Você pretende ficar muito tempo por lá?

— Quanto tempo for necessário.

Ela pousou a mão no braço dele.

— Felizmente existem pessoas como você, Charles. Como vai encontrar lares para elas?

Ele olhou de soslaio para ela.

— Estou pedindo a todo mundo que conheço para acolher uma criança.

Gertie o encarou por um momento, sem saber o que dizer.

— Mas, Charles, eu estou prestes a me aposentar.

Sabia que aquelas palavras soavam vazias, egoístas até. Ali estava aquele homem, pronto para arriscar a própria vida por um grupo de estranhos, e ela, por outro lado, não conseguia se afastar de seus próprios caprichos.

Charles não desviou o olhar do rosto dela nem por um segundo.

— Sabe o que pensei quando Harry nos apresentou, tantos anos atrás?

— "Essa mulher nunca para de falar?" — sugeriu Gertie, levantando as sobrancelhas.

Charles riu.

— Isso também. Mas, acima de tudo, eu pensei em como Harry era um homem de sorte por ter encontrado alguém com tanta coragem e disposição para lutar pelo que quer.

Gertie ficou olhando para o copo de uísque.

— Estou velha demais para lutar, Charles.

— Ninguém é velho demais para lutar, Gertie, e você é jovem demais para desistir.

Gertie franziu a testa.

— Quem disse que estou desistindo? Só estou planejando a próxima etapa da minha vida.

Lembrou-se então da conversa que tivera mais cedo com o tio. *Não tome decisões precipitadas das quais possa vir a se arrepender...*

— Vamos apenas dizer que nunca achei que Gertie Bingham fosse se aposentar e ficar parada enquanto o mundo precisava dela — retrucou ele.

Gertie olhou para a fotografia em que ela e Harry apareciam no dia do casamento. Os dois estavam rindo quando o fotógrafo capturou o momento. Dava para ver o brilho nos olhos dos noivos, que não viam a hora de começar a vida juntos.

— Estou cansada, Charles. Já estou farta de tudo isso.

Charles acompanhou seu olhar.

— Você sente falta dele, não sente?

Gertie ficou surpresa com a rapidez com que as lágrimas se formaram.

— É claro que sinto. Ele era o melhor dos homens.

Charles pegou a mão dela e deu um beijo.

— E você é a melhor das mulheres. Por isso estou lhe pedindo para fazer isso.

Gertie enxugou uma lágrima.

— Este lugar não é muito adequado para uma criança, não acha?

Charles olhou para a sala cheia de estantes de livros, a lareira brilhando e o cachorro, roncando baixinho aos pés de Gertie.

— O melhor lugar que eu poderia imaginar — disse. Ele tomou outro gole de uísque. — Só peço que pense a respeito com carinho. O mundo está prestes a viver algo terrível. A questão é se vamos ficar só assistindo ou se vamos resistir e ajudar.

Gertie ficou olhando para a lareira. Sabia que ele estava certo e, se fosse trinta anos mais nova, teria agarrado a oportunidade. Mas, à medida que o mundo endurecia à sua volta, Gertie sentia a própria existência encolher. Não se sentia forte nem capaz, nem a pessoa cheia de opiniões que fora na juventude. Tinha sido ferida pela vida e duvidava de que tivesse força de vontade suficiente para oferecer esperança a alguém, ainda menos a si mesma.

Capítulo 3

"Você é parte da minha existência, parte de mim. Você estava em cada linha que já li..."

Grandes esperanças, Charles Dickens

— E qual é mesmo o seu ramo de atuação, sr. Higgins?

O homem robusto cofiou a barba abundante. Gertie achou que ele parecia um urso.

— Sou horticultor e vendedor de sementes, sra. Bingham — respondeu ele. — Mas, em termos mais amplos, eu me considero um naturalista.

— Ah — disse Gertie. — Como um ilustre antigo morador daqui, o sr. Darwin. — Ela pegou um exemplar de *A origem das espécies* na estante e estendeu para ele.

— Ah, sim. Um grande homem — disse o sr. Higgins com um olhar distante.

— Então imagino que o senhor vá vender tudo de que um horticultor amador precise?

O rosto avermelhado do sr. Higgins ficou sério.

— Ah, não, minha cara senhora. Minha verdadeira paixão é a taxidermia.

— Taxidermia?

Ele assentiu.

— Sou perito na arte. As pessoas desejam muito preservar seus falecidos animais de estimação, sabe?

Hemingway deixou escapar um ganido do lugar onde estava deitado, atrás do balcão.

— Entendo — respondeu Gertie, desejando muito que Harry pudesse ouvir aquilo. Imaginou o marido se divertindo com o rumo que a conversa tinha tomado.

— Também vendo xampu a seco para cachorros — acrescentou com animação. — Aqui, tome uma amostra grátis.

Ele tirou um frasco marrom do bolso e o ofereceu a Gertie.

— Obrigada — disse ela, aceitando o item com um sorriso um pouco forçado.

O sr. Higgins tocou a aba do chapéu.

— Melhor eu ir andando. Vou esperar a srta. Crisp me dar notícias, correto?

— Isso. Seria muito gentil da sua parte. Obrigada pela visita.

Gertie soltou um suspiro assim que ele saiu.

— Bem, temos muito no que pensar, não é, garoto? — disse ela, olhando para Hemingway. — Não sei bem o que os moradores daqui vão achar de um taxidermista. Mas, na verdade, eles também demoraram um tempo para se acostumar comigo.

Aquilo com certeza era verdade. "Boêmia" era uma das palavras mais generosas que Gertie tinha ouvido aos murmúrios pelo bairro quando ela e Harry inauguraram a Livraria Bingham. As pessoas olhavam para Gertie com desconfiança, como se, a qualquer momento, ela pudesse lançar um feitiço que enchesse a mente delas de novas ideias. Ela nunca deixava de se impressionar com o fato de que, a menos de vinte quilômetros de onde tinha sido criada, a visão de mundo das pessoas era tão diferente, como se morassem no mundo da lua. Elas acabaram mudando de opinião no fim das contas, mas algumas, como a temida srta. Crow, ainda mantinham distância da livraria.

Gertie ergueu o olhar quando a sineta da porta soou e uma senhora de bengala entrou. A sra. Constantine era uma dama altiva e confiante, que fazia Gertie pensar na rainha Mary. Sempre usava uma gargantilha de pérolas e mantinha o cabelo preso em um coque elegante. Ao ver a sra. Constantine, Hemingway fez o esforço considerável de se levantar e se aproximar dela abanando o rabo.

— Ah, meu querido sr. Hemingway. Trouxe algumas delícias para você — disse a senhora, segurando uma sacola com alguns pedaços suculentos de frango. — Não consigo comer um peito de frango inteiro sozinha, então gosto de compartilhar com um amigo — afirmou enquanto observava com satisfação o cachorro devorar o presente em segundos.

— Hemingway é muito mimado — comentou Gertie.

— Ele merece — disse a sra. Constantine. — Não é mesmo, sr. Hemingway? — O cachorro latiu concordando. — E tão esperto. Como o próprio Hercule Poirot. A propósito, o meu livro já chegou, sra. Bingham?

— Chegou, sim — respondeu Gertie, pegando da prateleira um exemplar de *Encontro com a morte*. — Acho que vai gostar muito desse aqui. Achei ainda melhor do que *Morte no Nilo*.

— Isso é um elogio e tanto, querida — disse a cliente, levantando o livro para admirá-lo. — Uma escritora tão boa. Eu sempre fico tentando adivinhar o final. Nunca descubro quem é o criminoso!

Gertie sorriu. A sra. Constantine era uma das clientes das quais sentiria falta. Ela tinha se mudado para o bairro sozinha havia uns vinte anos. Diziam que antes pertencia à aristocracia russa e que tinha sido obrigada a fugir de Moscou depois da revolução. Gertie sempre achou que adoraria ler a história de vida dela.

— Essa é a marca de uma verdadeiramente talentosa escritora de livros policiais.

— Foi o seu querido Harry quem me apresentou os fantásticos livros da sra. Christie — afirmou a sra. Constantine.

— Ele tinha um talento para descobrir o livro perfeito para cada leitor — respondeu Gertie, e seus olhos se iluminaram com a lembrança.

A velhinha estudou o rosto de Gertie.

— Já faz quanto tempo, minha querida?

Algumas pessoas teriam considerado aquela pergunta invasiva, mas Gertie conhecia a sra. Constantine havia tempo suficiente para saber que se tratava de uma preocupação genuína.

— Bastante tempo. Dois anos.

A sra. Constantine meneou a cabeça.

— É muito pouco para quem perdeu um grande amor. Pode acreditar, sei do que estou falando. — Ela deu tapinhas no braço de Gertie antes de sair. — Nós, mulheres, temos muitos fardos para carregar. Não deixe que eles a sufoquem, minha querida.

Gertie sabia que ela estava certa. Ainda assim, o luto a assombrava como os fantasmas dos natais do passado, do presente e do futuro juntos. Ela não tinha ideia do que fazer para se livrar dele.

Quando o relógio marcava onze e meia da manhã, a sineta da porta tocou, anunciando a chegada da srta. Alfreda Crisp. Gertie gostava dela. Era uma mulher jovem e ambiciosa. Seu pai tinha aberto uma agência imobiliária um pouco antes da guerra, quando a mulher estava esperando o primeiro bebê. Ele se viu, então, na posição inconveniente de ter uma sucessão de filhas. Subestimada, a Crisp & Filhas se tornou uma das principais imobiliárias da região, tendo como agentes o amável sr. Crisp e três de suas cinco filhas. Alfreda era a mais nova e tinha um vigor juvenil que Gertie muito admirava. Ela tinha prometido fazer tudo que estivesse ao seu alcance para encontrar locatários adequados para "a sua maravilhosa livraria".

— Bom dia, sra. Bingham — disse a recém-chegada com um sorriso entusiasmado e profissional. — Como foi a entrevista com o sr. Higgins?

Gertie hesitou. Gostaria muito de poder consultar Harry, para ter certeza de que o que sentia no peito estava de acordo com a realidade dos fatos.

— Bem, ele é um homem agradável.

— Ah, com certeza — respondeu a srta. Crisp. — Muito agradável.

— Mas, para ser bem sincera, eu gostaria de encontrar alguém que mantivesse a loja do jeito que está.

— Como uma livraria?

— Exatamente.

A srta. Crisp de repente pareceu desapontada.

— Sinto muitíssimo, sra. Bingham, mas temo que isso vá se provar um desafio, considerando o clima atual. Assumir um negócio já existente, mesmo um bem-sucedido como o seu, é uma tarefa difícil, principalmente quando não temos a menor ideia de como estará a conjuntura do país daqui a seis meses.

— Mas o que devo fazer, então? — exclamou Gertie em um tom desesperado, do qual logo se arrependeu.

A srta. Crisp levantou as sobrancelhas.

— Vou continuar tentando, é claro. Nunca se sabe, mas acho que tenho o dever de ser honesta com a senhora.

— É claro — disse Gertie, constrangida por ter deixado suas emoções virem à tona.

— Quero que saiba que vou continuar me esforçando ao máximo pela senhora.

— Eu agradeço, querida.

A srta. Crisp lançou para ela um olhar de compaixão, um olhar com o qual Gertie tinha se acostumado nos últimos dois anos. Era a expressão que as pessoas faziam quando se lembravam de que ela era viúva. *Viúva*. Uma palavra tão sombria e deprimente. Tão definitiva.

— Não perca as esperanças, sra. Bingham — disse a corretora antes de sair.

— Acho que talvez seja um pouco tarde para isso, não é, Hemingway? — disse Gertie.

O cachorro olhou para ela e bocejou.

— Concordo. O luto é um assunto sombrio. — Ela olhou o relógio. — Venha. É melhor encerrarmos o expediente. Betty vai chegar logo para a reunião do clube do livro. Vão falar de Dickens hoje. — Hemingway deu outro bocejo bem alto. — Para um cão literário, você está sendo desrespeitoso, sabia?

— Olá, sra. B. — disse Betty, animada, entrando pela porta como um cometa.

— Oi, minha querida. Hemingway e eu já estávamos fechando tudo para não te atrapalhar.

— Não precisa ter pressa por minha causa. Na verdade, você é mais do que bem-vinda na discussão se quiser ficar. *Grandes esperanças* é um livro maravilhoso.

— É mesmo — concordou Gertie. — Mas nós sempre visitamos Harry às segundas-feiras.

Betty levou a mão à testa.

— Mas é claro que sim. Queira me perdoar, sra. B. Às vezes sou uma completa idiota.

Gertie acenou para tranquilizar a moça.

— Acha que haverá um bom público?

— Não sei bem. O sr. Reynolds está muito gripado e a sra. Constantine já tinha compromisso. Espero que a srta. Pettigrew possa vir, embora seja difícil convencê-la a ler qualquer coisa além de Georgette Heyer. Então, isso realmente me deixa...

— Boa tarde — disse a srta. Snipp em um tom monótono ao passar pela porta. — Onde está todo mundo?

— Alguns dos membros regulares não puderam vir hoje — contou Betty.

— Ah, minha nossa — disse a srta. Snipp. — Eu temia que isso pudesse acontecer agora que o sr. Bingham não está mais conosco. Que ele descanse em paz.

Gertie ficou rígida de indignação. *Não reaja, Gertie*. Ela imaginou Harry pousando a mão em seu braço para tranquilizá-la e se ocupou fechando o caixa.

A porta da loja se abriu de novo, e, dessa vez, uma mulher pequena, com uma aparência franzina e uma boina vermelho-cereja, entrou e ficou olhando para elas como se maravilhada pela própria chegada triunfal.

— Srta. Pettigrew. Você veio! Estou tão feliz em vê-la — exclamou Betty com um entusiasmo exagerado que fez a srta. Snipp fechar a cara. — Venha. Vou pegar algumas cadeiras no depósito. Seremos um grupo de discussão pequeno, mas poderoso.

Betty organizou tudo perto da seção de poesia e pegou o seu exemplar do livro.

— Então — começou. — O que acharam do romance?

Gertie observou, com o coração pesado, Betty se esforçar para chamar a atenção da srta. Snipp, que mantinha sua expressão inabalável, e da srta. Pettigrew, que parecia perdida.

A srta. Snipp soltou um suspiro pesado.

— Eu devo dizer que sempre o considerei um pouco fraco.

— Ah — disse Betty. — Em que sentido?

— Não me envolvi com os personagens. Pip é um covarde, e Estella é uma Jezabel.

Gertie notou uma rara faísca de irritação no rosto de Betty.

— Sim, mas e quanto à história? É bastante dramática, e Pip passa por tantas reviravoltas. E, é claro, ainda temos a srta. Havisham e a história de amor com Estella. E quanto ao final?

— Com licença, minha querida — disse a srta. Pettigrew.

— Sim? — respondeu Betty, visivelmente aliviada pela interrupção.

— Quando é que vamos começar a discutir *Oliver Twist*?

A srta. Snipp revirou os olhos.

— *Oliver Twist?* — repetiu Betty.

A srta. Pettigrew assentiu.

— Você disse que leríamos Dickens, e eu escolhi *Oliver Twist*. Eu adoro o Artful Dodger. Que garoto levado.

Betty olhou para Gertie, que fez uma cara de pena.

— Bem — disse a srta. Snipp com uma satisfação óbvia. — É isso, então.

Betty pareceu em pânico, mas logo teve uma inspiração.

— Não, não. Tudo bem. Podemos falar sobre a obra de Dickens. Srta. Pettigrew, diga o que achou de *Oliver Twist*.

Gertie deu um sorriso encorajador para Betty antes de se retirar. Sabia que estava sendo covarde por ir embora, mas sentia que não tinha escolha. Não queria mais se envolver com o clube do livro nem com a livraria, já que planejava se afastar de tudo. Pegou suas coisas, deu um adeusinho animado para Betty e saiu de fininho, guiando o cachorro pela rua principal e pela ladeira em direção ao cemitério.

Viu a placa da cidade de Beechwood, com a insígnia de um cavalo branco galopante e uma faia, e ficou imaginando como se sentiria ao deixar o lugar que vinha chamando de lar havia tanto tempo. Era uma cidadezinha charmosa. Os lojistas se orgulhavam de manter as fachadas sempre reluzentes sob os toldos de lona colorida.

Dois garotinhos estavam parados na frente da farmácia do sr. Stevens, com o nariz grudado na vitrine multicolorida, cheia de frascos cônicos recheados de líquidos de todas as cores do arco-íris, esperando a mãe voltar. Eles se viraram quando Gertie passou.

— Oi, sra. Bingham. Oi, cãozinho Hemingway — disse o maior. — A senhora deixa a gente fazer carinho nele?

Gertie estava acostumada com aquele tipo de pedido. O status dignitário de Hemingway na cidadezinha a obrigava a parar para que crianças e adultos pudessem fazer um carinho no seu companheiro.

— Claro — respondeu Gertie, observando os meninos encherem de amor e carinho o agradecido cão.

— Olha só! Ele está sorrindo — gritou o garoto menor antes de dar um beijo no topo da cabeça de Hemingway. — Você é o melhor cachorro do mundo todo.

Gertie olhou para o grande relógio quadrado que ficava pendurado do lado de fora da sapataria Robinson.

— Bem, se me derem licença, rapazes, Hemingway e eu temos um compromisso agora.

Ela se sentia exausta ao subir a ladeira até o cemitério. Quando chegou aos portões, parou para recuperar o fôlego e apreciar a vista. Era um lugar maravilhoso para o descanso final, repleto de jardins bem-cuidados e cercado por faias e castanheiras-portuguesas. Os galhos estavam praticamente vazios, mas algumas folhas resolutas se agarravam às árvores, tremulando como bandeiras em laranja e vermelho contra o céu de safira. Gertie fechou os olhos, ergueu o rosto e sentiu o calor precioso do sol na pele. Nunca gostou muito do outono. Preferia a poderosa esperança do verão, quando o mundo parecia tão vivo, com os jardins explodindo em cores, os parques e as praias lotados de pessoas alegres. O mundo começava a desaparecer no outono, se desintegrando e se deteriorando diante dos seus olhos. Era a época favorita de Harry, obviamente.

— Mas tudo está morrendo — reclamava ela.

Harry estendia a mão e a levava para o jardim.

— Nada disso, minha querida — dizia ele, apontando para um botão fechado de magnólia. — Tudo está dormindo. Descansando para voltar na primavera, quando o mundo se renova.

Gertie abriu os olhos e caminhou até o túmulo do marido.

— O problema é que você se foi no outono — disse ela. — Mas nunca mais vai voltar, meu amor.

Ela pegou um lenço e começou a limpar a inscrição da lápide enquanto Hemingway permanecia respeitosamente sentado e em silêncio.

Harry Bingham, marido devoto de Gertie
e filho adorado de Wilberforce e Veronica
Falecido em 25 de outubro de 1936

Gertie tinha tido muita certeza das palavras, para a surpresa do sr. Wagstaff, o agente funerário, um homem magrinho, com um bigode mais magrinho ainda.

— Posso sugerir uma abordagem um pouco mais formal? — perguntara ele. — Normalmente, evitamos o uso de apelidos. Assim conferimos ao texto um senso de seriedade.

— Até pode, mas não vou aceitar sua sugestão — respondera Gertie com firmeza. — Meu marido era Harry para todos que o conheciam. Sua morte já me conferiu todo o senso de seriedade de que preciso. E, considerando que serei a única a cuidar do túmulo dele e a vir visitá-lo, acho que eu deveria poder escolher as palavras que hão de me receber. O senhor não concorda?

O sr. Wagstaff tinha ficado olhando para Gertie, chocado, como se esperasse um pedido de desculpas por aquela explosão. Então pareceu muito desapontado quando Gertie se levantou e o encarou com uma expressão determinada.

— Imagino que isso seja tudo de que precisa, não é? Tenha um bom dia.

Ela retirou as flores antigas do vaso que ficava sobre o túmulo.

— Ele certamente teve o que merecia — disse enquanto colocava ali as rosas frescas que tinha colhido do jardim naquela manhã. — Prontinho, meu amor. Um buquê surpresa para você, graças ao clima ameno.

Hemingway avançou um pouco para cheirar o arranjo antes de cutucar Gertie com o focinho. Ela acariciou suas orelhas e o abraçou enquanto os olhos lacrimejavam. O cachorro se apoiou nela instintivamente.

— O que vamos fazer, garoto? — murmurou contra o pelo dele.

Uma brisa leve soprou em volta deles, e Gertie precisou segurar o chapéu enquanto algumas folhas se espalhavam pelo cemitério como confete. Duas páginas de um jornal velho, pegas pelo vento, giraram e mergulharam no ar, fazendo Hemingway latir de animação. Ele pulou com um entusiasmo surpreendente, correndo atrás delas como se fossem versões gigantes das borboletas que ele tanto gostava de perseguir, mesmo com pouco sucesso. Daquela vez, porém, conseguiu abocanhar uma das grandes folhas. Parou, maravilhado com aquela vitória inesperada, antes de rosnar e sacudir o jornal como se fosse uma presa a ser dominada.

— O que é isso, seu bobinho? — perguntou Gertie em um tom alegre, abaixando-se para pegar o jornal da boca do cachorro, que rosnou, relutante. — Hemingway — advertiu ela.

O cachorro afastou o olhar, como se considerasse suas opções, antes de soltar as páginas meio mastigadas aos pés dela.

— Muito obrigada. Eu acho. — Gertie franziu o nariz e pegou o jornal com a ponta dos dedos enluvados. — Não queremos que você coma isso, não é? Você se lembra do que aconteceu quando comeu balas de alcaçuz com papel e tudo?

Hemingway baixou a cabeça como se realmente estivesse se lembrando daquela visita específica ao veterinário.

— Venha. Vamos voltar para casa.

Ela estava prestes a dobrar o jornal para jogar na lareira mais tarde quando viu a palavra "Ajude!". As letras em volta tinham sido rasgadas pelos dentes afiados de Hemingway, mas quando Gertie alisou a página, o restante do texto surpreendente apareceu.

AÇÃO HUMANITÁRIA
PARA O RESGATE DE JUDEUS ALEMÃES
AJUDE!
ANTES QUE SEJA TARDE DEMAIS

Ela encarou as palavras por um tempo e depois olhou novamente para o túmulo de Harry. Os botões de rosa pareciam assentir sob a brisa. Gertie Bingham não era uma mulher supersticiosa, mas acreditava em estar no lugar certo, na hora certa. Alguns chamavam aquilo de destino, outros de sorte. De qualquer forma, era algo que tinha definido boa parte de sua vida. Fosse no primeiro encontro com Harry, fosse no momento em que viu a placa na loja da rua principal, Gertie sempre havia seguido o seu coração. Aquilo tinha lhe causado problemas algumas vezes, mas invariavelmente a levava até onde precisava estar. De pé ali, segurando o jornal e assimilando o significado das palavras, soube o que precisava fazer. Além disso, tinha certeza de que Harry concordaria com ela. Gertie se sentiu uma tola por não ter visto antes algo tão óbvio. Dobrou o jornal com cuidado e o enfiou no bolso do casaco.

— Venha, Hemingway. Temos negócios a resolver. Até logo, meu amor. Vejo você na semana que vem — disse, apressando-se em direção aos portões enquanto o vento ficava mais forte.

Gertie acelerou o passo, com Hemingway trotando ao seu lado. Quando chegaram em casa, um temporal estava caindo. Ela entrou correndo e passou a mão pelos cabelos para remover as gotas de chuva, enquanto Hemingway se sacudia. Acendeu a lareira com pressa, pegou o telefone e esperou a telefonista conectar a chamada. Então relaxou ao ouvir a voz do outro lado.

— Alô?

— Charles? É a Gertie.

— Gertie. Que bom receber a sua ligação. Está tudo bem?

— Tudo bem, obrigada. Andei pensando na conversa que tivemos aquela noite.

Charles pigarreou.

— Eu também. Sinto muito por tê-la pressionado, Gertie. Você teve dois anos terríveis. Foi errado da minha parte pedir uma coisa assim. Você não precisa de um estranho na sua casa. Realmente deveria aproveitar sua merecida aposentadoria.

— Não, Charles. Fico feliz que tenha me procurado. Você me fez entender coisas importantes, coisas que eu tinha deixado de lado.

— E chegou a alguma conclusão?

— Sim. Eu me decidi. Quero ajudar. Vou acolher uma criança, oferecer-lhe um lar e dar o meu melhor por ela. É o mínimo que posso fazer.

— Tem certeza?

Gertie se voltou para o rosto de Harry, que sorria na fotografia do dia do casamento, com os olhos brilhando, cheios de esperança.

— Mais do que nunca.

1939

Capítulo 4

"Era uma vez um homem rico que tinha uma linda e bondosa mulher. Os dois se amavam muito, mas não tinham filhos. Eles desejavam desesperadamente uma criança, e a mulher rezava e rezava, dia e noite, mas de nada adiantava."

"O junípero", um conto dos irmãos Grimm

Gertie atravessou um arco de tijolos sujo e parou no alto da ponte em viga para assimilar o tumulto da estação Liverpool Street. Tentou imaginar como seria para uma criança chegar ali sozinha e ver tudo aquilo pela primeira vez. As pilastras ornamentais que guiavam os olhares para a claraboia no teto e para o céu além teriam oferecido um pouco de alento, se não fosse pelo fato de que toda a luz era obstruída por uma grossa camada de fuligem. Na verdade, a estação inteira era escura e imunda. Gertie ficou olhando com tristeza para os degraus íngremes e encardidos que levavam ao pavilhão, onde um fluxo constante de passageiros se dirigia a trens a vapor prestes a partir. A algazarra e a barulheira ecoando no espaço fechado só deixavam a atmosfera mais sombria. Podia imaginar como as pobres crianças estariam assustadas depois de deixarem suas casas e famílias e de suportarem uma viagem tão cansativa.

Ela desceu a escada devagar, apoiando-se no corrimão. Tinha passado a achar a agitação de Londres opressiva. Lá se foram os dias em que teria se deleitado com uma excursão pela cidade, uma visitinha a alguma galeria de arte, um chá da tarde com uma amiga e, claro, uma visita ao tio Thomas na Cecil Court.

Gertie chegou ao pátio principal e se aproximou da banca de mogno que vendia jornais e livros em brochura. Deu um sorriso ao se lembrar da reação explosiva do tio no dia em que descobriu que Allen Lane apresentaria ao mundo livros com aquele acabamento.

— Trata-se de uma afronta ao próprio cerne da sociedade civilizada, Gertie. Nada mais, nada menos. Isso nunca vai dar certo, e o sr. Lane vai dar com os burros n'água. Pode ter certeza.

Tio Thomas sustentara a ideia por um tempo. Então o editor lhe oferecera um acordo favorável para que desse uma chance àquelas publicações monstruosas. E ele, afinal, era um homem de negócios. Passou a vender livros nos dois acabamentos, mas sentia um enorme prazer ao constatar que os de capa dura ainda eram o carro-chefe dos negócios.

— Tentei alertar o sr. Lane, mas esses editores acham que sabem de tudo — insistia ele para quem quisesse ouvir, ignorando solenemente o fato de que aquela inovação tinha mudado o mundo da leitura para sempre.

Gertie passou os olhos pelas plataformas. Viu uma faixa que dizia "Movimento pelo cuidado das crianças da Alemanha" e, logo abaixo, uma mesa à qual várias pessoas estavam sentadas com pranchetas em punho. Reconheceu uma delas, Agnes Wellington, a mulher que havia examinado sua casa algumas semanas antes. Gertie estava tão nervosa agora quanto naquele dia, quando Agnes passara de aposento em aposento analisando tudo nos mínimos detalhes.

— Você mora aqui sozinha?

— Bem, eu tenho o Hemingway — disse Gertie apontando para o cachorro, que já tinha caído em desgraça ao receber a srta. Wellington com uma sucessão de latidos ensurdecedores.

— Hum — soltou Agnes, subindo as escadas. — Filhos?

— Não — respondeu Gertie, seguindo-a.

— Nunca teve filhos?

A pergunta soou como uma acusação.

— Não — respondeu Gertie com um fio de voz.

— E em qual desses quartos a criança ficaria?

Gertie a levou até um cômodo que dava para o jardim.

— Achei que seria bom para ele ou ela ter uma vista bonita. Vou redecorar e arejar tudo, é claro — comentou ela, abrindo as cortinas e levantando uma nuvem de poeira no processo.

— Você já pensou nas questões práticas de ser responsável por uma criança? Teria condições de cuidar de um bebê, por exemplo, ou uma criança que está começando a andar?

Gertie sentiu a boca seca.

— Ainda não tinha pensado nisso, na verdade.

Agnes levantou uma das sobrancelhas.

— Talvez fosse melhor fazer isso logo.

— Sim, sim. É claro. Queira me desculpar. Acho que eu estava pensando em uma criança mais velha, talvez com catorze ou quinze anos. Eu tenho uma livraria e seria ótimo se ele ou ela gostasse de ler.

Gertie achou que não era o momento de mencionar que estava tentando vender seus negócios. Considerando a expressão do rosto da mulher, ela não tinha dúvidas de que o seu nível de reprovação já estava na estratosfera.

E, para confirmar, Agnes soltou um grunhido.

— Bem, você não terá como escolher. Essas crianças estão passando por grandes necessidades. A questão é, sra. Bingham, você consegue atender essas necessidades?

— Acho que sim.

— Achar não é bom o suficiente. Precisamos de alguém que tenha certeza.

— Tudo bem, então. Tenho certeza de que sim.

— Pois muito bem. Entraremos em contato.

Gertie ligou para Charles, em um profundo estado de ansiedade, no instante em que Agnes saiu.

— Quem fez a vistoria? — perguntou ele.

— Agnes Wellington.

Ele riu.

— Ah, não precisa se preocupar. Agnes pode ser um pouco dura, mas tem um bom coração.

— Pois o mantém bem escondido. Fiquei morrendo de medo dela.

— Não se preocupe, Gertie. Você está fazendo uma coisa boa. Ela só tem um dever para com as crianças e leva essa responsabilidade muito a sério. — Ele deu mais uma risada. — Queria ter visto a sua cara.

— Você é terrível. Sua sorte é que gosto muito de você.

— E eu lhe asseguro que o sentimento é mútuo.

— Bom dia, srta. Wellington — cumprimentou Gertie, aproximando-se da mesa. — Sou Gertie Bingham. Nós nos conhecemos algumas semanas atrás.

Agnes ergueu o olhar da prancheta. Usava um chapéu clochê que era um pouco grande para ela e tinha uma expressão séria no rosto. Não deu nenhuma indicação de que reconhecia Gertie enquanto procurava o nome na lista.

— Bingham. Bingham. Ah, sim, aqui está. Gertrude Bingham. Você vai acolher Hedy Fischer. O trem já deve estar chegando. Por favor, espere perto da grade até chamarem o seu nome.

— Obrigada — respondeu Gertie, aliviada. — Não vejo a hora de conhecê-la, mas confesso que estou um pouco nervosa.

Agnes levantou uma das sobrancelhas.

— Pode ter certeza de que essas pobres crianças estão muito mais nervosas do que a senhora.

— Claro — gaguejou Gertie. — Bem, vou esperar ali.

Agnes apertou os lábios como se dissesse *isso mesmo*.

Tudo o que Gertie sabia sobre Hedy Fischer era que tinha quinze anos e vinha de Munique. Desde que recebera tal informação, Gertie tinha levado os preparativos para a chegada da menina muito a sério. Tinha pedido a ajuda de Betty, que era só um pouco mais velha do que Hedy, para garantir que tudo ficasse como deveria. Betty escolhera uma tinta de tom amarelo bem claro e ajudara Gertie a redecorar o quarto. Elas lavaram as cortinas, varreram o tapete e eliminaram qualquer vestígio de poeira. Escolheram na loja, com muito cuidado, alguns livros de que Hedy talvez fosse gostar e que poderiam ajudá-la a aprender a língua. *O jardim secreto*, *Orgulho e preconceito* e *Mary Poppins* estavam entre os selecionados. Depois que Gertie os arrumara na cornija da lareira, ela e Betty deram um passo para trás e admiraram o resultado.

— Você acha que ela vai ser feliz aqui?

Betty olhara para a dona da livraria.

— Se não for, pode ir morar na minha casa. Vou adorar trocar de lugar com ela. Meu irmão, Sam, é um porco.

— Betty! — Gertie dera uma risada. — Obrigada pela ajuda, querida.

— Foi um prazer, sra. Bingham. E estou sendo sincera. Hedy tem muita sorte de poder morar com a senhora.

Gertie dera tapinhas no ombro da moça, torcendo para que ela estivesse certa.

Observava agora o trem a vapor — que à distância parecia só um pontinho envolto em fumaça — transformar-se em um gigante e parar assoviando na plataforma. O barulho foi intenso, mas mesmo assim Gertie conseguia ouvir o som das crianças: um burburinho de conversas, um grito angustiado, alguns soluços de lamento. Havia várias outras pessoas cheias de expectativas ali, a maioria mulheres, aguardando atrás da grade com ela. Ficaram observando os funcionários da estação, que avançaram para abrir as portas, e alguns adultos que desceram, guiando pequenos grupos de crianças em direção às pessoas que esperavam. Gertie ficou impressionada com a variedade de idades. Havia desde bebês de colo até adolescentes que pareciam quase adultos. Traziam no rosto todo tipo de expressão que Gertie poderia imaginar. Alguns pareciam animados, como se estivessem em uma aventura; outros pareciam aterrorizados, olhando de um lado para o outro tentando assimilar o caos barulhento. Alguns estavam chorando de boca bem aberta, com uma tristeza que deixou Gertie de coração partido.

— Coitadinhos — disse uma mulher na multidão, ecoando o pensamento de todos.

De fato, era de dar dó. Todos pareciam perdidos e solitários. Uma chama de indignação ardeu na alma de Gertie. Quem faria uma coisa daquelas com crianças? Crianças, pelo amor de Deus! Obrigá-las a deixar seus lares e suas famílias e vir para uma terra estranha sem saber o que poderia acontecer? Que tipo de ser diabólico faria uma coisa dessas com *crianças*?

Enquanto elas eram levadas por uma saída lateral para uma área de espera, Gertie viu uma pessoa conhecida carregando um menininho, que não devia ter mais do que quatro ou cinco anos.

— Charles! — gritou Gertie.

Ele se virou e acenou. Depois, entregou o menino para outro voluntário e correu até ela. Gertie jogou os braços em volta do seu pescoço.

— Estou tão feliz por ver você. Eu não sabia que estaria com este grupo. Como foi a viagem?

O rosto de Charles estava pálido, com a barba por fazer e olheiras profundas.

— É um alívio finalmente estar aqui.

Gertie percebeu que aquilo era só metade da história.

— Foi difícil sair da Alemanha?

Charles passou a mão no queixo.

— Vamos dizer que as coisas ficaram mais fáceis quando chegamos à Holanda. O povo de lá foi muito gentil. Deram chocolate para as crianças. — Ele olhou por cima do ombro. — Tenho que voltar. Qual é o nome da criança que veio buscar?

— Hedy. Hedy Fischer.

Charles assentiu.

— Vou encontrá-la.

Gertie ficou observando até que ele sumiu de vista. Conhecia aquele homem havia muito tempo, mas, ainda assim, quando o viu naquele contexto, ele ganhou um ar enigmático.

— Conheço Charles Ashford melhor do que a mim mesmo — Harry costumava dizer. — Mesmo assim, há momentos em que ele é um completo mistério. E eu gosto ainda mais dele por isso.

Agnes e seu exército de voluntários com pranchetas já tinham entrado em ação e estavam apresentando as crianças menores para as novas famílias. A maioria parecia desnorteada ao ser levada para uma vida ao lado de estranhos. Um garotinho segurando uma mala chamou atenção de Gertie. Com o cenho franzido, era a imagem da resiliência. Ela sorriu para ele de forma encorajadora quando se cruzaram.

— Deus salve o Rei! — gritou o garotinho, com um sotaque alemão carregado e uma voz aguda, fazendo todos à volta rirem.

Um pouco depois, Charles tocou o braço de Gertie. Ela se virou, uma pilha de nervos.

— Gertie Bingham. Esta é Hedy Fischer — disse ele de forma casual, como se estivesse apresentando duas pessoas em uma festa.

A garota diante de Gertie estava com uma mochila nas costas e tinha quase o seu tamanho. O cabelo castanho ondulado chegava à altura dos ombros, e os olhos eram da cor de melaço. Vestia um casaco de lã azul-marinho com um cachecol cor-de-rosa e parecia tão desconfiada quanto um gatinho encurralado.

Gertie estendeu a mão enluvada.

— Meu nome é Gertie Bingham e estou muito feliz em conhecê-la — disse, notando que as mãos de Hedy estavam trêmulas quando aceitou o cumprimento.

— Aqui estão todos os documentos, sra. Bingham — comentou Agnes, que surgira ao lado deles. — Pode pegar a bagagem de Hedy ali. A mala dela tem o mesmo número que aparece no casaco e na mochila. Depois, podem ir.

— Obrigada — disse Gertie.

— *Welche Nummer haben Sie?* — perguntou Charles ao chegarem perto da fila de malas organizadas contra uma das paredes.

— *Neunundfünfzig* — respondeu Hedy com uma voz hesitante, segurando a etiqueta para eles verem.

— Cinquenta e nove. Muito bem.

Quando Charles se afastou para procurar a bagagem, Gertie sentiu uma onda repentina de pânico. Como conseguiria se comunicar com a garota sem ele? Revirou a mente em busca do pouquinho de alemão que aprendera na escola.

— *Neinundfünfzig* — arriscou, apontando para a etiqueta de Hedy. — *Ich bin neunundfünfzig Jahre alt.*

Hedy ergueu as sobrancelhas, visivelmente surpresa com o fato de aquela estranha ter revelado a própria idade tão rapidamente.

— Aqui está — disse Charles voltando com uma mala verde. — Vocês conseguem voltar sozinhas para casa? Precisa que eu chame um táxi?

— Ah, não. Vamos ficar bem. Muito obrigada, Charles — respondeu Gertie com um tom leve, esperando encobrir sua apreensão.

— Tem certeza? E quanto à mala? É bem pesada.

— Eu levo — disse Hedy, dando um passo à frente para pegá-la.

— Prontinho. Hedy é bem forte. Vai ficar tudo joia, não é? — perguntou Gertie com alegria forçada.

A menina franziu o cenho, confusa.

Charles riu.

— "Tudo joia" é o jeito de Gertie dizer "excelente", Hedy. *Ausgezeichnet!*

A garota balançou a cabeça, ainda um pouco incerta. Gertie sentiu o estômago revirar de consternação.

Tinha chegado ali determinada a manter as coisas leves e descontraídas, mas agora parecia estar confundindo a coitadinha. Além disso, ao pensar que teria que atravessar Londres, ficou bastante aflita. Gertie sabia que Charles as acompanharia se pedisse, mas dava para perceber como estava cansado. *Vamos, Gertie, você não pode fugir da responsabilidade agora.*

— Telefonarei para você mais tarde, Gertie — disse Charles, se inclinando para dar um beijo no rosto dela. — Muito obrigado por fazer isso. De verdade. — Gertie assentiu, encorajada pelas palavras do amigo. Charles se virou para Hedy. — *Schön Sie kennen zu lernen, Fräulein Fischer.*

— *Sie auch* — disse Hedy com um fio de voz.

Ele tocou a aba do chapéu antes de desaparecer no meio da multidão, e Gertie precisou controlar o impulso de chamá-lo de volta. Ela olhou para Hedy, que a observava com expectativa.

— Tudo bem — declarou Gertie, sentindo-se tonta com o peso repentino da responsabilidade. — Hora de irmos para casa.

Gertie Bingham sempre se orgulhara de ser uma mulher de ação. Apesar de estar farta do caos de Londres, sabia muito bem como atravessar a cidade, ainda que tivesse, lamentavelmente, perdido a prática. No mesmo instante se viram fora do ritmo das pessoas, que seguiam como um cardume de peixes para a mesma direção e que pareciam decididas a bloquear o caminho. É claro que o progresso delas foi um pouco prejudicado por Hedy. Não era apenas a questão da bagagem, que ocupava o lugar de uma terceira pessoa, mas também a reticência da menina diante de tudo: das escadas rolantes aos barulhentos trens do metrô, que passavam a toda velocidade nos dois lados da plataforma. Em determinado momento, um homem se chocou contra ela e, em vez de pedir desculpas, berrou:

— Ei, olhe por onde anda!

— Espere um minuto — interveio Gertie com uma indignação que a surpreendeu. — Como se atreve a empurrar essa pobre menina depois de tudo o que ela passou?

Mas o homem já tinha desaparecido na multidão.

O pescoço de Hedy ficou vermelho.

— Está tudo bem, querida — disse Gertie. — Londres é muito agitada. E as pessoas às vezes esquecem as boas maneiras.

Hedy não respondeu, apenas manteve a cabeça baixa enquanto o trem parava na estação.

— Aqui, deixe que eu te ajude com isso — disse um jovem de dentro do trem, fazendo um gesto em direção à mala da moça. Hedy olhou para Gertie em busca de orientação.

— Ah, muito obrigada — respondeu Gertie. Todos os lugares no vagão estavam ocupados, mas dois homens se levantaram e ofereceram seus assentos. Gertie aceitou com educação. — Está vendo, Hedy. Existem pessoas gentis no mundo.

A moça não respondeu. Silêncios longos sempre deixavam Gertie nervosa, então agora ela se sentia impelida a começar uma conversa, mesmo que trivial.

— *Mein Deutsch is nicht gut* — comentou em tom alegre.

Um homem do assento da frente, que estava usando chapéu-coco e lia o *Telegraph*, baixou o jornal e olhou para elas de cara feia ao ouvir o som do idioma ofensivo. Gertie sentiu o rosto corar pela tolice.

— Acho melhor para você que eu fale em inglês. Vai te ajudar a aprender — disse. Hedy ficou olhando para ela, e Gertie começou um estranho monólogo. — Eu tenho uma livraria. Você gosta de livros? — Hedy assentiu de forma discreta. — Que bom. Uma ótima notícia. Comprei alguns livros dos quais achei que você poderia gostar. Estão no seu quarto. Betty, que é minha assistente na livraria, me ajudou a escolher. Você vai gostar dela. É muito simpática e não é muito mais velha que você. — Hedy continuou imóvel, piscando. — E também tem o Hemingway. Meu cachorro. Nossa casa é pequena, mas tem um lindo jardim. Você gosta de jardins? Eu adoro. Gosto de plantar várias flores. Dálias são as minhas favoritas. Você gosta de dálias? No verão, posso colher algumas para enfeitar seu quarto. Também planto verduras e legumes. Batata, cebola, vagem, esse tipo de coisa. Eu costumava plantar cenouras também, mas elas sempre eram destruídas por pragas. Uma dor de cabeça. E gosto de cultivar plantas brássicas, mas é necessário cobri-las, caso contrário, os pombos acabam com elas. Um horror.

Gertie notou que Hedy balbuciou a palavra "brássicas" e se lembrou da confusão de antes, durante a conversa com Charles.

— Ah, me desculpe. O repolho é uma planta brássica, por exemplo. Também a couve-flor, a couve-de-bruxelas, o brócolis, o rabanete...

A ruga na testa de Hedy ficou ainda mais profunda enquanto a moça tentava entender por que aquela mulher estranha estava listando nomes de verduras e legumes. Gertie sabia que estava só tagarelando, sem conseguir parar. Ela realmente tinha acabado de falar sobre dálias e pragas de jardim? Ouviu o homem que estava lendo o *Telegraph* fazer um muxoxo e fechou a boca até chegarem à estação correta.

Gertie guiou Hedy pela multidão até a parte de cima da estação, onde fariam a baldeação. O saguão era um mar de homens de chapéu retornando do trabalho. Gertie teve que lutar contra o impulso de se jogar no chão, no meio deles, para descansar. Podia ver que Hedy também estava com dificuldades. O cansaço e a preocupação estavam marcados em seu rosto.

— Venha — disse Gertie. — Segure meu braço. Nosso trem está na plataforma um.

Hedy pareceu relutante, mas obedeceu. Gertie se sentiu vitoriosa ao descobrir dois lugares vazios e se jogou naquele que ficava mais perto do corredor assim que conseguiu colocar a mala de Hedy no compartimento logo acima da cabeça delas.

— É melhor você se sentar perto da janela — disse. — Para que consiga ver Londres em toda sua glória.

Quando o trem partiu da estação, Hedy se esticou no assento, hipnotizada pelo Tâmisa, que brilhava sob os raios do sol do fim da tarde, com a catedral de St. Paul como um farol a distância. Enquanto Gertie ia apontando os pontos turísticos, Hedy permanecia em silêncio, com os olhos fixos na paisagem que mudava à medida que a Londres industrial dava lugar a áreas residenciais com pátios de tijolo e jardins bem cuidados. Gertie ficou feliz e entrou em um estado de devaneio tranquilo, fechando os olhos por um instante, perguntando-se, com um pouco de apreensão, o que o futuro lhe traria. Quase não conseguia acreditar que aquela menina estava sob seus cuidados. Entreabriu os olhos e notou Hedy fitando a janela, mordendo o lábio, como se também não acreditasse.

Quando saíram da estação um pouco depois e fizeram a curta caminhada até chegarem em casa, Gertie sentiu uma pontada de orgulho de seu bairro. O sr. Travers, o quitandeiro aposentado de Beechwood, levantou o chapéu para elas. Gertie retribuiu com um aceno animado.

— Acho que você vai gostar muito de Beechwood. Todo mundo é muito amigável — comentou, pondo de lado por ora os pensamentos sobre a antipatia da srta. Snipp e as fofocas maldosas da srta. Crow.

Voltou-se então para Hedy, mas os olhos da garota continuavam fixos à frente, como se ela estivesse em um transe. *Não é surpresa*, pensou Gertie. *A pobrezinha deve estar exausta.*

Quando viraram a esquina da rua dela e cruzaram a entrada do jardim até a porta de entrada de casa, Gertie sentiu uma onda de alívio. Sempre amara aquela casinha, com a sua porta verde-escura e as rosas no jardim. Esperava que Hedy a considerasse tão acolhedora quanto ela achava. Gertie ficou atrás e lhe apontou o caminho.

— Bem-vinda à sua nova casa — disse, tentando interpretar a expressão da menina, que olhava em volta um pouco confusa.

Foram interrompidas por Hemingway, que veio correndo da sala para cumprimentá-las. Gertie o segurou pela coleira, enquanto Hedy dava um passo para trás.

— Calma, Hemingway. Não é assim que recebemos nossos hóspedes. — Ela estendeu a outra mão para Hedy. — Não se preocupe, querida. Ele só é um grandalhão amoroso.

Hedy ficou olhando para o cachorro por um tempo. Depois se ajoelhou e abraçou o corpo peludo. Hemingway abanou o rabo loucamente em resposta.

— Eu amo cachorros — murmurou ela contra o pelo dele.

— Acho que você encontrou uma nova amiga, Hemingway — disse Gertie, animada com aquele encontro. — Você quer conhecer o seu novo quarto? Depois posso fazer um chá para nós.

— Quero — afirmou Hedy.

Gertie pensou com seus botões que as respostas monossilábicas de Hedy eram mais do que esperadas. A menina tinha deixado a própria casa e chegado a um lugar estranho depois de uma viagem árdua. *Não desista, Gertie*, pensou, lembrando-se das palavras que a mãe dizia sempre que a vida lhe lançava um desafio. *Você vai dar um jeito.*

— Venha comigo — convidou, guiando Hedy pela escada até o quarto recém-pintado.

Gertie acendeu a luz do abajur na cabeceira, feliz com a atmosfera acolhedora e convidativa do cômodo, que estava banhado em uma luz alaranjada e cálida.

— Aqui está — disse, colocando a mala de Hedy sobre a cama.

Hedy ficou olhando em volta sem dizer nada. Então Gertie insistiu:

— Espero que fique bem confortável. Betty e eu tentamos escolher cores bonitas. Ah, e esses são os livros que mencionei — acrescentou ela, apontando para a cornija. Como não houve resposta, Gertie tentou deixar as coisas mais leves. — Nós espancamos esse tapete até dizer chega.

Hedy franziu a testa, confusa.

— Para nos livrarmos da poeira — esclareceu Gertie, sentindo o rosto corar. *Pelo amor de Deus, Gertie, pare de falar.*

— Ah — disse Hedy, por fim. — Obrigada.

Gertie não queria que Hedy dançasse o cancã como agradecimento, mas esperara algo um pouco mais efusivo. Disse para si mesma que um "obrigada" seria suficiente por ora.

— Vou descer e preparar um chá — disse ela. — Por que não desfaz as malas e vem me encontrar lá embaixo?

Gertie se dirigiu até a porta.

— Com licença? — chamou Hedy.

— Sim?

— Eu estou muito cansada. Acho que é melhor dormir agora.

Hedy disse isso como uma afirmação, não como uma pergunta.

— Claro — retrucou Gertie. — Mas e o jantar? Eu ia preparar uns crumpets para nós.

Ou Hedy não gostava ou não sabia o que eram crumpets, já que respondeu sem hesitar:

— Não estou com fome.

— Ah — disse Gertie. — Se você tem certeza.

Hedy assentiu.

— Mas espere, por favor — pediu a moça, enfiando a mão na mochila.

Ela pegou um envelope e um pacote de papel pardo amarrado com uma fita vermelha. Entregou ambos para Gertie.

— Minha mãe escreveu uma carta para você e mandou *ein Geschenk*, um presente.

Gertie abriu o pacote e tirou de lá um livro roxo de capa dura.

— *Kinder und Haus-Marchen?* — ela leu, voltando-se para Hedy em busca da pronúncia correta.

— *Maerchen* — corrigiu a garota. — *Gesammelt durch die Brüder Grimm.*

— Ah. É um livro dos contos dos irmãos Grimm. Que maravilha.

Hedy assentiu.

— Minha mãe achou que você podia gostar, ela adora livros também.

Gertie abraçou o exemplar junto ao peito.

— Obrigada. Isso foi muito gentil. Talvez eu possa sugerir a Betty que ela escolha este livro para o nosso próximo clube de leitura. Você poderia participar também, embora provavelmente tenhamos que ler em inglês.

Gertie deu um risinho. Hedy não disse nada. Apenas uniu as mãos e observou Gertie, visivelmente querendo que ela saísse do quarto.

— Boa noite, então — disse Gertie, dirigindo-se para a porta.

— Boa noite — respondeu Hedy, virando de costas.

Enquanto Gertie preparava o chá e crumpets só para si, ouvia Hedy se movimentando no andar de cima. Era esquisito perceber um barulho em sua casa depois dos anos de silêncio que se seguiram à morte de Harry, e ainda mais ter uma estranha morando ali.

— Amanhã vai ser melhor — disse para Hemingway, que respondeu com um bocejo.

Ela carregou a bandeja de chá para a sala, colocou-a na mesinha diante da lareira e se afundou, aliviada, na poltrona. Ficou observando as chamas saltarem e dançarem por um momento antes de pegar a carta que Hedy lhe entregara. Tinha sido escrita com uma caligrafia caprichada e em um inglês perfeito:

Freising, 2 de março de 1939
Prezada sra. Bingham,
Escrevo para lhe agradecer por aceitar receber minha filha, Hedy, sob seus cuidados. Ela é inteligente, bondosa, um pouco teimosa às vezes e sempre cheia de opiniões. Mas sei que ela vai se dedicar com afinco a qualquer tarefa que lhe passarem. É uma boa moça e tem um coração de ouro. Não sei se você é mãe, sra. Bingham, mas, pelas suas ações, sei que é uma mulher bondosa. Por isso, acredito que vá entender quando digo que foi muito difícil mandar nossa filha para tão longe. Estamos em uma situação difícil no momento, mas eu continuo otimista. Acho que dias melhores nos aguardam.

É claro que vou continuar escrevendo para Hedy, enviando as cartas para o seu endereço. Temos esperanças de conseguirmos nos juntar a ela na Inglaterra em breve.

Agradeço novamente pelo seu altruísmo e pela sua bondade. São pessoas como você que me fazem acreditar que ainda existe generosidade no mundo.

Atenciosamente,
Else Fischer

Gertie olhou para o fogo na lareira e começou a sentir o corpo ficar pesado. Fechou os olhos por um momento deixando a respiração calma de Hemingway, que estava a seus pés, embalar o sono. Acordou um pouco depois e notou que tanto o chá quanto os crumpets tinham esfriado e que o cachorro não estava mais lá. A casa estava no mais absoluto silêncio quando ela se levantou da poltrona e subiu as escadas. Pela porta entreaberta do quarto, Gertie deu uma espiada em Hedy, que dormia profundamente na cama, ainda com as roupas da rua. Hemingway estava deitado no chão ao lado dela, de guarda. O cenho de Hedy estava franzido, como se as preocupações tivessem invadido seus sonhos. Gertie observou o rosto preocupado da menina por um tempo e sentiu reacender dentro de si um senso de propósito que estava esquecido, mas que era estranhamente familiar. Já que Else Fischer não poderia estar presente por enquanto, Gertie deveria assumir seu papel. Ela pegou um cobertor na cadeira no canto do quarto e cobriu Hedy com carinho.

— Durma bem — sussurrou, saindo do quarto na pontinha dos pés.

Capítulo 5

"Devo dizer que enfim não existe prazer maior do que a leitura! De todo o resto a pessoa se cansa mais depressa do que de um livro. Quando eu tiver uma casa só minha, quero morrer à míngua se não houver uma excelente biblioteca."

Orgulho e preconceito, Jane Austen

Gertie estava certa de que tinha cometido um erro terrível. Sua vida tranquila e organizada tinha virado de cabeça para baixo, e ela não estava gostando nada daquilo. Acordava no meio da noite, ao ouvir o ranger das tábuas corridas, e se encolhia de medo, convencida de que a casa tinha sido invadida, para então se lembrar dos últimos acontecimentos. Ou entrava na sala, pronta para se sentar na sua poltrona com uma xícara de chá depois de um longo dia, e encontrava Hedy dormindo ali, encolhidinha. A garota parecia ter a capacidade singular de cochilar a qualquer hora do dia, como um gato. Havia manhãs em que a garota não aparecia antes de Gertie sair para a livraria. Sem qualquer experiência em lidar com moças de quinze anos, a não ser pela lembrança distante de sua própria juventude, Gertie não sabia se aquele era um comportamento normal. Desesperada, procurou por Betty para pedir conselhos.

— Ah, sim, eu costumava dormir o dia inteiro quando tinha a idade dela. Deixava minha mãe louca da vida — contou Betty enquanto elas reabasteciam a seção de poesia.

— Nossa, que alívio. Achei que ela poderia estar me achando um tédio. Ela é muito calada.

— Como é o inglês dela?

— Melhor que o meu alemão, mas nunca passamos das cordialidades de sempre — disse Gertie, colocando um exemplar dos *Sonetos de Shakespeare* na prateleira. — "Dormiu bem?", "gostaria de tomar um chá?", "que dia adorável!". E por aí vai. Parece que sou incapaz de arrancar qualquer outra coisa dela além de um aceno educado da cabeça.

— Ainda faz pouco tempo, sra. B. Imagine o choque de ser arrancada de perto da família e dos amigos. Ela provavelmente só está com saudade de casa.

Gertie suspirou.

— Acho que você está certa. Só fico preocupada por talvez não estar oferecendo animação suficiente para uma jovem como ela.

— Bem, tenho certeza de que isso não é verdade. Mas tenho uma ideia. Barnaby e eu vamos fazer um passeio por Kent no fim de semana. Ela poderia vir com a gente. Vou convidar meu irmão, Sam, para vir também. Desde que você me dê autorização, é claro.

Gertie foi pega de surpresa. Para ser sincera, ela adoraria ter um descanso daquelas conversas estranhas e monossilábicas. Por outro lado, seria adequado permitir que uma garota tão jovem passasse o dia com Betty e dois rapazes? No fim das contas, Gertie decidiu que não havia ninguém no mundo mais confiável do que sua livreira assistente.

— Seria bom para Hedy passar algum tempo com pessoas de idade próxima à dela — ponderou Gertie.

— Está marcado, então. Vamos buscá-la às onze horas.

— Muito obrigada, minha querida. Fico feliz que as coisas estejam caminhando bem entre você e o sr. Salmon. Ele é um rapaz muito bom.

Os olhos de Betty brilharam.

— Fico contente que também ache isso, sra. B.

Na manhã de domingo, Gertie bateu à porta de Hedy um pouco depois das oito da manhã.

— Bom dia, querida. Vou preparar o café da manhã para nós. Algo que te deixe bem alimentada antes de você sair com a Betty.

Um resmungo veio do outro lado da porta.

— Em meia hora vai estar pronto — insistiu Gertie.

Meia hora e mais um pouco se passaram, e nada de Hedy aparecer. Gertie foi até o pé da escada.

— O café está servido! — gritou, mal conseguindo disfarçar a impaciência.

Mais ou menos um minuto depois, ouviu os passos pesados de Hedy na escada. Ela estava de camisola e com cara de mau humor quando sentou à mesa. Gertie colocou um prato diante da garota.

— Arenque defumado — disse ela. — Uma iguaria inglesa.

Hedy olhou perplexa para o prato.

— Não estou com fome — murmurou.

— Você tem que comer — disse Gertie. — E não podemos desperdiçar comida.

Gertie pegou o garfo e a faca e começou a atacar o peixe borrachudo. Quando colocou um pedaço na boca, arregalou os olhos. Tinha se esquecido de como a carne era dura. Ela parecia estar comendo sola de sapato defumada.

— Com licença — disse Gertie, levantando-se e saindo apressada da sala.

Quando voltou, o prato de Hedy estava vazio, e Hemingway parecia muito satisfeito.

— Delicioso — declarou Hedy com cara de inocente.

★ ★ ★

— Eu servi arenque defumado para ela, Charles — choramingou Gertie ao telefone depois que Hedy saiu. — Eu nem gosto de arenque. O que há de errado comigo?

— Nada, Gertie. Você está se esforçando. Talvez se esforçando demais. Vai levar um tempo até se acostumar a ter outra pessoa morando com você. Além disso, as coisas são difíceis para Hedy também.

— Eu sei. Eu sei. Desculpe. Preciso dar tempo ao tempo, mas você sabe como sou impaciente.

— É mesmo, Gertie Bingham? — provocou Charles. — Eu não fazia ideia.

Gertie riu.

— Já chega de falar de mim. Como você está?

— Ocupado. Vou voltar para a Alemanha na semana que vem e ajudar a trazer para cá outro trem cheio de crianças.

— Você é um bom homem, Charles Ashford.

— E você é uma boa mulher, Gertie Bingham. Tente ficar tranquila. Você e Hedy ainda estão se conhecendo. Já faz um tempo desde que precisou dividir seu espaço com alguém. Vocês logo se tornarão amigas de verdade.

— Espero que esteja certo.

— Pode acreditar. Eu conheço você.

Gertie sabia que ele estava certo quanto à última parte pelo menos. Sempre tinha sentido que Charles Ashford a conhecia melhor do que ela mesma. Era como se conseguisse enxergar a alma das pessoas. O irmão dela, Jack, resumira aquilo muito bem quando Gertie os apresentara em meio ao luxo do restaurante The Savoy's River muito tempo antes.

— Que estranho, é como se eu já te conhecesse — dissera ele enquanto trocavam um aperto de mãos. — Ou melhor, como se você já me conhecesse.

Estavam lá para comemorar o aniversário de vinte e quatro anos de Gertie. Seus pais tinham viajado para o funeral de um parente distante, então Jack tinha sido enviado para tomar conta dela. Ela havia engolido a própria irritação e convencido o pai a permitir que convidasse Charles. Assim, formariam um grupo de quatro com Harry.

A noite não tinha sido o sucesso estrondoso que Gertie esperara. Encorajada pela mãe, ela havia usado um vestido de seda creme mais revelador do que de costume, adornado com glicínias lilases e folhas verdes. Tinha se sentido uma imperatriz ao passarem pela entrada do Savoy. Mas logo ficara irritada por Harry não ter dito nada. Ele estava ocupado puxando o colarinho do terno que pegara emprestado com o irmão de Charles, visivelmente desconfortável, e declarando surpresa com os preços exorbitantes de tudo.

No fim da noite, quando Harry foi buscar os casacos e Jack desapareceu no bar depois de avistar um velho amigo, Charles se virou para perguntar se Gertie tinha gostado da noite. Ela olhou para aqueles olhos azuis encantadores e abriu sua alma: disse que ainda era muito nova, que Harry parecia profundamente desconfortável naquele mundo e que ficava preocupada ao notar que a vida caminhava rápido demais em direção ao inevitável casamento. Ela estava quase sem ar ao terminar. Charles deu um sorriso bondoso.

— Minha querida Gertie. Não posso dizer o que deve fazer, mas de uma coisa eu sei — afirmou. Gertie se empertigou, pronta para ouvir. — Em primeiro lugar, e confesso que sinto um pouco de inveja disso, não conheço outro casal que combine de forma tão perfeita. E, em segundo, posso dizer com toda a honestidade, não existe em nenhum lugar homem mais gentil, educado e sincero do que Harry Bingham.

— Meu Deus, que momento tenso. Achei que tivessem perdido seu xale, Gertie — dissera Harry ao voltar da chapeleira.

Quando os olhos de Gertie encontraram os de Harry, ela percebeu duas coisas: que ela nunca encontraria um homem que a amasse tanto quanto ele e que Charles Ashford sempre lhe diria a verdade.

— Eu acredito em você, Charles — respondeu ela agora ao telefone. — E vou me esforçar para ser paciente.

— Você vai ser maravilhosa, Gertie. Você sempre é.

Mais tarde naquele dia, Gertie foi ao quarto de Hedy para tirar a poeira. Ficou impressionada com o jeito como a hóspede arrumou a cama. Os cantos estavam perfeitamente dobrados, os travesseiros, afofados, e o edredom, esticado. Else Fischer tinha educado bem a filha. Gertie também ficou feliz ao ver o exemplar de *Orgulho e preconceito* aberto ao lado da cama. Não conseguiu resistir à tentação de marcar a página com uma fita da penteadeira e fechar o volume. A visão do inferno para Gertie era um aposento cheio de livros com lombadas marcadas.

Estava passando o espanador na cornija quando viu a fotografia. Como o homem que a encarava de volta tinha o mesmo olhar sereno de Hedy, Gertie imaginou que fosse o pai da menina quando jovem. Notou o bigode espesso, o maxilar marcado e o queixo levantado em uma pose confiante, mas também viu um brilho de bondade em seus olhos. O que a incomodou, porém, foi o fato de ele estar usando um uniforme do exército. Um uniforme do exército alemão.

Gertie se sentou na cama, segurando a foto. Talvez fosse uma tola ingênua, mas não tinha lhe passado pela cabeça que o pai de Hedy pudesse ter sido um soldado na Grande Guerra. Que ele poderia muito bem ter enfrentado e matado soldados ingleses. Soldados ingleses como o seu irmão, Jack. Gertie olhou nos olhos do homem. Não parecia um assassino. Se não fosse pelo capacete *pickelhaube* e pela baioneta, pareceria o tipo de homem que cede o seu lugar no trem ou oferece ajuda com a bagagem. Um homem comum. Um marido. Um pai. A história gostava de rotular as pessoas como heróis ou vilões, mas Gertie sabia, por experiência própria, que a vida era mais complexa do que isso. Ela jogava os seres humanos de um lado para o outro como pedras no mar. Só nos restava a possibilidade de lidar com o mundo à nossa volta. Lutar ou fugir, proteger aqueles que amamos e tentar sobreviver. Isso era tudo que alguém podia fazer. Ela passou o espanador no porta-retratos e o colocou na mesinha de cabeceira. Depois saiu do quarto e fechou a porta.

Quando Hedy voltou naquela tarde, foi Sam quem a acompanhou até a porta. Gertie viu o carro estacionar do lado de fora e se levantou, quase tropeçando em Hemingway, que estava com muita pressa para cumprimentar as visitas.

— Boa tarde, sra. Bingham — disse Sam, tirando o chapéu. Gertie já tinha encontrado o irmão de Betty uma vez, quando fez uma visita à livraria. Era simpático e tinha um ar de menino, o que fazia Gertie se lembrar um pouco de Jack. — Devolvo *Fräulein* Fischer aos seus cuidados.

Ele curvou um pouco a cabeça para Hedy. Gertie notou no rosto da moça um tom rosado que não estava ali naquela manhã.

— *Vielen Dank, Herr Godwin* — disse Hedy, entrando em casa.

— *Bitte schön* — respondeu ele com um sorriso.

— O passeio foi bom? — perguntou Gertie.

Sam olhou para Hedy.

— Bem, srta. Fischer. O que achou?

— Foi esplêndido — declarou Hedy com ar triunfante.

Sam e Gertie riram.

— Estamos ajudando Hedy com o seu inglês. Não que ela precise, na verdade.

— Venha logo, Samuel — gritou Betty do carro. — Não faça a sra. B. ficar parada na porta o dia todo.

Sam fez uma careta.

— Ela me chamou de Samuel. Isso significa que estou com problemas. — Ele inclinou a cabeça de forma galanteadora. — *Schön dich kennenzulernen*, Hedy. Foi um prazer vê-la novamente, sra. Bingham.

— O prazer foi meu, Sam. Obrigada pela gentileza de hoje. Hedy, você se lembrou de agradecer a Betty?

Um traço de irritação apareceu no rosto de Hedy.

— Mas é claro.

— Até mais — disse Sam. — Espero vê-la semana que vem, no cinema.

— Adeus, Sam — respondeu Hedy com um sorriso.

— Vocês vão ao cinema? — perguntou Gertie enquanto acenavam para eles.

— Vamos — respondeu Hedy com o sorriso desaparecendo do seu rosto. — A Betty me convidou.

— Ah, que maravilha.

— Sim.

Hedy já estava subindo as escadas.

— Eu adoraria saber como foi o seu dia — disse Gertie. — Talvez você pudesse me contar enquanto tomamos um chá?

A moça nem se virou.

— Não, obrigada. Estou muito cansada.

Hedy continuou subindo, e Hemingway seguiu seus passos. Gertie permaneceu ao pé da escada por um instante enquanto a sombra da solidão caía sobre ela. Queria ir atrás de Hedy, perguntar sobre o passeio e compartilhar da alegria dela, mas alguma coisa a impediu. Sabia que não era suficiente para Hedy. Era só uma velha antiquada, que preparava arenque defumado e não sabia mais como se divertir. Por que aquela jovem ia querer passar tempo com ela? Charles tinha dito que demoraria um pouco até ficarem amigas, mas Gertie não conseguia imaginar aquilo acontecendo nunca. Além disso, havia uma boa chance de a família de Hedy vir encontrá-la na Inglaterra, e então Gertie perderia o seu papel de anfitriã. Talvez fosse mesmo melhor que tivessem um relacionamento breve. Como um navio que está apenas de passagem.

* * *

Uma atmosfera pesada como a névoa poluída de Londres tomou conta da casa naquela noite. Gertie ficou sozinha na sala sem ter nem mesmo a companhia de Hemingway. Hedy não saiu do quarto, apesar da insistência de Gertie para que comesse. A garota era teimosa. Tinha a personalidade forte, como a mãe alertara na carta. Gertie se lembrava de ter conhecido uma garota exatamente como aquela no seu passado distante, mas não podia dizer que gostava de dividir a casa com ela.

Hedy nem mesmo tinha lhe desejado boa noite. Então Gertie foi para a cama chateada. Nem mesmo o livro de Wodehouse, que mantinha ao lado da cama para emergências como aquela, pôde consolá-la. As histórias das travessuras de Bertie acabavam abafadas pelos pensamentos febris que lhe diziam que tinha cometido um erro. Ela se viu rezando para que os esforços de Else Fischer de trazer a família à Inglaterra para se juntar à filha dessem certo logo.

Por fim, Gertie adormeceu. Foi despertada, porém, pouco depois da uma da manhã por um grito agudo cortando a escuridão. No início, achou que fossem raposas no jardim, mas, ao ouvir um chamado desesperado, percebeu que o som estava vindo do quarto de Hedy. Gertie calçou os chinelos, vestiu o penhoar e foi até lá espiar pela porta entreaberta. A luz leitosa da lua cheia atravessava as cortinas e atingia o rosto ansioso de Hedy. A menina estava balbuciando e se virando de um lado para o outro em um sono agitado. Hemingway, que agora parecia ter assumido de vez o papel de protetor de Hedy, estava acordado, com o olhar atento, pronto para atacar qualquer inimigo que pudesse sair dos sonhos dela. Os gemidos de Hedy começaram a ficar mais altos até ela começar a gritar.

— *Nein, nein, nein! Lass meinen Bruder gehen!*

Gertie reconheceu as palavras das aulas de alemão que tivera na escola. *Soltem meu irmão!*

Hemingway latiu e Hedy acordou sobressaltada, esfregando os olhos. Ela se abaixou e, chorando, abraçou a cabeça enorme do cachorro.

— *Hemingway, du bist mein bester Freund. Danke. Danke!*
Você é meu melhor amigo.

Gertie voltou para o quarto. O ressoar do idioma a fazia se lembrar de que tinha uma alemã sob o seu teto. Os alemães eram o inimigo, mas ali havia uma criança. Uma criança sofrendo. Gertie estava acostumada a ouvir o alemão berrado por Hitler em trechos de discursos reproduzidos na rádio, mas aquilo era diferente. Hedy nada tinha a ver com a Alemanha do autoritarismo ou do fascismo. Gertie ficou se revirando na cama pelo resto da noite, envergonhada por ter permitido que uma intolerância profundamente enraizada viesse à tona. Acabou conseguindo dormir por volta das cinco da manhã e acordou duas horas depois com um senso de propósito inesperado.

Às oito horas, Gertie bateu à porta de Hedy.

— Você gostaria de ir à livraria hoje? Betty vai conduzir o encontro do clube do livro mais tarde, e os participantes vão debater *Orgulho e preconceito*. Talvez você possa dizer o que está achando da história.

Do outro lado da porta, a resposta foi apenas um grande silêncio. Gertie congelou, percebendo que havia confessado, sem querer, ter entrado no quarto de Hedy.

— Eu espanei o seu quarto outro dia e notei que você estava lendo — acrescentou com uma careta.

Em seguida, Gertie ouviu um gemido baixo e o som da menina se levantando. Instantes depois, Hedy abriu uma fresta da porta.

— Sim — respondeu ela. — Eu gostaria de ir. *Danke.*

Os ombros de Gertie relaxaram um pouco.

— Maravilha. Vou preparar o café da manhã.

— Sra. Bingham?

— Pois não.

— Nada de arenques hoje, por favor.

Gertie notou que ela estava fazendo uma brincadeira.

— Ah, mas achei que você tinha dito que estavam deliciosos.

Hedy deu de ombros.

— Podemos deixar para servir em dias especiais.

Gertie abriu um sorriso.

— Chá e torrada, então.

— Eu gostaria de dizer que sua hóspede é encantadora — ressaltou a sra. Constantine, olhando em direção ao local onde Betty e Hedy arrumavam as cadeiras para a reunião do clube do livro. — É muita bondade sua aceitar acolhê-la, sra. Bingham. Foi a gentileza de estranhos que me salvou logo que cheguei a este país.

— Não consigo parar de pensar que ela estaria melhor com uma família de verdade — disse Gertie, embrulhando em papel pardo o último romance de Agatha Christie.

— Uma família de verdade? E o que isso significa exatamente? — indagou a sra. Constantine, encarando Gertie com olhos que brilhavam como safiras.

— Ah, não sei. Um lugar com uma mãe e um pai. E talvez alguns irmãos.

A sra. Constantine lançou um olhar enviesado para Gertie.

— Às vezes, o que você procura está bem debaixo do seu nariz.

Gertie ficou perplexa.

— Eu jamais tentaria agir como mãe de Hedy, e sei que ela odiaria isso — disse, lembrando-se do olhar que a moça tinha lhe lançado quando ela sugeriu, educadamente, que tirasse os cotovelos da mesa no café da manhã.

— Minha querida sra. Bingham, ninguém está pedindo que assuma esse papel. Tudo que as pessoas precisam, principalmente nesses tempos sombrios, é de bondade.

Gertie olhou para Betty e Hedy, que estavam rindo.

— Sei que está certa, mas não consigo parar de pensar que Hedy precisa conviver com pessoas da idade dela.

— Bem, então por que não a matricula na St. Ursula? Conheço uma jovem que veio da Polônia e estudou lá por um tempo. A diretora é uma mulher maravilhosa.

Gertie arregalou os olhos.

— Sra. Constantine, que ideia brilhante. Eu conheço a sra. Huffingham. Vou ligar para ela mais tarde.

A senhora assentiu, pegou o embrulho e se encaminhou para os fundos da livraria.

— Olá, meninas — disse ela. — Estou ansiosa pela discussão de hoje. Eu me considero uma pessoa tão obstinada e teimosa quanto a srta. Elizabeth Bennet.

Gertie observou os outros chegarem. Felizmente, a srta. Snipp não pôde comparecer por causa de uma consulta médica para ver o joanete. A srta. Pettigrew estava presente de novo e parecia ter lido o livro certo dessa vez. E o sr. Reynolds, já recuperado do resfriado, estava contando para uma Hedy um pouco confusa sobre sua coleção de quepes de fuzileiros prussianos do século XVIII.

— Artefatos ornados de forma fantástica — dizia ele, balançando a cabeça, maravilhado. — Como a mitra de um arcebispo.

— Vou deixar tudo com você, Betty — disse Gertie, pegando suas coisas. — Venha, Hemingway.

O cachorro olhou para Gertie de onde estava, aos pés de Hedy, antes de retomar a soneca da tarde.

— Ele pode ficar comigo — disse Hedy.

— Ah — respondeu Gertie, pega de surpresa. — Tem certeza?

Hedy assentiu.

— E eu posso acompanhar os dois até em casa, sra. B. Não se preocupe. Vamos ficar bem — prometeu Betty.

— Está bem — concordou Gertie. — Obrigada. Vejo vocês mais tarde, então.

Ela se retirou com o som da conversa e do riso de todos ecoando em seus ouvidos.

— Eu só me sinto um pouco desnecessária — comentou com Harry mais tarde enquanto colocava um delicado ramalhete de prímulas sobre sua lápide. — Hedy parece se dar bem com todo mundo, menos comigo. Não sei como conversar com ela. Ah, Harry, tudo isso seria tão mais fácil se você estivesse aqui. Você saberia exatamente o que dizer e nos alegraria e... — A voz dela foi sumindo enquanto a dor do passado ressurgia. — Isso me faz pensar que eu não teria sido uma boa mãe, no fim das contas.

As lágrimas brotaram quando ela se lembrou de todas as gestações interrompidas, principalmente da última. Gertie a tinha escondido de todos, até do próprio Harry. Ficou um pouco temerosa de guardar aquele segredo, mas queria se certificar de que tudo estava bem antes de contar para ele. Havia se tornado perita em reconhecer os sinais da gravidez. Sempre parecia ficar faminta e ser atingida por ondas de exaustão. Durante uma gestação, sentiu um desejo incontrolável de comer crumpets quentes com manteiga. Em outra, desenvolveu uma necessidade inexplicável de cheirar livros de capa dura.

Nessa ocasião, Gertie estava sentindo uma náusea leve e parecia ter adquirido uma predileção por alcaçuz. Então, não tinha ficado imediatamente óbvio, mas ela sabia. Reconheceu a sensação do corpo mudando e se preparando para cuidar de uma nova vida que crescia dentro dela como uma semente na terra cálida. Imaginava aquele ser minúsculo exatamente assim, como um grãozinho a ser germinado. Tudo que precisava fazer era fornecer os nutrientes e o abrigo para que se desenvolvesse. Mas era ali que estava o problema.

— É a natureza na sua forma mais cruel — dizia Harry enquanto choravam por outra perda. — Você seria uma mãe maravilhosa. Mas, enquanto estivermos juntos, tenho tudo de que preciso.

Querido Harry. Ele tinha feito Gertie muito feliz, mas, apesar das suas palavras delicadas e da sua bondade, ela se culpava. Então, daquela vez, estava tomando um cuidado ainda maior, agindo como uma ave que constrói e guarda o seu ninho. Um dia, foi às compras, como sempre, e, depois do almoço, tirou o cochilo habitual. Pegou o exemplar de *Um quarto com vista* que Harry tinha trazido da biblioteca e começou a ler. Logo as pálpebras começaram a pesar e ela o deixou de lado, permitindo que o sono chegasse. Acordou horas depois ao som da porta da frente se abrindo.

— Cheguei! — gritou Harry.

Gertie se sentou abruptamente na cama, sentindo uma forte cólica.

— Má digestão — dissera para si mesma. — É só má digestão.

Ela se amaldiçoara por ter dormido tanto. O plano era estar esperando por ele quando chegasse, sentada à mesa da cozinha, pronta para contar o segredo precioso. Ela se levantou e fez uma careta quando sentiu uma pontada.

— Já vou descer — disse ela bem alto.

— Está bem.

Gertie foi para o banheiro. A dor aumentou, assim como sua tristeza. Sabia o que aquilo significava mesmo antes de ver o sangue. Tinha falhado de novo. Falhado com Harry e consigo mesma. Nunca seria mãe, nunca sentiria a alegria de ouvir as gargalhadas dos filhos reverberando pela casa, nunca veria seus rostinhos se iluminarem enquanto Harry lhes contava uma história. Era isso que mais lhe doía. A ideia desses filhos fantasmas que nunca conheceriam o amor deles.

Gertie enxugou as lágrimas e pousou a mão na lápide de Harry.

— Não era para ser, não é, meu querido?

Gertie já estava em casa havia algum tempo quando Hedy e Betty voltaram com Hemingway. Ouviu as duas rindo enquanto atravessavam o jardim e foi para a entrada recebê-las. Hemingway, talvez culpado por ter abandonado a dona mais cedo, correu para cumprimentá-la, abanando o rabo com animação.

— Como foi a reunião? — perguntou Gertie.

— Ah, sra. B., tivemos uma discussão maravilhosa, não foi, Hedy? — disse Betty.

Hedy assentiu.

— Eu gostaria de ir de novo.

— Que maravilha — disse Gertie. — Acabei de preparar um chá. Vocês querem me acompanhar?

— Obrigada, mas é melhor não — respondeu Betty. — Minha mãe já está me esperando. — Ela caminhou de volta até o portão e deu um aceno. — Tchauzinho para vocês.

— Tchau, Betty. E muito obrigada — despediu-se Gertie, fechando a porta e se virando para Hedy. — E você, gostaria de um chá? — perguntou, esperançosa.

— Não. Obrigada. Acho que vou para o meu quarto agora.

— Espere. — Gertie tocou o ombro de Hedy. A menina congelou, e Gertie afastou a mão. — Eu só queria contar que, hoje à tarde, telefonei para a escola de meninas próxima daqui e conversei com a diretora. Há vagas lá. Você gostaria de frequentar as aulas?

Hedy se virou com os olhos vivos e brilhantes.

— *Wirklich?*

Gertie assentiu.

— Verdade. Você pode começar na semana que vem.

Hedy olhou para ela.

— Obrigada. — A voz saiu quase como um sussurro. — Sinto falta da escola. Minha mãe me proibiu de ir porque uma garota que era minha amiga cuspiu em mim. — Hedy olhou para o chão. — É difícil entender.

— Claro que é — disse Gertie, encorajada pela confidência compartilhada. — Deve ter sido muito assustador para você e sua família.

Hedy observou o rosto dela por um momento, como se buscasse uma resposta.

— Você gostaria de ver uma foto deles?

— Eu gostaria muito — respondeu Gertie. — Talvez pudéssemos tomar aquela xícara de chá enquanto me mostra?

Hedy assentiu rapidamente antes de desaparecer no andar de cima. Quando voltou, Gertie tinha feito o chá e levado a bandeja para a sala. Hedy estendeu a fotografia com orgulho e ternura, e Gertie a pegou com cuidado. Era um retrato de família em tom de sépia, parecido com tantos outros. Mas ali todos estavam descontraídos e alegres, e isso fez Gertie se lembrar das vezes em que ela e Harry posaram para fotos. Hedy e sua família sorriam para Gertie de um sofá comprido de veludo, os cotovelos se tocando de forma amigável. Havia um labrador preto e lustroso ao lado deles.

Hedy se sentou ao lado de Gertie. O rosto estava animado enquanto falava.

— Esta é minha mãe, Else. Ela tocava na orquestra de Munique. — Gertie se entristeceu ao ouvir o verbo no passado. — Também é ótima costureira. Fez todas as minhas roupas.

Hedy alisou o tecido da saia verde-garrafa ao dizer aquilo.

— Ela parece ser muito talentosa — disse Gertie. — E este é seu pai?

Hedy confirmou com a cabeça.

— Johann. Era professor de música e canta muito bem. E este é meu irmão, Arno. Ele estava estudando para ser... — A voz foi morrendo enquanto ela procurava pela palavra correta. — ... *architekt*?

— Arquiteto? — sugeriu Gertie. — A pessoa que faz desenhos para construções?

— Isso. Arquiteto — repetiu Hedy.

— E quantos anos ele tem?

— Dezenove.

— É um rapaz muito bonito — disse Gertie, fitando a imagem daquele garoto de cabelos volumosos e olhos alegres.

— Ah, sim, e ele sabe disso — disse Hedy, se divertindo. — Muitas garotas gostam dele.

— E quem é esse lindo cachorro?

— Essa é a Mischa. Morro de saudade dela.

Hemingway se aproximou, cheirando e lambendo as costas de sua mão, como se soubesse que ela precisava dele. Hedy se inclinou para dar um beijo na cabeça do cachorro.

Gertie ficou surpresa por parecerem tão relaxados. Nitidamente, aquela família apreciava a companhia uns dos outros. Percebeu que Hedy herdara a beleza da mãe e que Arno se parecia mais com o pai, com o cabelo escuro e enrolado e os olhos cintilantes. A respiração de Hedy ficou mais profunda, como se desejasse puxá-los para fora da fotografia e abraçá-los.

— Espero que sua família logo possa vir se juntar a você na Inglaterra — disse Gertie.

— Também — respondeu Hedy. Ela apontou para a fotografia do casamento de Gertie na cornija. — Aquele era o seu marido?

— Sim. Esses somos eu e Harry. Ele faleceu — contou Gertie com a voz soando alta demais no silêncio.

— Sinto muito — disse Hedy.

Gertie assentiu. Elas permaneceram sentadas, uma ao lado da outra, com o olhar perdido. As duas estavam sozinhas. As duas sentiam falta daqueles que não podiam estar ali. Não tinham escolhido aquela situação, mas, ainda assim, lá estavam, juntas de alguma forma. Duas solitárias desconhecidas agarradas ao mesmo bote salva-vidas enquanto a tempestade caía sobre elas.

— Vou servir o chá — disse Gertie.

Capítulo 6

"Você não viveu até ter feito algo por alguém que nunca poderá retribuir."

John Bunyan

— Vamos logo, Hedy — chamou Gertie, exasperada. — Você não vai querer chegar atrasada no seu primeiro dia.

Hedy apareceu no topo da escada com uma camisa branca engomada, uma salopete azul-marinho e uma cara emburrada.

— Nunca usei uniforme na Alemanha — informou ela enquanto descia a escada. — Soldados usam uniformes, não meninas que frequentam a escola.

— Bem, pois você parece muito inteligente — disse Gertie, tentando manter o tom leve e encorajador.

Não tinha se dado conta de que garotas de quinze anos podiam ser tão cheias de opinião. Ou de que mudavam de humor com tanta facilidade. Gertie decidiu que a melhor estratégia era manter a calma e segurar as pontas até os pais de Hedy chegarem. Depois, poderia lhes entregar a moça com a certeza de ter feito tudo que pôde.

— Essa roupa... como se diz... *kratzig*? — perguntou Hedy, puxando o colarinho.

— Pinica?

— Isso. Pinica muito.

— Você provavelmente só está um pouco tensa e com calor. Mas você logo se acostuma. Espere só um minuto.

Gertie viu um fiapo nas costas de Hedy e estendeu a mão para retirá-lo de lá. A garota desviou, fazendo uma cara feia. Gertie respirou fundo. Não via a hora de Else Fischer chegar.

— Certo, agora vapt-vupt, como diria Mary Poppins.

Hedy revirou os olhos antes de sair atrás de Gertie.

As paredes externas de tijolos vermelhos da Escola St. Ursula para Meninas eram tão bonitas e elegantes quanto os grupos animados de alunas que enchiam os corredores de mármore polido. Gertie conseguia ver a empolgação no rosto de Hedy. Elas subiram os degraus e chegaram ao vasto pátio de entrada, onde Dorothy Huffingham veio recebê-las como se fosse uma antiga conhecida.

— Creio que vai gostar muito de estudar aqui, Hedy. Certamente esperamos que tenha um excelente desempenho nas aulas de alemão. Agora, se puder me acompanhar, vou lhe mostrar tudo e depois acompanhá-la até a sua sala.

Enquanto a diretora lhes mostrava a escola, Gertie viu salas de aula com garotas falando em francês e espiou pela janela uma animada partida de hóquei.

— Encorajamos nossas alunas a se dedicarem tanto às atividades acadêmicas quantos às extracurriculares — explicou a sra. Huffingham. — Acredito piamente que ambas são importantes para o desenvolvimento da mente de uma jovem. Também acho que não podemos nos limitar só porque nos chamam de sexo frágil.

Gertie desejou com todas as forças que aquela mulher fosse professora na época em que ela era criança. Ela e a escola que dirigia pareciam fervilhar de ideias e possibilidades auspiciosas.

★ ★ ★

As lembranças que Gertie guardava da sua época de escola tinham sido de alguma forma influenciadas pelas circunstâncias que a forçaram a ir para lá. A parte inicial de sua educação tinha ficado sob responsabilidade de uma professora particular, uma mulher austera, mas muito bem-informada, chamada srta. Gibb, cujas narinas se dilatavam como as de um cavalo de corrida quando Gertie fazia algo que a desagradava. Nas memórias de Gertie, elas estavam sempre abertas. Um dia, a paciência da srta. Gibb se esgotou.

— Sinto muito, sra. Arnold, mas a insolência da sua filha é demais para aguentar. Ela questiona tudo o que digo. Assim, não tenho alternativa a não ser entregar meu aviso prévio.

Gertie, que estava ouvindo tudo do outro lado da porta, se escondeu atrás do grande cabideiro de cerejeira assim que a srta. Gibb apareceu. Depois que ela saiu, Gertie subiu correndo a escada para contar a boa notícia a Jack:

— Eu me livrei da chata da Gibb! — exclamou, dançando pelo quarto, feliz da vida.

— Nossa, aposto que a mamãe está pau da vida.

— Gertrude — disse a mãe, aparecendo na entrada.

Gertie se sobressaltou. A mãe nunca lhe chamava de Gertrude. O pai usava o seu nome completo às vezes. Em geral, quando ela levava um livro para a mesa de jantar ou dava comida do próprio prato para Gladstone, o velho e gorducho spaniel da família. Gertie percebeu que Lilian tinha ouvido as suas palavras e estava vermelha de raiva.

— Sim, mamãe? — perguntou Gertie, tentando parecer o mais alegre e inocente possível.

A voz de Lilian soou forte e determinada.

— Já que você não tem mais uma professora particular, telefonei para a Escola St. Margaret para Meninas. Você começa amanhã.

— St. Margaret? Ah, mãe, não. Por favor!

Lilian ergueu a mão.

— Já está resolvido, Gertie. Você tem uma curiosidade impressionante, minha querida. Chegou a hora de estudar com colegas da sua idade para que isso se desenvolva.

— Mas eu gosto de estudar em casa.

A expressão de Lilian se suavizou um pouco.

— Você já está grandinha, Gertie. Precisa de desafios, e as professoras e colegas talvez lhe ofereçam isso. A experiência não será fácil, mas certamente será transformadora. Eu prometo.

Jack cochichou para ela:

— Aposto que você gostaria de ter sido mais legal com a chata da Gibb agora.

Pararam diante de uma porta com a placa indicando "5B".

— Chegamos. Esta é a sua sala, Hedy.

A sra. Huffingham abriu a porta, e cerca de vinte garotas se levantaram de trás das carteiras exatamente ao mesmo tempo.

— Bom dia, sra. Huffingham — falaram em uníssono.

— Bom dia, meninas. Bom dia, srta. Peacock — disse ela para a professora. — Esta é Hedy Fischer, a nova aluna da turma.

A srta. Peacock, uma jovem franzina com uma expressão bondosa e o nariz mais delicado que Gertie já vira, deu um passo à frente para cumprimentá-la.

— Seja bem-vinda, Hedy. Pode entrar. Pedi à Audrey que acompanhasse você.

Audrey usava óculos redondos e dourados, estava com duas tranças impecáveis e era bem mais alta do que a pequenina professora. Voltou-se para elas e deu um aceno amigável. Hedy se juntou à nova amiga sem olhar para trás enquanto Gertie se esforçava para ignorar o orgulho ferido. *O que você esperava?*, perguntou para si mesma. *Você não é a mãe dela. Além disso, ela está exatamente onde deveria.*

— Não se preocupe, sra. Bingham — disse a sra. Huffingham enquanto voltavam pelo corredor. — Vamos cuidar bem de Hedy.

— Muito obrigada — disse Gertie. — Já faz um tempo que ela não frequenta a escola. A mãe ficou com medo de mandá-la para as aulas.

A diretora meneou a cabeça.

— Que coisa terrível. Vamos fazer o possível para que ela se sinta bem-vinda aqui. As garotas costumam deixar os estudos aos dezesseis anos, então, ela vai precisar encontrar um emprego quando chegar a hora.

— Espero que até lá a família dela já tenha conseguido vir para a Inglaterra — disse Gertie, tentando não parecer ansiosa demais com a perspectiva.

A sra. Huffingham assentiu.

— Nesse meio-tempo, vamos seguir o seu exemplo e dar o nosso melhor por ela.

— Obrigada — respondeu Gertie, sem saber se era digna de tal elogio.

Se Hedy estava gostando da escola, não compartilhou o sentimento. Na primeira noite, Gertie tentou puxar assunto. Perguntou um pouco sobre o que ela estava aprendendo e como estava se relacionando com as outras meninas.

— Audrey parece simpática — comentou Gertie enquanto jantavam costela de porco com batata cozida.

— Ela é — disse Hedy, empurrando um pedaço de carne pelo prato com o garfo.

— E quanto à professora? A srta. Peacock?

— Ela é legal.

— Que bom. E quanto às matérias?

— Sou a melhor da turma na aula de alemão — contou Hedy.

— Arrisco-me a dizer que você poderia dar aulas de alemão para elas se quisesse.

— Com certeza — concordou Hedy. — A professora de alemão não é muito boa.

— Hedy! — exclamou Gertie, horrorizada.

Hedy deu de ombros.

— Eu sou alemã. Ela não é. — A garota soltou o garfo e a faca. — Posso ir para o meu quarto?

Gertie olhou para a comida que tinha sobrado no prato.

— Você quase não comeu nada.

— Eu não gosto de *Schweinekoteletts*. Posso dar para o Hemingway?

Gertie suspirou enquanto o cachorro e a moça olhavam para ela ansiosos. Nem passou pela sua cabeça discutir. Já havia turbulência demais no mundo naquele momento. Ninguém precisava começar uma briga por causa de costelas de porco.

— Tudo bem, mas se você não gosta da minha comida, talvez possa cozinhar algo que aprecie para nós duas.

— Eu sempre cozinhava em Munique. Gosto mais de assados, então, talvez eu faça alguma coisa um dia desses. Posso ir agora?

Gertie soltou o garfo e a faca, derrotada.

— Pode.

Algumas semanas depois, Gertie voltava para casa depois de um dia frenético de trabalho na livraria. Apesar das incertezas do futuro e do clima terrível, as pessoas continuavam planejando viajar para o litoral nas duas semanas de férias e pareciam estar fazendo um estoque de livros para levar. *E o vento levou*, de Margaret Mitchell, e *Regency Buck*, de Georgette Heyer, vinham se provando escolhas bem populares, ao passo que, de acordo com Betty, *As vinhas da ira*, de John Steinbeck, tinha feito sucesso no clube do livro daquele mês. Gertie entrou em casa, ansiosa por se jogar na sua poltrona com uma xícara de chá e talvez ouvir um programa de fim de tarde na rádio. Ficou bem surpresa, portanto, ao ser recebida pela melodia vigorosa de "The Lambeth Walk", que saía da sala em um volume altíssimo e vinha acompanhada da voz e do riso de algumas garotas. Gertie congelou. Fazia muito tempo desde que usara o gramofone. O gramofone de Harry.

Nas noites de sexta-feira, se a semana tivesse sido boa, ela e Harry comemoravam com um jantar de pescado. Depois, Harry ligava o gramofone, colocava um disco com extremo cuidado no prato giratório, posicionava a agulha e estendia a mão para ela.

— Poderia me conceder esta dança?

Eles não eram exatamente talentosos; Gertie não tinha ritmo, e Harry era atrapalhado demais para executar os passos com a mínima habilidade. Mas, enquanto giravam e riam pela sala, pareciam combinar bem. Gertie não conseguia se lembrar de nenhum outro lugar onde se sentisse tão feliz e segura quanto nos braços do marido.

O som das risadas despreocupadas e do canto estridente que vinha da sala parecia uma afronta àquela lembrança preciosa. Fervendo de raiva e de indignação, Gertie abriu a porta. Uma garota, que reconheceu como Audrey, estava ensinando os passos do Lambeth Walk a Hedy. Enquanto isso, outra menina as incentivava.

— *Any time you Lambeth way, any evening, any day, you find us all, doing the Lambeth Walk, oi!* — cantava Hedy, movimentando os cotovelos e jogando os polegares para cima de forma triunfal.

— Muito bem, Hedy. Você conseguiu! — exclamou Audrey antes de todas começarem a rir. Hemingway rodopiava em meio a elas, latindo de felicidade.

A cena teria aquecido o coração da maioria das pessoas, mas Gertie não estava se sentindo tão emotiva naquele dia.

— O que significa isto? — gritou ela.

As garotas se viraram com uma expressão assustada. Hemingway teve o instinto de se sentar, demonstrando obediência. Hedy franziu a testa, mas não respondeu. Então, Gertie foi até o gramofone, tirou a agulha do disco e cruzou os braços.

— Eu fiz uma pergunta — insistiu ela, surpresa por sua raiva.

Hedy imitou Gertie e cruzou os braços, enquanto Audrey dava um passo à frente.

— Sentimos muito, sra. Bingham. Não pensamos que seria um problema.

Ela olhou para Hedy, que certamente tinha dado aquela impressão.

— Talvez seja melhor irmos agora — disse a outra, tirando rapidamente o disco do gramofone e pegando a mochila e o casaco.

— Sim, também acho — concordou Audrey, seguindo a amiga. — Peço desculpas novamente, sra. Bingham. Até amanhã, Hedy.

Hedy ainda estava com a testa franzida, mas conseguiu dar um aceno sem graça para as amigas. Assim que saíram, Gertie se virou para ela.

— Então? Tem alguma coisa a dizer?

Hedy soltou um suspiro exasperado.

— Desculpe. *Pardon. Je m'excuse.* Eu não sabia que era errado colocar um disco para tocar na Inglaterra. Você diz que eu posso ler qualquer livro, então por que a música é proibida?

Gertie ficou chocada. Hedy estava certa, claro. Sabia que estava exagerando, mas a perda de Harry ainda a fazia sofrer demais. Precisava preservar as lembranças a todo custo.

— Você deveria ter pedido primeiro. Foi muita presunção da sua parte, mocinha.

— Eu já pedi desculpas. Não sei o que mais você quer — gritou Hedy, ficando com o rosto vermelho.

— Gostaria que fosse mais respeitosa — disse Gertie. — Eu lhe dei um lugar para morar e acho que você poderia demonstrar um pouco de gratidão.

— Muito, muito obrigada — agradeceu Hedy com uma educação debochada.

— Não há necessidade de ser grosseira.

— Por que não? Sei que não me quer aqui, que eu estraguei a sua vida tranquila. Bem, não se preocupe com isso. Recebi hoje uma carta da minha mãe, e eles logo virão para cá.

— Pois bem, parece uma ótima notícia para nós duas.

Gertie se arrependeu das palavras assim que saíram da sua boca. Achava que tinha deixado toda a sua raiva no passado, em sua juventude, mas, aparentemente, ela a havia seguido até a meia-idade e um pouco além.

As duas ficaram se encarando por um momento, como se soubessem que tinham ido longe demais. Hemingway choramingou. Gertie deu um suspiro.

— Eu não deveria ter falado isso, Hedy. Fiquei irritada. Vou preparar um chá para nós.

— Eu não quero mais chá! — exclamou Hedy. — Por que os ingleses fazem chá o tempo todo? Chás não resolvem nada e ainda têm um gosto horrível!

Gertie sabia que era ridículo se sentir atingida por aquele insulto à bebida favorita da nação, mas, por algum motivo, aquilo foi a gota d'água.

— Vá já para o seu quarto! — ordenou.

— Eu vou! — gritou Hedy, saindo furiosa da sala e pisando duro nos degraus da escada. — E não quero jantar.

— Eu não ia mesmo preparar nada para você.

Ao perceber que estava agindo de forma despropositada, Gertie respirou fundo. O corpo ainda tremia. Hemingway piscou para a dona e olhou para a porta.

— Ah, pode ir, Hemingway. Não fique por minha causa.

O cão foi atrás de Hedy, e Gertie se sentiu mais sozinha do que nunca. Ela passou a mão no rosto e secou as lágrimas.

— Você está sendo ridícula — disse para si mesma. — Por que se importa com o que essa garota pensa? Ela é só uma criança e está com saudade da família. Não faça drama.

Gertie se esforçou para deixar aquelas emoções de lado e começou a preparar o jantar. Levou o sanduíche de queijo para a sala, decidida a ouvir o noticiário enquanto comia. Acomodou-se melhor quando, às seis horas da tarde em ponto, o locutor anunciou:

— Este é o *Second News*, por Alvar Lidell.

Ele começou a contar, em tom preciso e ritmado, que o primeiro-ministro prometia uma investigação completa sobre o naufrágio do submarino inglês *Thetis* em Liverpool. Em seguida, apresentou uma reportagem sobre o sucesso da viagem do rei e da rainha para os Estados Unidos. Ao que tudo indicava, sua majestade, o rei, tinha "aceitado o desafio" de experimentar o cachorro-quente que a primeira-dama, a sra. Eleanor Roosevelt, lhe oferecera durante uma visita à Casa Branca.

Gertie ouviu uma tábua ranger atrás dela e notou Hedy ouvindo da porta, com Hemingway ao seu lado. Podia ver a ânsia estampada no rosto dela, o desespero por ter notícias de casa e da família.

— Não fique aí parada — disse Gertie. — Você pode vir até aqui e ouvir comigo, se quiser.

Hedy entrou na sala e se sentou em um banco perto do gramofone, e Hemingway se deitou aos seus pés. Enquanto elas ouviam o noticiário em silêncio, a garota fazia carinho na cabeça do cachorro.

— Será que vamos entrar em guerra? — perguntou para Gertie quando o programa terminou.

Gertie cruzou as mãos no colo, desejando ter uma resposta. Na verdade, não sabia, mas sentiu que deveria dizer alguma coisa.

— Espero que não. Acho que ninguém quer uma guerra.

— Acho que Hitler quer — disse Hedy, olhando para o tapete. — E acho que ele não vai sossegar até conseguir.

Gertie ficou surpresa com o discernimento de Hedy. Ela não parecia mais uma menina.

— Então vamos rezar para que Hitler possa ser impedido.

— Você acredita em Deus?

A questão pegou Gertie desprevenida. Não era o tipo de pergunta que uma menina faria a um adulto, mas era justamente algo que Gertie indagaria à mãe. Ficou pensando em como Lilian responderia.

Os pais de Gertie tinham criado os filhos dentro da tradição cristã, mas, a não ser pelas visitas à igreja durante o Natal e a Páscoa, davam pouca atenção à fé.

— Não muito. E você?

— Não somos praticantes — disse Hedy. — E é difícil acreditar em um Deus que permite que seu povo sofra.

— Verdade — concordou Gertie. — Acho que é bem difícil mesmo.

Hedy ergueu o olhar.

— Sinto muito pelo que eu disse mais cedo, sra. Bingham.

— Tudo bem, querida. Eu também tenho que me desculpar. Todos nós às vezes dizemos coisas nas quais não acreditamos. E sabe de uma coisa? Acho que já está na hora de você começar a me chamar de Gertie, não acha? Sra. Bingham é tão formal. — Hedy assentiu. — E Hedy?

— Sim?

— Tem pão e queijo na cozinha, se estiver com fome. Pode se servir.

— Obrigada, sra. B... Gertie.

Gertie observou Hemingway se ajeitar no tapete e soltar um enorme suspiro.

— Exatamente o que eu penso — disse Gertie.

Alguns dias depois, Gertie voltou para casa e não tinha ninguém. Como já passava um pouco das quatro e meia da tarde, ela ficou surpresa por Hedy ainda não ter chegado da escola.

— Onde está a sua melhor amiga, garoto? — perguntou para Hemingway, que parecia tão surpreso com o atraso quanto a dona. — Ela só deve estar de conversa fiada com Audrey.

Pouco antes das cinco da tarde, ouviu uma batida à porta e foi abri-la.

— Ah, aí está você! Achamos que tinha se perdido. Ah...

Gertie parou de falar ao ver a expressão envergonhada de Hedy. Ao lado dela estava a srta. Crow, com um rosto que era o retrato da indignação.

Pela experiência de Gertie, os seres humanos costumavam ficar mais afáveis com a idade, mas esse não tinha sido o caso de Philomena Crow. Ela se tornou ainda mais dura nos seus julgamentos e mais ávida por condenar qualquer um que cruzasse seu caminho. Gertie sempre se perguntava se ela e a srta. Snipp não poderiam ser primas distantes ou até gêmeas separadas no nascimento.

— Boa tarde, sra. Bingham.

Ela conseguiu pronunciar as palavras em um tom de acusação que fazia parecer que Gertie era culpada por todos os males do mundo. Segurava um guarda-chuva marrom escuro com a alça de bambu que mais parecia um cassetete.

— Boa tarde, srta. Crow. Está tudo bem?

— Não. Nada está bem — respondeu a mulher com um tom agressivo.

Gertie notou um movimento nas cortinas fininhas da sala da sra. Herbert do outro lado da rua.

— Talvez seja melhor continuarmos nossa conversa aqui dentro. Posso lhe oferecer um chá?

— Não, obrigada — disse a mulher, passando pela porta na frente de Hedy. — Não vou demorar.

— Pois muito bem. Venha, Hedy. Vamos para a sala.

A srta. Crow não quis se sentar. Preferiu permanecer de pé enquanto fazia suas acusações.

— Esta garota bateu à minha porta durante a tarde e fez um pedido descarado — disse ela, apontando o dedo para Hedy.

— Isso é verdade, Hedy? — perguntou Gertie.

— É claro que é verdade — exclamou a srta. Crow. — Está me chamando de mentirosa?

— Não, claro que não. Só quero saber a história completa. — Ela se voltou para Hedy. — Você bateu à porta da srta. Crow? — Hedy assentiu com discrição. — E por que fez isso?

— Ela quer que eu receba o resto da família dela — disse a srta. Crow. — Também bateu à porta da minha vizinha. E sabe-se lá Deus a quantas casas mais ela foi. Não é suficiente termos abrigado todas essas crianças? Precisaremos aceitar os pais também? Já quase não há casas ou empregos suficientes. Imagine se ainda formos distribuí-los para essa gente.

Gertie se levantou lentamente. Uma onda de raiva começou a se formar dentro dela.

— "Essa gente"? — perguntou. — O que exatamente a senhora quer dizer com isso?

A srta. Crow estreitou os olhos.

— Você sabe.

— Não, não sei. É por isso que estou perguntando. — A voz de Gertie, assim como sua raiva, estava cortante como caco de vidro.

— Bem, se a senhora não sabe, ainda é mais tola do que eu pensava. Eu fiquei me perguntando o que diabos estava fazendo ao acolher uma alemã na sua própria casa depois da Grande Guerra. Mas agora a senhora parece querer oferecer refúgio para todos os judeus da Europa.

A fúria borbulhava nas veias de Gertie.

— Se me permite perguntar, que mal há nisso? Acha que devemos ficar parados enquanto um povo inteiro é perseguido? — Gertie sentia o olhar de Hedy sobre ela, e isso a encorajava.

— Veja bem — disse a srta. Crow, mudando o peso do corpo para o outro pé. — Eu sinto pena nos judeus, sinto mesmo, mas não acho que eles sejam problema nosso. Não podemos abrir as fronteiras para todo mundo. Nós vivemos em uma ilha, não se esqueça disso.

— Nenhum homem é uma ilha, srta. Crow.

A mulher bufou de raiva.

— Ah, a senhora se acha tão superior, não é, sra. Bingham? Com todos os seus livros e ideias. Bem, estou aqui para lhe dizer que não é melhor do que o restante de nós.

Gertie avançou com tanta determinação que a srta. Crow deu um passo para trás.

— Como se atreve? Como se atreve a vir à minha casa, me chamar de tola e insultar minha hóspede dessa forma. Como consegue ser tão cruel com uma menina que só está pedindo ajuda? Pode me chamar de tola, mas pelo menos não sou desalmada.

A srta. Crow ficou olhando para ela por um momento, como se estivesse decidindo o que fazer. Depois, deu meia-volta e saiu apressada da sala, resmungando e batendo a porta com força.

— Já vai tarde — murmurou Gertie, cerrando os punhos para controlar o tremor.

— Eu só quero ajudar minha família. Tirar todos da Alemanha — dizia Hedy, chorando de soluçar. — Sinto muito, Gertie.

Ela sentiu vontade de consolar a menina com um abraço, mas algo a impediu. Em vez disso, pegou um lenço limpo no bolso e ofereceu a ela.

— Aqui, enxugue essas lágrimas. Não deixe que a srta. Crow a chateie. Venha se sentar. Por que não conversou comigo a respeito disso?

— Eu queria tentar encontrar um jeito sozinha — respondeu Hedy, com os ombros rígidos de determinação, enquanto Gertie se sentava ao lado dela no sofá.

Gertie sorriu.

— Você pode achar difícil de acreditar, mas eu era um pouco como você quando era mais nova.

Hedy olhou para ela.

— Sério?

Gertie assentiu.

— Tão segura e determinada.

Hedy baixou o olhar.

— Desculpe.

— Não precisa pedir desculpas. São ótimas qualidades. Você só precisa usá-las do jeito certo.

— Como? — perguntou ela, aproximando-se mais.

— Bem, para começar, você não pode sair batendo à porta de estranhos para pedir ajuda. Não é seguro. Você falou com outras pessoas, além da srta. Crow?

Hedy assentiu.

— Sim. Algumas foram gentis, mas outras... — A voz da menina foi sumindo.

— O que aconteceu?

Hedy ficou com o olhar perdido.

— Um homem me chamou de judia imunda.

A raiva de Gertie se acendeu novamente.

— Sinto muito, Hedy.

Hedy deu de ombros.

— Já estou acostumada. Isso sempre acontecia na Alemanha.

Mas não aqui, pensou Gertie. *Isso não deveria acontecer aqui. Não deveria acontecer em lugar nenhum.* Naquele momento, Gertie soube exatamente o que precisava fazer: usaria sua raiva para o bem.

— Vamos montar um plano para tirar sua família de lá.

— Sério? — perguntou Hedy.

— Claro. Deixe isso comigo. Mas você tem que me prometer que vai parar de bater à porta de desconhecidos. E me procure da próxima vez que precisar de ajuda.

— Prometo.

Gertie deu um tapinha rápido na mão de Hedy.

— Bom. Eu sei exatamente a quem pedir ajuda.

Capítulo 7

"Devo me perder na ação para não definhar no desespero."
Alfred Tennyson

Sempre que Gertie entrava na calmaria sagrada da livraria Arnold, ela se sentia voltando ao passado. Quase nada tinha mudado. As prateleiras de mogno, que ocupavam as paredes do chão ao teto, estavam repletas de volumes encadernados em tecidos de tons de castanho, amora e jade. As escadas deslizantes, que permitiam aos livreiros pegar exemplares nos lugares mais altos, lhe traziam à memória um incidente bem desagradável, durante o qual notara um jovem espiando por baixo da sua saia enquanto ela pegava um livro para ele. Gertie deu uma risada quando se lembrou do tio Thomas expulsando o rapaz da loja, brandindo um exemplar de *Os miseráveis*, que, com suas mais de mil páginas, tinha o potencial de se tornar uma arma letal.

Ficou feliz ao ver o sr. Nightingale, que trabalhava com o seu tio desde a morte de seu pai, atrás do balcão de atendimento no meio da loja. Thomas Arnold insistia na ideia de que todos os clientes deveriam fazer seus pedidos ali, desencorajando-os de ficar andando pela loja.

— Isso aqui não é uma biblioteca pública — dizia ele, soltando fogo pelas ventas. — Se o cliente quiser uma recomendação, nós podemos fornecer. Do contrário, ele precisa saber o que deseja antes de entrar na loja. Você não fica mexendo nas maçãs antes de comprá-las do quitandeiro, não é mesmo?

Quando Gertie lhe contou que deixava os clientes passearem na livraria dela, ele meneou a cabeça.

— Espero que saiba o que está fazendo, querida. Na minha opinião, isso só pode resultar em um comportamento lunático. As pessoas não prosperam quando têm muitas opções. Isso confunde a cabeça delas — advertira ele.

— Bom dia, sr. Nightingale — disse Gertie, aproximando-se do balcão.

Ele ergueu o olhar do livro de pedidos e disse o nome dela como se a estivesse abençoando.

— Sra. Bingham. Prazer em vê-la.

— Digo o mesmo. O tio Thomas está no estoque?

O sr. Nightingale deu um sorriso seco.

— Está no telhado com o sr. Picket.

— No telhado? Mas o que está fazendo lá?

— Vamos dizer que é mais uma das grandes ideias do seu tio.

Gertie riu.

— Não precisa me contar. Vou lá ver com meus próprios olhos.

Ela subiu a escada dos fundos da loja e chegou ao primeiro andar, onde os volumes mais valiosos e raros estavam guardados em estantes com portas de vidro. Empurrou uma porta e subiu mais alguns degraus até o apartamento em que o tio morava com uma enorme quantidade de livros e um grande gato laranja chamado Dickens. O bichano a saudou com miados insistentes e logo lançou um olhar desolado para a tigela vazia.

— Oi, garoto — disse ela, fazendo carinho sob o queixo dele. — Ele se esqueceu de te dar comida de novo, não é? — Ela vasculhou os armários, encontrou um saco de ração e serviu uma porção na tigela.

— Agora, onde está o seu dono?

Um barulho alto, como se alguém tivesse derrubado vários livros de capa dura no chão de madeira, guiou Gertie em direção ao quarto. Ela abriu a porta, espiou lá dentro e se deparou com um par de pernas usando calças de tweed no topo de uma escada que levava ao telhado.

— Oi, tio — disse ela. — Mas o que diabos está fazendo?

A cabeça de Thomas Arnold apareceu pelo alçapão. O rosto se iluminou quando a viu.

— Gertie! Que bom ver você. Poderia me passar todos esses livros, por favor?

Gertie se aproximou dos volumes espalhados e pegou um. Ficou surpresa ao perceber que eram exemplares de *Mein Kampf*.

— O que você está fazendo com isto?

— Estou ajudando o sr. Picket a preparar tudo para o caso de o pior acontecer — disse ele, pegando vários exemplares. — Vamos cobrir o telhado com eles para servir de proteção.

— Você está cobrindo o telhado da livraria com exemplares de *Mein Kampf* para se proteger de ataques aéreos?

— Exatamente — respondeu Thomas. — A não ser que você consiga pensar em um melhor uso para eles.

Gertie sorriu.

— Não mesmo.

Thomas desapareceu com o resto dos livros.

— Esses são os últimos, sr. Picket — gritou ele. — Ótimo trabalho.

Ele desceu da escada, ajeitou a gravata-borboleta de bolinhas e alisou o cabelo branco cheio de poeira.

— Agora sim, Gertie. Você disse que precisava da minha ajuda. Vamos tomar um chá e conversar? A sra. Havers assou ontem um de seus deliciosos pãezinhos doces.

Gertie atualizou o tio sobre o que estava acontecendo com Hedy e explicou como gostaria de ajudar a garota. Não contou a ele que mantinha esperanças de se aposentar e que, se conseguisse encontrar uma solução adequada para a situação de Hedy e sua família, isso ainda poderia acontecer. Talvez porque ela mesma estivesse achando cada vez mais difícil imaginar aquela possibilidade. Era uma perspectiva que se afastava no horizonte como um navio.

Thomas Arnold ouviu tudo atentamente com as pontas dos dedos unidas e o rosto sério de concentração. Dickens passou na sua frente, e ele pegou o gato no colo. Acariciava distraidamente o pelo macio e alaranjado enquanto Gertie falava.

— Então, eu fiz uma lista de pessoas que achei que pudessem ajudar. E você está logo no topo.

— Sinto muito por não poder oferecer refúgio aqui — disse tio Thomas. — Não tenho espaço. Mas talvez eu possa empregar o irmão dela na livraria. Você disse que ele está estudando arquitetura, não é?

Gertie assentiu.

— Isso seria maravilhoso. Consegue pensar em alguém que possa ajudar os pais de Hedy?

Tio Thomas mordeu o lábio por um momento antes de balançar o dedo.

— Deixe-me fazer uma ligação. — Ele verificou o número antes de discar. — Dicky Rose, por favor.

Gertie olhava surpresa enquanto o tio embarcava em uma conversa longa e amigável com um dos homens mais ricos do país.

— Dicky? Tom Arnold. Preciso lhe pedir um favor, meu caro.

Meia hora depois, Gertie já queria pular de alegria. O tio tinha conseguido um trabalho de jardineiro para o pai de Hedy e um de costureira para mãe dela, assim como uma casinha para morarem no terreno daquela família.

— O pai dela é professor de música, tio Thomas — disse Gertie. — Não sei se ele tem experiência com jardinagem.

Thomas deu de ombros.

— Ele se adapta, tenho certeza. O Dicky não vai se importar. Ele já acolheu um grupo de garotos. Ele e a mulher ficarão felizes em ajudar.

Ela se inclinou e deu um beijo no rosto do tio.

— Obrigada! Eu sabia que você era a pessoa certa para me ajudar.

Ele deu um beijo na mão dela e a levou até a porta.

— É bom ver que você ainda está lutando, Gertie.

Sim, pensou ela, enquanto corria para casa para dividir a boa nova com Hedy. *É uma sensação maravilhosa.*

À medida que o verão se estabelecia, o mundo prendia a respiração. As pessoas se esforçavam para levar uma vida normal, fazer piqueniques no parque ou passar o dia no litoral. Mas uma nuvem de incerteza tóxica pairava sobre a Europa. Ninguém sabia ao certo o que Hitler faria em seguida.

Gertie e Hedy tentaram agir com calma em meio às dúvidas. O plano delas estava em andamento. Depois que seu tio conseguiu empregos para a família de Hedy, Gertie se concentrou em garantir que a documentação de todos estivesse em ordem. Imaginou que o maior obstáculo seria conseguir os vistos com os nazistas. Mas, ao que tudo indicava, transformar três judeus em problema de outras pessoas era encorajado, desde que o dinheiro deles ficasse nos bancos alemães. Era como Else Fischer tinha escrito na carta em que dava as boas notícias: "Não nos importamos se eles tirarem a roupa do nosso corpo, contanto que possamos reencontrar nossa filha." Hedy traduziu as palavras com lágrimas nos olhos.

Foi, portanto, um pouco surpreendente descobrir que o maior obstáculo para assegurar a viagem da família Fischer vinha do governo britânico. A resposta à carta de Gertie foi direta, para dizer o mínimo: "Lamentamos informar que não será possível atender ao seu pedido."

— Veremos se não — disse ela para Hemingway, franzindo a testa.

Gertie arejou a sua melhor roupa, um conjunto cor de ameixa de tecido áspero que era quente demais para aquela época do ano, mas parecia a armadura adequada para lidar com as autoridades. Colocou também o broche camafeu da mãe para lhe dar coragem. Gertie não contou a Hedy sobre a carta nem sobre o seu plano. Aquilo parecia pessoal. Era como se os seus princípios estivessem sendo desafiados, e Gertie era a única que poderia defendê-los.

Deixou Betty cuidando da livraria, para irritação da srta. Snipp, e pegou o trem em direção a Londres. Gertie verificou o endereço na carta e, engolindo o nervosismo, fez a curta caminhada até as instalações do governo. A construção branca e imponente brilhava sob os raios do sol da manhã com a confiança de um império, a bandeira do Reino Unido tremulando ao vento. Gertie respirou fundo e empurrou a porta preta lustrosa.

A recepcionista estava sentada a uma mesa pesada de carvalho, cercada por todos os lados de paredes com painéis de madeira escura que conferiam ao local uma atmosfera sufocante. Ela olhou para Gertie por cima dos óculos de armação dourada.

— Pois não?

Gertie pigarreou.

— Eu gostaria de falar com o sr. Wiggins, por favor.

— A senhora tem hora marcada?

— Não, mas tenho uma carta. — Ela a mostrou para a mulher.

A recepcionista franziu a testa.

— Está bem claro aqui que o sr. Wiggins não tem como ajudá-la.

— Por favor — pediu Gertie. — Estou tentando reunir uma jovem judia com a sua família.

A expressão da mulher se suavizou um pouco.

— Um momento, por favor.

Gertie ficou um pouco mais esperançosa quando a mulher entrou no escritório do sr. Wiggins, mas ela reapareceu momentos depois.

— Sinto muito. Ele está muito ocupado esta manhã.

Gertie olhou em direção ao escritório. A porta estava entreaberta. Sentiu uma força se agitar dentro dela. *Ação, não palavras, Gertie.* Ela avançou antes que pudesse mudar de ideia.

— Você não pode entrar aí — gritou a mulher às suas costas.

Mas Gertie já havia se esgueirado pela abertura e fechado a porta.

— Mas o que significa isso? — exclamou o homem de trás da mesa.

Gertie hesitou. Agora que tinha tomado aquela atitude, não sabia bem o que fazer.

— Queira me desculpar — gaguejou ela. — Eu precisava vir pessoalmente. Mandei uma carta ao senhor sobre uma garota judia que estou acolhendo na minha casa. A família dela está tentando deixar a Alemanha. Eles têm vistos de saída e empregos garantidos aqui. Só precisam da autorização do governo inglês.

— Sr. Wiggins? Está tudo bem aí? — perguntou a recepcionista, batendo repetidas vezes à porta. — O senhor quer que eu chame a polícia?

O sr. Wiggins olhou para Gertie de cima a baixo antes de responder.

— Não será necessário, srta. Meredith. — Ele se virou para Gertie. — Pode se sentar.

Ela fez o que ele pediu. O sr. Wiggins tinha a aparência pálida e cansada de um homem que não conseguia acreditar bem na sina que a vida havia lhe destinado. Ele apontou para uma pilha de documentos que chegava à altura dos seus ombros.

— Sabe o que é isso?

Gertie achou aquela pergunta incomum, mas decidiu dar uma resposta honesta.

— Não.

— São formulários de famílias e indivíduos de origem judaica que querem vir para a Grã-Bretanha.

— Entendo.

— E essas são apenas as requisições que chegaram hoje.

— Mas decerto que... — começou Gertie, mas o sr. Wiggins a interrompeu erguendo a mão.

— E eu vou receber a mesma quantidade ou talvez ainda mais amanhã. E depois de amanhã, e assim por diante.

— Mas isso só significa que eles precisam da nossa ajuda.

— Sinto muito, sra...?

— Bingham. Gertie Bingham.

— Sinto muito, sra. Bingham, mas não podemos dar carta branca para todo mundo.

Gertie lançou o olhar para um retrato que estava atrás do sr. Wiggins. De lá, o rei George VI a encarava com uma expressão benevolente. Ela se lembrou de uma foto que tinha visto dele rindo com as duas princesas.

— O senhor tem família, sr. Wiggins?

Um tremor de irritação percorreu o rosto dele.

— Tenho, é claro, mas não sei o que isso tem a ver...

Foi a vez de Gertie interrompê-lo.

— Só estou perguntando porque gostaria de saber como se sentiria se fosse enviado para longe e não tivesse mais esperança de ver seus entes queridos novamente.

O sr. Wiggins franziu o cenho.

— O governo britânico ofereceu e segue oferecendo refúgio para milhares de crianças judias.

Gertie se empertigou na cadeira.

— Mas e quanto aos pais delas? E quanto aos irmãos? Eles não têm o direito de se verem livres de perseguição?

— Por favor, não levante a voz neste escritório, sra. Bingham.

Gertie já estava de pé agora.

— E quando é que devo levantar minha voz então, sr. Wiggins? Quando as pessoas começarem a ser mortas por causa da sua raça ou da sua religião? Porque eu posso garantir que isso já está acontecendo.

— Vou ter que pedir que se retire.

Uma porta menor nos fundos do escritório do sr. Wiggins se abriu. Da sala adjacente, surgiu um homem impecavelmente arrumado, usando um terno azul e uma gravata de seda roxa que combinava com o lenço em seu bolso. Era a imagem da boa educação e do privilégio.

— Está tudo bem, sr. Wiggins? A srta. Meredith disse que houve algum tipo de confusão.

O homem da gravata roxa abriu um grande sorriso para Gertie. Isso deu a ela coragem de falar antes que o sr. Wiggins pudesse expor sua versão dos fatos.

— Peço desculpas se fiz uma cena. Mas estou tentando ajudar a família de uma jovem judia a escapar da Alemanha nazista. Eles têm vistos e ofertas de trabalho neste país.

O homem ficou olhando para ela.

— Posso ver as requisições, por favor, sr. Wiggins?

A expressão do sr. Wiggins ficou tensa.

— É claro. — O sr. Wiggins se virou para Gertie. — Qual é o nome deles, senhora?

Ela lhe estendeu a carta.

— Fischer — leu ele, aproximando-se das gavetas do arquivo e começando a procurar. Pegou uma pasta de papel pardo e a entregou ao homem de gravata roxa.

Quando o superior viu os documentos, seu rosto se iluminou.

— Bem, Dicky Rose está se responsabilizando por essa família.

— Sim, senhor — disse o sr. Wiggins. — Mas a atual política de governo diz que...

— Ah, Wiggins, pelo amor de Deus. Tenha um pouco de compaixão. Esta bondosa mulher... — Ele ergueu as sobrancelhas para ela.

— Gertie Bingham — informou.

— A bondosa sra. Bingham veio até nós com vistos dos alemães e uma garantia do próprio Richard Rose — continuou ele. — Acho que podemos abrir uma exceção.

— Ah, muito obrigada — disse Gertie. — Sou muito grata.

O homem fez uma saudação educada com a cabeça.

— Não precisa agradecer. Eu estudei com Dicky em Oxford. Um homem formidável. Providencie a papelada para a sra. Bingham, sr. Wiggins.

— É claro — disse o homem com expressão apreensiva.

— Foi um prazer conhecê-la — disse o superior antes de sair.

— Obrigada — exclamou Gertie mais uma vez.

— Bem — disse o sr. Wiggins depois que seu chefe foi embora. — Vou resolver tudo para a senhora. — Ele fez uma pausa e olhou para a pilha de documentos que aguardavam para ser analisados. — Que pena que nenhuma dessas pessoas tem conexões tão boas quanto as suas, não é?

Gertie deixou o escritório um pouco depois com as palavras do sr. Wiggins ecoando em seus ouvidos. Estava feliz porque a família de Hedy seria salva, mas sabia que ele estava certo. Seu superior só havia carimbado aquela requisição por causa da conexão com a família Rose. Não tinha nada a ver com a situação da família Fischer. Ao olhar de novo para a bandeira da Grã-Bretanha tremulando sobre o prédio governamental, Gertie sentiu o rosto queimar de vergonha.

Em duas semanas, a mãe de Hedy escreveu para confirmar que tinham comprado as passagens. Sairiam da Alemanha em pouco menos de um mês, no início de setembro, e chegariam ao aeródromo Croydon poucos dias depois.

— Obrigada, Gertie — disse Hedy, levando a mão ao coração. — Vou lavar a louça até meus pais chegarem.

— Só estou feliz por saber que vocês vão se reencontrar.

No fundo, no fundo, Gertie se sentia principalmente aliviada e tinha a impressão de que Hedy também. Era velha demais para lidar com as emoções turbulentas e os caprichos de uma garota de quinze anos, que, certamente, precisava de uma companhia mais animada. Assim que os Fischer chegassem, Gertie ficaria contente por poder devolver Hedy em segurança ao seio da família, sabendo que tinha feito o melhor por ela.

— Ah, sra. B. — disse Betty certa tarde, quando Barnaby visitava a livraria. — Nós vamos fazer um passeio pelo litoral neste fim de semana com Sam e Hedy, se você permitir.

— Acho que é uma ideia esplêndida — respondeu Gertie, já imaginando que ficaria com a casa tranquila e que poderia passar a manhã capinando a horta e relaxando no jardim com o exemplar de *A boa terra*. O livro havia sido a última escolha de Betty para o clube. Gertie o pegara por impulso e estava apreciando bastante a escrita de Pearl S. Buck. — Parece que o fim de semana será quente. Vocês vão aproveitar muito o litoral.

— Você deveria vir conosco, não é, Barnaby?

Barnaby ergueu o olhar do caderno de pedidos.

— Ah, sim, sra. Bingham. Seria maravilhoso se pudesse se juntar a nós.

— Não sei... — disse Gertie abalada ao ver a imagem do seu domingo tranquilo indo embora.

— Ah, vamos, sra. B. Vai estar quente demais em Londres, e os pais de Hedy logo a levarão embora. Será uma despedida.

Gertie acabou cedendo. Betty sabia ser bem convincente, e a ideia de sentir o frescor da brisa do mar era tentadora. Parecia que uma eternidade havia se passado desde a última vez que vira o oceano. Lembrou-se dos passeios de domingo com Harry, do jeito como ele enrolava a barra da calça e entrava no mar, voltando invariavelmente encharcado depois de ser surpreendido por uma onda. Então, eles abriam a toalha xadrez em vermelho e azul e tiravam um banquete da cesta de vime, um presente de casamento de Charles. Que tempos maravilhosos. Agora era somente lembranças distantes. Talvez fosse o momento de revisitá-las.

— Neste caso, eu aceito, mas só se me deixarem preparar o piquenique.

Sempre que Gertie se recordava daquela viagem, sentia mesmo como se tivesse sido o último dia de verão. Tudo estava dourado. Gertie se levantou cedo para preparar o piquenique. Havia sanduíches de presunto, ovos cozidos, pão de ló caseiro com geleia de ameixa e maçãs colhidas da macieira do jardim. Colocou tudo na cesta de vime com uma garrafa de chá e algumas cervejas de gengibre.

Às dez horas em ponto, Sam bateu à porta, e Hedy foi correndo atender.

— Nossa, você está linda. — Gertie o ouviu dizer enquanto trazia a cesta de piquenique da cozinha. — Bom dia, sra. B. Deixe que eu levo isso.

— Muito obrigada, Sam.

Gertie olhou para Hedy enquanto os dois caminhavam até o carro. Ela estava usando um lindo vestido amarelo de bolinhas, perfeito para a ocasião. Era ajustado no busto e se abria da cintura para baixo.

— Você está mesmo muito bonita, minha querida. Seus pais vão ficar impressionados com o quanto você cresceu.

Sam segurou a porta do carro para Gertie se acomodar no banco da frente, e Hedy se juntou a Betty e Barnaby na parte de trás. Ao partirem, Gertie olhou para as árvores farfalhantes e deixou os raios de sol que atravessavam as folhas beijarem o seu rosto. Ouvia os jovens conversando. Eles tentavam decidir quem atuava melhor, Greta Garbo ou Vivien Leigh, e se perguntavam se a água estaria boa para um mergulho. Ao se refugiar na conversa deles, conseguia parar de pensar no tumulto que tomava conta da Europa.

Betty deu um gritinho quando teve o primeiro vislumbre do mar, e, instantes depois, todos caminhavam em direção à praia vasta. Estava apinhada de veranistas e de pessoas passeando, mas eles logo encontraram um lugar para esticar a grande toalha verde de piquenique trazida por Betty.

— Quem quer dar um mergulho antes do almoço? — perguntou Sam. — Sra. B.?

— Vocês vão indo. Vou ficar aqui olhando.

— Você pode pelo menos molhar os pés — sugeriu Betty.

— Pois muito bem — respondeu Gertie, tirando os sapatos e as meias e se deixando contagiar pela energia juvenil.

Os jovens correram para o mar, enquanto Gertie os seguiu com cuidado. Hedy olhou por cima do ombro e, percebendo que ela havia ficado para trás, voltou e lhe ofereceu o braço.

— Muito obrigada, querida — disse Gertie, aceitando a ajuda com um sorriso.

Ela observou o céu quase sem nuvens e respirou fundo. O mundo parecia perfeito. Como seria possível que algo de ruim acontecesse sob um céu tão azul e diante de um oceano tão grande?

— *Eu gosto de estar à beira-mar* — cantarolou Gertie, mexendo os dedos dos pés sob as ondas. O frescor agradável fazia com que se sentisse viva. — *Eu gosto de estar à beira-maaaaar.*

Hedy riu.

— Que música é essa? Você tem que me ensinar.

Sam tinha voltado correndo para se juntar a elas, e ele e Gertie cantaram juntos:

— *Ah, eu gosto de passear pelo calçadão, dão, dão, onde a fanfarra toca tiddly-om-pom-pom.*

Todos gargalharam, e Hedy jogou água em Sam de brincadeira. Gertie detectou o início de um romance e sorriu. Gostava de Sam e esperava que os pais de Hedy aprovassem.

— Tudo bem. Vocês dois vão dar um mergulho, e eu vou arrumar o piquenique.

— Não consigo comer mais nada — gemeu Sam um pouco mais tarde, jogando-se em uma toalha.

— Isso não é surpresa nenhuma, Samuel — disse Betty. — Nunca vi ninguém comer tantos ovos cozidos de uma vez só. Obrigada, sra. B. Estava tudo delicioso.

— Que bom que gostaram — disse Gertie, servindo-se de mais um pouco de chá e aproveitando a sensação incomum de bancar a mãezona.

Gostava de ficar sentada ouvindo a conversa deles. O inglês de Hedy estava quase perfeito agora. Gertie ficou admirada pela rapidez com que ela dominou as nuances do idioma. Ela já conseguia até provocar Sam, que parecia gostar muito de fazê-la rir.

— Quer fazer uma caminhada comigo, Betty? — convidou Barnaby, levantando e estendendo a mão para ela.

— Está bem. Quem vai querer um sorvete quando voltarmos?

Todos concordaram, mesmo estando empanturrados do almoço.

Gertie fechou os olhos, ouvindo o bater das ondas e os gritos das gaivotas que cortavam o céu, e se permitiu sonhar de novo em morar no litoral. Talvez aquilo ainda pudesse acontecer depois que Hedy fosse embora. Deve ter cochilado por um instante, pois, ao abrir os olhos, Betty estava parada diante deles. Tinha um sorriso imenso no rosto.

— E o nosso sorvete? — perguntou Sam.

— Isso não importa — respondeu Betty. — Barnaby acabou de me pedir em casamento, e eu aceitei!

— Ah, mas que maravilha! — exclamou Gertie enquanto todos se levantavam.

Eles trocaram apertos de mão e se abraçaram. Fizeram um brinde ao feliz casal com as duas últimas garrafas de cerveja de gengibre e comeram mais fatias de bolo.

— Devo dizer que aprovo qualquer união que tenha começado a surgir no balcão de uma livraria — comentou Gertie. — Eu e meu querido marido nos conhecemos na loja do meu pai.

— Que romântico — disse Betty olhando para o noivo, que pousou a mão no seu ombro.

— Ah, foi maravilhoso — afirmou Gertie. — Nós fomos muito felizes.

Ela foi perdendo a voz conforme a saudade a invadia.

Hedy levantou o copo primeiro para Gertie, depois para Betty e Barnaby.

— A todos os que encontraram o amor verdadeiro em uma livraria.

Gertie levantou o próprio copo em resposta.

— Este dia foi perfeito — murmurou Betty quando estavam voltando para casa mais tarde. — Sou a garota mais feliz do mundo.
— Barnaby apertou a mão dela. — E eu quero que você seja uma das nossas damas de honra, Hedy. Talvez sua mãe possa fazer o meu vestido. Poderia ser o primeiro trabalho dela aqui!

— Eu sei que ela vai ficar honrada — disse Hedy. — Não vejo a hora de vocês conhecerem minha família.

— Esta manhã, o embaixador britânico em Berlim entregou ao governo alemão um ultimato afirmando que, se não declarassem até as onze horas que estavam preparados para retirar imediatamente suas tropas da Polônia, um estado de guerra seria deflagrado. Sou obrigado a informar que isso não ocorreu e, como consequência, nosso país entrou em guerra com a Alemanha.

Hedy encarou Gertie. As palavras saíam de sua boca antes que ela tivesse a chance de entender tudo.

— O que isso significa? Estamos em guerra? E quanto à minha família? Eles vão conseguir vir?

Gertie queria dizer a ela que tudo ficaria bem, que ainda havia esperança, mas podia sentir a própria confiança desaparecendo. A sala estava abafada. Ainda que todas as portas e janelas estivessem abertas, o calor do dia tinha transformado a casa em uma fornalha. Gertie teve a sensação de que as paredes estavam se fechando em torno dela.

— Sinto muito, Hedy, mas acho que isso não será mais possível.

— Mas talvez eles soubessem que isso poderia acontecer. Talvez já tenham até partido. Talvez estejam a caminho.

Gertie não sabia o que dizer. Ficou observando Hedy andar, em total desespero e com a expressão de pânico, de um lado para o outro. Quando Chamberlain chegou ao fim de sua transmissão e afirmou ter a "certeza de que o bem prevaleceria", a menina soltou um berro.

Gertie nunca tinha ouvido um som como aquele. Era primitivo. Angustiado. Desesperado

Gertie se levantou.

— Calma, Hedy. Sua mãe não gostaria de vê-la assim.

— E o que você sabe sobre minha mãe? — gritou Hedy, virando-se para ela com os olhos cheios de fúria. — Você não conhece a minha mãe.

— Não, mas eu sei que ela ama você e não ia querer vê-la tão chateada. Não fique triste, por favor... — Gertie abriu os braços.

— Você não é minha mãe — disse Hedy enquanto a raiva se transformava em sofrimento. — Eu quero a minha mãe! Eu quero a minha família!

A garota começou a chorar de soluçar antes de sair correndo da sala.

Gertie pensou em segui-la, mas parecia grudada ao assento. Não conseguia acreditar. Estavam em guerra de novo. Onde encontrariam forças para superar isso?

Ela se levantou da poltrona, desejando fugir daquela tristeza sufocante. Andou até a porta dos fundos e olhou para o jardim. Os pássaros ainda cantavam nas árvores, as flores ainda balançavam na brisa do fim do verão. Parecia inconcebível que houvesse uma guerra quando tudo estava tão calmo e tranquilo como naquele momento.

Quando o alarme do primeiro ataque aéreo acabou com a paz reluzente, Gertie ouviu Hedy chorar como um animal machucado, ecoando o desespero de um mundo engolido pela escuridão mais uma vez.

França, 1917

O capitão Charles Ashford assinou a mensagem que havia escrito para a sra. Percy Rose. Passou nela o mata-borrão e a colocou no topo de uma pilha com outras quarenta cartas preparadas naquele dia para outras quarenta novas viúvas. Olhou para a vela que tremeluzia e iluminava a parede de tijolos da fazenda onde ele e seus homens tinham buscado refúgio. Naquele lugar destruído pelas bombas, quase todos já estavam dormindo, exaustos depois de dias de ataques e contra-ataques. Seu comandante havia declarado que a operação tinha sido um sucesso.

— Isso marca uma nova fase, Ashford. Sabemos agora como atravessar rapidamente as linhas inimigas e avançar com o mínimo de perdas. Só precisamos de uma comunicação melhor para acabar com elas da próxima vez. Com sorte, estaremos em casa para o Natal.

— Sim, senhor — tinha respondido Charles. Mas não concordava com aquilo e tinha certeza de que a família dos milhares de soldados mortos ou desaparecidos também não.

Ele não conseguia se imaginar em casa no Natal. Não conseguia nem mesmo se lembrar de como era o Natal. Tudo o que Charles via diante de si era aquele conflito sem fim, que matava cada vez mais jovens a troco de nada, transformava cada vez mais mulheres em viúvas e deixava crianças crescerem sem o pai. Ele se alistara porque tinha um dever para com o rei e o país. Era isso que diziam. Depois de anos, porém, vendo rapazes — garotos, na verdade — chamando pela mãe enquanto a vida se esvaía deles, vendo soldados que se tornaram seus amigos explodindo pelos ares, Charles precisava se esforçar para imaginar um mundo além do horror diário da guerra.

Pensava na própria morte todos os dias. De muitas formas, estava pronto para ela. Nos momentos mais sombrios, até a desejava. Um fim para tudo aquilo. O beijo abençoado da morte. Ele não era supersticioso, não era um daqueles caras que carregavam um pé de coelho ou outro amuleto da sorte. Sabia que, quando chegava a hora, não tinha jeito. Acontecera com Jack Arnold. Gertie escreveu para lhe dar a notícia no mês anterior. Querida Gertie. Podia imaginar o sofrimento dela e o jeito como tentaria consolar os pais. Eram uma família tão unida. E é claro que ela também tinha Harry. O bom e velho Harry. Charles pegou a carteira de couro e olhou para a foto de Harry e Gertie no dia do casamento deles. Charles e Jack estavam, cheios de orgulho, ao lado do casal. Uma época tão boa. Sentiu os olhos se encherem de lágrimas. Não conseguia conceber como seria voltar. Talvez aquilo já dissesse tudo. Talvez seu tempo estivesse acabando. Pegou outra folha de papel e mergulhou a caneta na tinta.

5 de dezembro de 1917

Minha querida Gertie,
Obrigado pela carta. Eu tinha que escrever o mais rápido possível para expressar minha tristeza com a notícia da partida de Jack.

Charles fez uma pausa, tentando encontrar as palavras certas.

Ele era um grande homem e um bom irmão para você. Eu me recordo com carinho daquelas tardes felizes que passamos todos juntos, passeando de barco em Oxford. Ainda dou risada quando me lembro da vez em que ele tentou pular de uma embarcação para outra e acabou caindo no rio Cherwell!

Charles enxugou o canto do olho. Mesmo que a maioria dos homens estivesse dormindo, não era muito bom permitir que emoções aflorassem naquele mundo.

Espero que as memórias valiosas de dias como aqueles lhe ofereçam algum consolo nas semanas e meses que virão.
Estou bem de saúde e

Charles parou, frustrado com as frases banais e vazias. Aquelas memórias não trariam Jack de volta. Esse era o fato. Essa era a pura verdade. Talvez fosse a hora de Charles contar algo verdadeiro sobre si.

Mergulhou a caneta na tinta novamente e fez uma pausa. Depois, colocou-a de volta no tinteiro e esfregou as têmporas. Como poderia dizer aquilo? Como dizer para Gertie o que realmente queria que ela soubesse? O que ela pensaria? O que Harry pensaria? Seus amigos mais queridos e antigos. Tudo o que a mente agitada queria era clareza: *Tenho que contar uma coisa, para o caso de algum infortúnio me impedir de voltar. Acho justo que você saiba a verdade.*

A verdade. Lá estava aquela palavra de novo. Tão fácil de escrever e tão difícil de expressar. Qual era a verdade, Charles? Ele olhou para fotografia do casamento, acariciando-a com a ponta dos dedos.

— Amo você — sussurrou Charles. — Sempre vou amar. Ninguém vai chegar aos seus pés.

Apertou a fotografia nos lábios antes de guardá-la de volta na carteira e pegar a caneta de novo. Estava pronto para escrever. Se morresse ali, precisava que Gertie soubesse o que realmente havia em seu coração.

— Chá, senhor?

Charles ergueu os olhos da carta quando o soldado exausto colocou uma caneca de latão diante dele.

— Obrigado, sargento.

— O senhor quer que eu envie essas cartas, capitão?

Charles se voltou para a mensagem ainda incompleta que escrevia para Gertie. Parou por um momento e depois rabiscou rapidamente:

Estou bem de saúde e tenho esperança de que tempos melhores virão, quando eu, você e Harry poderemos nos reencontrar. Mande um abraço para ele. Você sempre está nos meus pensamentos.
Sempre seu,
Charles

— Obrigado, sargento — disse ele, colocando a carta para Gertie junto às outras e entregando tudo ao soldado.

Parte Dois

Londres, 1940

Capítulo 8

"Meu melhor amigo é uma pessoa que me dará um livro que ainda não li."

Abraham Lincoln

Gerald Travers encarou a parede de tijolos com a testa franzida, como se esperasse que o próprio Hitler saísse dali de dentro. Em seguida, bateu com autoridade na alvenaria algumas vezes e inclinou a cabeça para ouvir o som que fazia. Deu um passo para trás e assentiu com satisfação.

— É uma construção bastante segura, sra. Bingham — declarou ele, olhando o cômodo mal iluminado e cheio de prateleiras que até aquele dia tinha servido basicamente como depósito e escritório para realização de pedidos. — Fico mais do que feliz em atestar que este lugar pode ser usado como abrigo público antiaéreo.

— Muito obrigada, sr. Travers — respondeu Gertie. — Ficaremos contentes em oferecer refúgio se houver necessidade. Tenho certeza de que podemos deixar o espaço mais acolhedor com algumas cadeiras e almofadas. Pelo menos, teremos muito entretenimento — acrescentou, fazendo um gesto para as prateleiras lotadas de livros.

Gerald assentiu. Ele fazia Gertie se lembrar um pouco de Alderman Ptolemy, a tartaruguinha que, nas histórias de Beatrix Potter, se movia com lenta ponderação e gostava, acima de tudo, das alfaces de seu abundante jardim.

— Hitler está ocupado demais pisoteando a Europa no momento, mas não vai demorar até bater na nossa porta. E estaremos prontos para ele — garantiu Gerald, como se contasse um segredo.

Gertie sorriu. Já o conhecia havia anos. Todos conheciam Gerald e sua mulher, Beryl. Eles tinham administrado a quitanda local. Afeiçoaram-se a Gertie quando, um dia, ela parou para admirar as couves-flores que cultivavam e falou do sonho de ver algumas crescerem em sua própria horta. Beryl imediatamente assumiu o papel de fada-madrinha das ambições de Gertie na horticultura, levando para ela não apenas mudas de couve-flor, mas também de feijão, tomate e abobrinha — além de tabuleiros com batatas já preparadas para o plantio. Gertie se apaixonou pela jardinagem sob a tutela de Beryl e Gerald e sempre presenteava o casal com vidros de picles, de geleias e de compotas de fruta como agradecimento. Ainda se lembrava do dia em que Beryl ficou doente demais para trabalhar, porque Gerald fechou as portas da quitanda e nunca mais voltou a abri-las. Ele ia com frequência à livraria comprar um livro para ler para a mulher, que descansava na cama.

— Algo divertido e que nos distraia, por favor, sra. Bingham — pedia.

Gertie o havia mandado para casa com uma sucessão de livros de Wodehouse e com *Três homens em um barco*, obviamente. Ele lhe devolveu tudo quando Beryl morreu.

— Pode vender todos eles, com a minha bênção, na seção de livros usados, sra. Bingham. Não me servem de nada agora.

Gertie considerava Gerald um verdadeiro cavalheiro. Lembrava-se da visita que ele lhe fizera logo depois da partida de Harry. Havia ficado à porta, segurando um saco de papel e olhando para ela com a expressão de quem também tinha perdido o amor da sua vida.

— Maçãs cox — dissera ele, entregando-lhe o saco. — As preferidas do sr. Bingham, se não me falha a memória.

Gertie não se surpreendeu quando Gerald, que era um dos pilares daquela comunidade e ainda cuidava do centro comunitário local, assumiu, tão logo a guerra foi declarada, uma posição de warden sênior no serviço de Precauções contra Ataques Aéreos.

— Agradeço por ter arranjado um tempo para vir aqui, sr. Travers — falou ela, seguindo-o de volta ao andar da livraria. — Sei o quanto deve estar ocupado.

— Não é problema nenhum, sra. Bingham — afirmou Gerald. — Gosto de me manter ocupado. Principalmente à noite. A casa pode ficar um pouco... Bem, você sabe.

— Sim, sei.

E sabia mesmo. Ou pelo menos costumava saber. Com a ausência de Harry, o grande silêncio da casa às vezes a deixava sem ar. Ela tinha o hábito de levar Hemingway para caminhar sem rumo, por longas horas, só para fugir daquela quietude opressiva.

Não era mais assim com Hedy como hóspede. Ainda diferente de quando Harry estava vivo, é claro, mas Gertie começou a perceber que dormia um pouco melhor à noite. Quando acordava em uma casa vazia, tinha pouco estímulo para sair da cama. Mas, naquele momento, Hedy precisava de alguém que a convencesse a se levantar e se preparar para ir à escola. Era sempre um desafio, já que garotas de quinze anos pareciam valorizar muito o próprio sono. Aquilo, entretanto, dava a Gertie um motivo para ficar de pé, e ela era grata por isso.

Depois que a guerra foi declarada, diante da compreensão estarrecedora de que a família permaneceria à mercê dos nazistas, Hedy se retraiu como um bichinho ferido. Só deixava o quarto para fazer as refeições ou ir à escola. Hemingway raramente saía do lado dela. O pior de tudo era o fato de que as cartas não chegavam mais. Com o início do conflito, mensagens da Alemanha só chegavam por meio de telegramas da Cruz Vermelha com apenas vinte e cinco palavras. O primeiro deles foi entregue alguns dias depois da tentativa fracassada dos Fischer de deixar o seu país.

Estamos bem de saúde. Não se preocupe. Você é muito amada. Papai, Arno e eu mandamos nosso amor. Mantenha o otimismo. Mamãe.

Com aquela confirmação final de que a família não poderia vir para a Inglaterra, Hedy se isolou e ficou apática. Parecia não acreditar na realidade da própria vida agora. Gertie se lembrou de como tinha se sentido nas semanas e nos meses posteriores à morte de Harry. A ausência do marido lhe causava um medo terrível, e, ainda assim, ela custava a crer que ele havia partido. Desesperada para tirar Hedy daquele estado de estupor, Gertie tentou consolá-la do único jeito que sabia.

— *Jane Eyre* — disse certa noite, empurrando o seu exemplar adorado pela mesa da cozinha em direção a Hedy. — Esse livro me trouxe conforto quando mais precisei. Ainda me traz, na verdade.

Hedy olhou para Gertie e depois para o livro fino e verde. Abriu a capa e viu a dedicatória.

— Foi um presente do seu marido?

Gertie engoliu em seco.

— Foi. Ele me deu no dia do nosso casamento. — Seus olhos brilhavam enquanto ela se deixava levar pela memória. — Era um dia quente. Eu estava usando um vestido marfim pesado, com mangas de renda áspera e uma longa cauda. O enfeite de flores de laranjeira que estava no meu cabelo me dava coceira. — Gertie balançou a cabeça com empolgação e quase se esqueceu de que Hedy estava ouvindo. — Eu só queria me casar com Harry logo para que pudéssemos começar nossa vida juntos. O fotógrafo, um sujeito agradável chamado sr. Archibald, tinha um bigode esplêndido que fazia com que se parecesse com uma morsa animada. Eu tentava rir para o retrato, mas não conseguia pensar no que fazer com o meu rosto. Meu irmão, Jack, agia como um pateta e ficava fazendo caretas atrás do fotógrafo. Minha mãe chamou a atenção dele, mas com delicadeza, como sempre fazia. — Ela riu. — Jack disse que eu parecia estar em um velório.

— Parece algo que Arno falaria para mim — comentou Hedy. — Irmãos são implicantes.

Gertie sorriu.

— E, então, Charles apareceu. Ele era o melhor amigo de Harry. Fiquei tão contente e aliviada ao vê-lo que o meu rosto se transformou, e o sr. Archibald tirou a foto perfeita. Desde aquele momento, Harry passou a dizer, sempre brincando, que sua encantadora noiva estava sorrindo não porque pensava nele, mas por ter avistado o seu melhor amigo à distância. — Hedy riu. — E foi ele quem me entregou este presente de Harry — explicou Gertie, apontando para o livro.

Hedy leu a dedicatória em voz alta:

— "Caro leitor, ela se casou comigo e fez de mim o homem mais feliz do mundo. Atenciosamente, Harry, junho de 1906." — Ela fechou a capa e passou a mão com cuidado pelas letras douradas. — Obrigada por me emprestar este livro.

Gertie assentiu, sentindo uma súbita saudade crescer no peito. Ainda podia ver todos eles posando para uma fotografia depois da cerimônia: Harry sorrindo para ela, Charles e Jack fazendo palhaçada atrás deles, uma tia solteirona de Gertie censurando o seu pai e o tio Thomas por falarem alto e a sua mãe lhe dando um beijo na mão. Tinha sido o dia mais feliz da sua vida, e ela desejava muito poder voltar ao passado para aproveitar aquele momento de novo. Sentir aquele amor e aquela euforia em torno dela. Gertie se levantou decidida a deixar de lado a melancolia.

— Espero que goste, minha querida — disse. — Agora, se me der licença, está na hora de cuidar das minhas rosas.

★ ★ ★

Alguns dias depois, Gertie voltou da livraria e encontrou Hedy na cozinha. As xícaras estavam postas, e a água fervia na chaleira. Quando a menina viu Gertie, seu rosto se iluminou.

— Terminei de ler *Jane Eyre* — disse ela. — É a melhor heroína que conheço. Ela até aprende a falar alemão. — Hedy olhou para a mesa. — Eu preparei o chá e... — Ela levantou um pano de prato e mostrou a Gertie uma bandeja de biscoitos cor de caramelo. — São como os *Lebkuchen* que temos em casa. Espero que estejam gostosos. Achei que poderíamos tomar um chá e conversar sobre o livro, se você quiser.

Gertie tirou o casaco com um sorriso.

— Claro que quero.

Harry sempre dizia que as melhores coisas da vida invariavelmente começavam com um livro. Nas semanas e nos meses que se seguiram, enquanto ela e Hedy compartilhavam seu amor pelas histórias, tomavam chá e comiam biscoitos, Gertie se lembrava de como o marido era sábio. Ela sugeriu que lessem Brontë e Wodehouse, e Hedy propôs obras de Von Droste-Hülshoff e Hesse. Depois de falarem de seus favoritos, elas começaram a ler novos autores. Juntas, descobriram Edna Ferber, Winifred Holtby, Aldous Huxley e muitos outros. Gertie notou, com satisfação, que tinham gostos semelhantes. Além disso, percebeu que Hedy discutia os enredos, as personagens e a literatura com uma paixão que ela reconhecia, mas não sentia havia alguns anos. Desde a morte de Harry, na verdade. Gertie tinha perdido a vontade de ler fazia tempo, e Hedy a estava ajudando a recuperar aquela alegria.

Quando não estava na escola ou lendo algum livro, Hedy escrevia. Sam havia se alistado na Real Força Aérea britânica, e ela lhe redigia longas cartas. Quando uma resposta chegava, seu rosto ganhava vida. Gertie também notou as histórias rascunhadas em pedaços de papel, com alguns fragmentos em alemão e outros em inglês. Aquilo a fez sorrir. Palavras trazem conforto, e o mundo precisava muito de força e esperança. Gertie comprou um caderno de capa de couro azul-

-marinho para Hedy e deu a ela a caneta Parker Duofold vermelha que tinha sido de Harry.

— Se essa caneta é boa o suficiente para Arthur Conan Doyle, então é boa para mim também — ele costumava dizer.

Hedy aceitou os presentes com gratidão e surpresa.

— Prometo que vou tomar cuidado com a caneta do Harry.

— Sei que vai — respondeu Gertie, satisfeita. — Você pode ser a primeira escritora residente da Livraria Bingham.

— Vou escrever uma história que vai encher vocês dois de orgulho.

Gertie sentiu o coração quase parar, pois aquele era o tipo de coisa que uma filha diria aos seus pais. Ela deu tapinhas no ombro de Hedy.

— Não vejo a hora.

— Consegui um, sra. B.! — exclamou Betty, que irrompeu pela porta segurando um ovo como se fosse um troféu. — Ah, desculpe, sr. Travers. Eu não o vi aí.

— Não se preocupe comigo, srta. Godwin. A sra. Bingham e eu só estávamos reforçando nosso sistema de proteção.

Os olhos de Betty brilharam.

— O senhor deu a autorização?

Ele assentiu.

— Será de grande ajuda na rua principal quando os alemães chegarem aqui.

— *Se* eles chegarem — retrucou Betty. — Estou muito orgulhosa por fazer parte da sua equipe no serviço de Precauções contra Ataques Aéreos, sr. Travers, mas não preciso fazer muita coisa a não ser distribuir máscaras de gás e gritar para as pessoas apagarem as luzes.

— Cuidado com o que deseja — advertiu Gerald, trocando um olhar com Gertie.

Aquele era o olhar de uma geração que estava aliviada por ter havido poucas batalhas nos primeiros meses de guerra. Ainda estavam em choque por causa dos horrores do último conflito, e a ideia de que precisariam enterrar mais pessoas era demais para suportar. Os jovens da idade de Betty não se lembravam daquilo, é claro. Desejavam agir, lutar e derrotar o fascismo. Gertie admirava a determinação deles, mas, quando ficava sabendo que mais um menino tinha se alistado, sentia o pavor embrulhar seu estômago. Hitler estava espalhando seus tentáculos pela Europa e não demoraria muito a voltar as atenções para a Grã-Bretanha. Era como se estivessem de prontidão, encarando uma escuridão aterrorizante, temendo o momento em que o monstro atacaria.

Por ora, a vida parecia mais um ensaio para o que enfrentariam. O governo havia instituído um sistema de racionamento. Pessoas como a srta. Crow consideravam aquilo uma piada de mau gosto, mas Gertie acreditava que era um preço baixo a se pagar para manter o país alimentado. Os blecautes noturnos eram vistos pela maioria como necessários, mas entediantes. Para a alegria de Gertie, entretanto, eles tinham feito crescer a sede pela leitura. Ela mal conseguia manter *E o vento levou* em estoque, e as vendas de Jane Austen e Charles Dickens estavam aumentando.

— Que bom que conseguiu o ovo. Missão cumprida — disse ela para Betty. — Eu guardei a minha porção de manteiga.

— E quanto ao açúcar?

— Li em algum lugar que é possível usar cenouras para adoçar um bolo.

Betty fez uma careta.

— Que coisa estranha.

— Eu tenho açúcar — disse o sr. Travers.

Betty se virou para ele.

— Tem certeza? Estamos preparando um bolo de aniversário para Hedy, sabe?

— É claro — respondeu ele. — Aquela jovem tem mesmo que ganhar um bolo depois de tudo por que passou. Eu tenho uma reunião com o Serviço Voluntário de Mulheres agora, mas posso levar à sua casa depois, sra. Bingham.

— Então, nós temos que lhe dar algo em troca — afirmou Gertie.

— Ah, não. Isso não é necessário — garantiu Gerald.

— Aqui — disse Betty, pegando um livro na prateleira e entregando para ele.

— "As vinhas da ira" — leu Gerald.

— Está fazendo sucesso no momento. Escolhemos esse livro para o nosso clube no ano passado, e o sr. Reynolds disse que foi um dos melhores que já leu — contou Betty. — Acho que vai gostar.

Gerald revirou o exemplar nas mãos.

— Acho que pode ser bom ter alguma coisa para ler nas minhas noites de folga. Os blecautes de fato parecem se arrastar. Obrigado.

— Uma pena termos precisado suspender o Clube do Livro da Bingham por um tempo — disse Betty. — Se não, você poderia participar.

Gerald suspirou.

— Hitler vai ter que responder por muita coisa. Bem, é melhor eu ir. Não quero deixar a sra. Fortescue esperando.

— Céus, não — exclamou Gertie, que conhecia a reputação da mulher.

Margery Fortescue tinha ficado viúva havia alguns anos e gostava de organizar jantares e recitais na sala da mansão onde morava com a filha, Cynthia. A casa ficava logo depois dos limites da cidade, aproximando-se da pitoresca área rural de Kent.

— Ela se acha uma senhora poderosa — a srta. Crow tinha sido ouvida comentando mais de uma vez. — Mas não passa de uma pretenciosa. Isso, sim.

Gertie não costumava acreditar na conversa fiada de Philomena Crow, mas havia encontrado a formidável Margery Fortescue pessoalmente apenas uma vez. Tinha sido um dia tranquilo na livraria, não muito depois da morte de Harry. Gertie estava no estoque quando ouviu a sineta da porta. Alisou o vestido e seguiu para a parte da frente. Uma mulher de trinta e poucos anos, usando óculos pequenos e redondos e uma boina cor de ameixa, estava no meio da loja segurando um exemplar de *As mil e uma noites*. Era uma bela edição, forrada em um tecido roxo vivo com desenhos de folhas douradas. De olhos fechados, ela cheirava as páginas, como se assim se agarrasse às histórias. Gertie parou. Não queria ser invasiva. Entedia que o momento era sagrado. Ela mesma fazia aquilo quase todos os dias, como uma sacerdotisa praticando um ritual. A pobre mulher, porém, não teve muito tempo de apreciar aquela paz valiosa, já que a porta da loja se abriu e Margery Fortescue se colocou diante delas com a testa franzida e os braços cruzados.

— Cynthia Fortescue! O que significa isso? — trovejou ela.

A mais jovem abriu os olhos e ficou congelada no lugar, apertando o livro como se ele pudesse salvá-la de um ataque iminente.

— Cynthia! — repetiu.

Cynthia se virou com os ombros encolhidos.

— Sinto muito, mãe — falou ela. — Eu só estava dando uma olhada.

— Posso ajudar? — perguntou Gertie, entrando no meio delas como se tivesse acabado de vê-las na livraria.

— Não — respondeu Margery — Estamos de saída. Cynthia, largue esse livro.

Cynthia ficou muito desapontada. Era como se alguém tivesse lhe dito para se separar de um grande amor. Ela passou o dedo na lombada do livro antes de tentar devolvê-lo.

— Pode ficar — disse Gertie.

Cynthia arregalou os olhos.

— Não — respondeu a mãe, arrancando o livro das mãos da filha e colocando-o no balcão. — Não precisamos da sua caridade, e Cynthia não deveria ser recompensada por sair furtivamente para visitar este... — Ela lançou um olhar de desaprovação para as prateleiras. — ...empório. Agora, venha, Cynthia. Temos hora no cabeleireiro. Tenha um bom dia.

Gertie observou as duas saírem e deu um sorriso acolhedor para Cynthia, que olhava para a livraria com uma expressão de desejo no rosto pequeno e atento.

— Espero que o sr. Travers saiba com quem está lidando. A sra. Fortescue pode ser assustadora — comentou Gertie depois que ele saiu.

— Mas que bondade dele nos oferecer a sua parte do açúcar do racionamento — comentou Betty.

Gertie assentiu.

— Será uma linda surpresa para Hedy. Sam vai conseguir o fim de semana de folga?

— Acho que nem Hermann Göring seria capaz de impedi-lo.

— E Barnaby?

— Não dessa vez. Infelizmente.

— Sinto muito, minha querida — disse Gertie.

Betty encolheu os ombros com resignação.

— A Inglaterra precisa dele.

Gertie apertou o braço dela. Não era uma mulher religiosa, mas rezava todas as noites para que a guerra fosse breve e para que os jovens fossem poupados. No entanto, à medida que a marcha implacável de Hitler avançava sobre a Europa, aquele desejo parecia cada vez mais difícil de se realizar.

Gertie estava preparando o café da manhã quando o telegrama chegou. Hemingway começou a latir assim que o carteiro tocou a campainha, e então ela ouviu Hedy descer correndo a escada para atender.

A menina apareceu na cozinha alguns minutos depois, segurando o telegrama contra o peito.

— Minha mãe me desejou feliz aniversário. — A expressão em seu rosto era um misto de saudade e alegria.

Gertie sentiu a necessidade de animá-la mais.

— Bem, que sorte ter chegado no dia certinho. Feliz aniversário, minha querida. Também tenho algo para você. — Ela fez um gesto com a cabeça em direção a um pacote de papel pardo sobre a mesa.

— *Villette* — disse Hedy, desembrulhando o pequeno exemplar de capa azul. — Obrigada, Gertie.

— Sei que gostou muito de *Jane Eyre* e achei que talvez quisesse ler mais um de Charlotte Brontë.

— E essas flores são lindas — elogiou Hedy, passando o dedo nas delicadas pétalas dos botões cor-de-rosa.

— Peônias — disse Gertie, contente. — Elas floresceram bem a tempo do seu aniversário. Então, você tem planos para hoje?

— Betty virá mais tarde, e a gente talvez vá ao cinema.

— Que ótima ideia — comentou Gertie, entusiasmada com a surpresa que fariam.

Graças ao ovo que Betty havia arranjado e ao açúcar oferecido pelo sr. Travers, ela havia conseguido preparar um bolo simples de chocolate recheado com geleia de cereja caseira. Estava escondido na despensa, dentro de uma lata, prontinho para quando Sam chegasse.

Pouco depois das duas da tarde, alguém bateu à porta.

— Hedy — chamou Gertie. — Você poderia receber a Betty, por favor?

— Pode deixar — respondeu a garota.

Gertie saiu da cozinha e ficou observando-a abrir a porta.

— Feliz aniversário! — gritou Betty, jogando as mãos para o alto e dando um passo para o lado, enquanto Sam, com a farda da Real Força Aérea, enfiava a cabeça pela entrada.

— Surpresa!

— Sam! — exclamou Hedy, correndo e jogando-se nos braços dele. Gertie e Betty trocaram um sorriso. — Você parece tão importante.

— Já estava mais do que na hora de alguém deixá-lo mais arrumadinho — disse Betty, dando uma cotovelada nas costelas do irmão.

— Você está mesmo muito elegante, Sam — disse Gertie, sentindo um nó na garganta com a lembrança repentina de Jack partindo para a guerra tantos anos antes. — Que tal irmos para a sala comemorar o aniversário desta jovem?

Depois do chá e do bolo, que foi muito elogiado por todos, Sam tirou do bolso um embrulhinho quadrado. Hedy abriu o pacote e encontrou uma caixa de veludo vermelho contendo um cordão relicário de prata.

— Coloquei a foto do dia em que fomos à fazenda de lúpulo — contou ele com uma risada. — Quando Betty se sentou naquela vespa.

— Não teve a menor graça e doeu à beça — retrucou a irmã.

Hedy abriu o fecho.

— Aqui, me deixe ajudar. — disse Sam indo até ela. Ele colocou a correntinha em volta do pescoço de Hedy.

Ao levar a mão ao pingente, a aniversariante ficou com o rosto um pouco corado.

— Obrigada, Sam — sussurrou ela.

Gertie tinha experiência o suficiente para saber quando duas pessoas estavam se apaixonando. Seu coração se encheu de alegria e de tristeza quando pensou no futuro que tinham pela frente.

Ouviram outra batida à porta. Sam olhou para a irmã.

— Acho que você deveria atender, Betty.

Betty franziu a testa.

— O que quer dizer com isso?

Gertie se aproximou da janela e olhou através das cortinas.

— Ele está certo. Com certeza é você quem deve atender.

Betty correu para a porta. Gertie, Hedy e Sam trocaram olhares enquanto ouviam.

— Ah! — exclamou Betty. — Ah, é você! Que maravilha, é você. — Ela voltou alguns instantes depois segurando a mão de Barnaby. — Esse patife me disse que não tinha conseguido folga — contou com os olhos cheios de lágrimas.

Barnaby a puxou e deu um beijo no topo da sua cabeça.

— Não cheguei muito atrasado para a festa, cheguei? — perguntou ele. — Feliz aniversário, Hedy.

— Obrigada, Barnaby. Que bom que você pôde vir.

— Não sei quanto a vocês, mas acho que um pouco de música cairia bem — disse Sam. — Podemos ligar o gramofone, sra. B.?

— Não é uma festa de verdade sem música — respondeu Gertie, dando um sorriso para Hedy.

— Vou ensinar o charleston a você, Hedy — falou Sam. — Venham, vocês dois. — Ele se virou para Barnaby e Betty. — Não temos tempo a perder.

Gertie observou com alegria os jovens rodopiarem e rirem pela sala. Era gostoso poder viver momentos de felicidade como aquele em uma época de tanto sofrimento. Notou o jeito como Hedy e Sam se olhavam. Hedy parecia nova demais para se apaixonar, mas Gertie não conseguia imaginar ninguém melhor para ela do que Sam. Aquilo lhe trouxe lembranças alegres de quando ela e Harry se apaixonaram. Os olhares discretos. A falta que sentiam um do outro quando estavam separados. A emoção do reencontro. Havia conforto naquelas memórias, mas também uma dolorosa saudade.

Seus devaneios foram interrompidos por uma batida à porta.

— Ninguém está esperando outra visita hoje, está? — perguntou Gertie, dirigindo-se à entrada.

— Talvez seja o primeiro-ministro — disse Betty rindo. — Ele recebeu informações sobre esse bolo delicioso e quer uma fatia.

O sorriso de Gertie desapareceu assim que ela viu o policial. Ele parecia mais jovem que Hedy. Segurava um caderno com dedos trêmulos e tinha um brilho de suor acima dos lábios.

— Boa tarde, policial. Está tudo bem?

— Sra. Bingham? — perguntou ele, olhando para o caderninho. — Sra. Gertrude Bingham?

— Sim, sou eu.

Ele respirou fundo.

— Sou o policial Wilberforce. Temos a informação de que há uma cidadã alemã morando com a senhora. Essa informação procede?

— Sim — respondeu Gertie com irritação. — Uma jovem judia que foi obrigada a deixar o país natal por causa dos nazistas.

— Ah — disse o policial.

— O que veio fazer aqui, meu jovem? — exigiu saber, surpresa pela rispidez da própria voz. — O que quer com Hedy?

Ele engoliu em seco e encarou o caderno, como se ali pudesse encontrar uma resposta. Então ergueu o rosto pesaroso para ela.

— Eu vim prendê-la — disse. — Por ordem do próprio Winston Churchill.

Capítulo 9

"Prefiro ser uma rebelde a uma escrava."

Emmeline Pankhurst

Gertie encarou o brasão real de armas que estampava a parede dos fundos do tribunal com os olhos apertados. Estava explodindo de raiva. Vivia em um estado permanente de fúria desde que tinham tentado prender Hedy. Havia acompanhado a moça à delegacia e dito ao oficial em serviço, com todas as letras, que ela não seria levada até ter tido uma audiência adequada. Ele era um homem gentil chamado Fred Mayfield. Tinha uma filha mais ou menos da idade de Hedy e às vezes ia à livraria para comprar um romance para ela. Ele deu um telefonema, marcou a audiência para o mês seguinte e mandou Gertie e Hedy para casa.

Gertie ficou aliviada, mas mantinha sua revolta pelo que havia acontecido. Impelida a tomar uma atitude, convenceu todos aqueles que conhecia a escreverem para o *Times* defendendo Hedy. Uma semana depois, uma jovem jornalista apareceu na livraria e pediu para entrevistá-la.

— O que você diria sobre essa história de o primeiro-ministro dar ordens à polícia para, nas palavras dele, "prender todo mundo"?

— Eu perguntaria se o primeiro-ministro já teve motivos para fugir do próprio país por causa de um governo tirano — respondeu Gertie sem pestanejar.

A jornalista levantou as sobrancelhas.

— Posso publicar suas palavras, sra. Bingham?

Gertie olhou nos olhos da mulher.

— Sim, minha querida. Pode, sim.

Aquela não era a primeira vez que Gertie tinha desafiado o poder político de Winston Churchill. Em 1905, encorajada pela mãe e pelo lema "Ações, não palavras", adotado por Emmeline Pankhurst, Gertie decidira se mobilizar. Seu primeiro ato de rebeldia não foi muito bem-sucedido.

— Gertrude. Você poderia vir até aqui, por favor?

Gertie tinha levantado o rosto do livro de pedidos e visto o pai parado, bem constrangido, ao lado de uma mulher pequena e idosa, vestida de preto, que enxugava os olhos com um lenço. Ao se aproximar, Gertie pôde ouvir as queixas dela.

— O grande Alfred, lorde Tennyson! Como foram capazes de fazer isso? Estão manchando o seu nome.

— Pai? — chamou Gertie.

Arthur Arnold estava sério.

— Você sabe o que significa isto? — ele perguntou, estendendo-lhe um livro.

Gertie pegou o volume e viu a frase "Votos para as mulheres" escrita na primeira página. Deu um sorriso alegre e inocente para o pai.

— Acho que tem a ver com a campanha para as mulheres conquistarem o direito de votar.

A cliente baixinha ficou fora de si.

— Trata-se de uma abominação! Essas mulheres são uns monstros e não têm um pingo de decência. Deveriam ser chicoteadas, isso, sim. Chicoteadas!

Gertie e o pai fitaram a mulher com perplexidade enquanto ela, de luvas, sacudia o indicador para enfatizar seu ponto de vista.

— Nós nos saímos muito bem com nossos pais, maridos e irmãos nos representando. Não precisamos que isso mude. Imagino que, como pai devoto, o senhor concorde comigo, não é? — disse ela para Arthur.

Ele olhou para a filha e tossiu.

— Caríssima senhora, temo que não. Já faz muito tempo que tenho a certeza de que minha mulher e minha filha contam com um intelecto impressionante, bastante superior ao meu. Na minha opinião, elas não são apenas iguais, mas melhores. Agora, peço perdão pelo fato de o seu livro estar danificado desse jeito. Posso prontamente trocar o exemplar ou lhe fornecer um reembolso.

— Bem — bufou a mulher, preparando-se para começar um novo falatório.

— Troca ou reembolso? — repetiu Arthur. — O que a senhora prefere?

A mulher ergueu o queixo e fulminou Gertie com o olhar.

— Um reembolso. E nunca mais colocarei os pés neste estabelecimento.

Durante o jantar daquela noite, Arthur se virou para a mulher e a filha e suspirou.

— Meus amores, eu jamais pediria para controlarem a paixão com que defendem suas convicções, mas, por favor, eu imploro, me deem um aviso antes de acabarem com os nossos negócios.

Gertie deu um beijo no rosto dele.

— Desculpe, papai.

Lilian empurrou um exemplar de *A inquilina de Wildfell Hall* para a filha.

— Não será fácil — afirmou ela. — Uma grande mudança nunca é. Mas vai valer a pena no fim. Nunca perca essa faísca de indignação, Gertie.

As palavras de Lilian ajudaram a aumentar a coragem da filha. O ato seguinte de insurreição de Gertie aconteceu em uma reunião pública da qual participou. Estava segurando o livro que a mãe tinha lhe dado. Quando Winston Churchill começou a falar, Gertie se levantou. Enquanto sentia o corpo ser tomado por um grande senso de propósito, podia ouvir as pessoas estalando a língua e sussurrando coisas como: "Ah, não, mais uma". Ela respirou fundo e olhou nos olhos do orador.

— Sr. Churchill — chamou Gertie, e ele se virou para ela com a sobrancelha levantada. — Sr. Churchill, não pergunto *se*, mas *quando* você e o Partido Liberal vão apoiar o direito das mulheres ao voto?

Charles ligou para Gertie alguns dias depois.

— Sabia que você foi citada no *Times*?

— Fui? — perguntou Gertie sem muito alarde. — Veja só.

— E criticando o primeiro-ministro, ainda por cima.

— Ainda podemos fazer isso, não é? Mesmo que haja uma guerra? Certamente, uma democracia continua sendo uma democracia em épocas de conflito.

— Eu não poderia concordar mais. Liguei para dar os parabéns, na verdade. — Ele fez uma pausa. — Harry ficaria orgulhoso de você.

— Ele costumava chamar a minha atenção quando eu me zangava.

— Ah, mas quando você canaliza essa raiva para algo importante, é capaz de mudar o mundo.

Gertie pediu a Charles que as acompanhasse à audiência. Sentia-se fortalecida pelo apoio público que Hedy e outros refugiados na mesma situação estavam recebendo, mas, ainda assim, precisava de um amigo ao seu lado. Olhou para ele enquanto estavam sentados no tribunal aguardando o juiz. Querido Charles. Muitas coisas nele faziam com que se recordasse de momentos preciosos vivenciados com Harry. O jeito como os seus lábios se erguiam e deixavam um sorriso sempre prestes a aparecer, as linhas que marcavam o canto dos olhos quando ele gargalhava, a bondade em seu rosto. Tudo aquilo a transportava de volta a jantares em que os três estavam juntos e, às vezes, na companhia de Jack. Gertie começava a notar que o peso da saudade estava mudando um pouco. Ela conseguia se lembrar do passado sem sentir aquele familiar aperto da tristeza.

— Todos de pé para o meritíssimo juiz Geoffrey Barkly Hurr.

Quando o magistrado tomou o seu lugar sob o brasão real de armas, Gertie, por achar que ele se parecia um pouco com seu tio Thomas, ficou esperançosa. Ele examinou os documentos que estavam à sua frente, pigarreou e se dirigiu ao tribunal:

— Esta é uma audiência para tratar do caso de Hedy Fischer, de dezesseis anos. Nossa tarefa hoje é decidir se devemos reclassificá-la como estrangeira de classe C, o que significaria que não precisaria ser presa. Ela está atualmente categorizada como uma estrangeira de classe B, que exige prisão como medida de emergência devido à escalada da guerra na Europa. Está correto, sr. Baxter?

Um homem sentado diante de uma mesa à direita de Gertie e Charles se levantou. Gertie não tinha notado a sua presença até aquele momento.

— Sim, senhor.

— E o senhor poderia me dizer por que o governo sente a necessidade de prender a srta. Fischer? Ela é uma refugiada judia, não é?

— Sim, senhor. A questão para o governo concerne à segurança nacional.

Gertie resmungou, indignada.

O juiz levantou a sobrancelha.

— Silêncio, por favor.

Gertie sentiu que Charles a encarava, mas manteve o rosto fixo no brasão. O leão a fulminava com seus grandes olhos, e ela retribuía.

— Como eu estava dizendo, desde a escalada da guerra na Europa, existe a preocupação de que a srta. Fischer talvez possa estar envolvida em atos de espionagem — continuou o sr. Baxter.

— Que disparate! — exclamou Gertie.

O juiz olhou para ela com uma expressão muito séria.

— Senhora, não vou tolerar interrupções. A senhora deve permanecer em silêncio ou será retirada.

— Queira me desculpar — respondeu Gertie. — Mas eu conheço Hedy Fischer e sei que ela não é uma espiã.

O sr. Barkly Hurr se voltou para o sr. Baxter.

— O senhor tem testemunhos sobre esta jovem?

O sr. Baxter remexeu seus arquivos.

— Sim, senhor. Há alguns. Da uma tal sra. Constantine, srta. Snipp, sr. Travers e da sra. Huffingham, a diretora da escola local para meninas que a srta. Fischer frequentou por um tempo. E há também a pequena questão da matéria no jornal e das manifestações públicas que se seguiram a ela. — Sua voz foi morrendo enquanto ele entregava um exemplar do *Times* ao juiz.

O sr. Barkly Hurr leu o texto atentamente, com as sobrancelhas erguidas, depois se virou para Gertie.

— A senhora é a mulher que criticou o primeiro-ministro?

Gertie olhou direto para ele.

— Sou eu mesma. Creio que a decisão dele de prender todos os estrangeiros esteja errada. E a opinião pública concorda comigo.

— Cara sra. Bingham. Na Alemanha, a opinião pública parece concordar com um louco. Essa não é uma boa medida para entendermos o que é certo.

— Sim, senhor, mas nós vivemos em uma democracia e temos o direito de nos expressar livremente. É por isso que estamos lutando. Pelo direito de as pessoas se expressarem, agirem e viverem independentemente de sua origem. Este caso é sobre isso. Hedy veio a este país para escapar da perseguição. Que tipo de nação seremos se a prendermos por causa da sua nacionalidade? Que tipo de hipocrisia é essa?

Gertie sabia que todos no tribunal estavam olhando para ela agora. O silêncio era geral.

O sr. Barkly Hurr fez um gesto de aprovação antes de se voltar para Hedy.

— E quanto a você, minha jovem — disse ele. — Será que poderia nos explicar por que veio para cá?

O rubor subiu pelo pescoço de Hedy. Gertie apertou a mão da moça, que a olhou com gratidão antes de se pronunciar. Sua voz soava baixa, mas havia algo de cativante na forma como ela falava. Todos ouviram com atenção.

— Tudo começou quando Hitler subiu ao poder. No início, eu pude continuar frequentando a escola, mas, depois, tudo mudou. As pessoas começaram a nos xingar. Eu ainda tinha amigos que não eram judeus. Seus pais, contudo, não deixavam mais que eles conversassem comigo. Algumas crianças nos seguiam e atiravam pedras. Minha mãe ficava com medo e não permitia mais que eu fosse às aulas. — Hedy engoliu em seco e continuou: — Uma noite, eles atacaram lojas e queimaram sinagogas. Meu pai foi enviado a Dachau, e minha mãe escondeu meu irmão porque achou que poderiam pegá-lo também. Depois que meu pai voltou, ele passou os dias procurando uma forma de nos tirar da Alemanha. Então, conseguiu um lugar para mim em um trem, e eu vim para cá. Para morar com a sra. Bingham.

O juiz assentiu com seriedade.

— E quanto aos seus pais? E o seu irmão? Você sabe do paradeiro deles?

Hedy o encarou por um momento, meneou a cabeça e baixou os olhos. O sr. Barkly Hurr olhou para o céu, como se rogasse por uma intervenção divina. Depois, falou para os presentes:

— Estou convencido, pela força das evidências apresentadas hoje aqui, de que Hedy Fischer deva ser liberada imediatamente e reclassificada como estrangeira de classe C. Não há necessidade de investigação ou prisão. — Ele se voltou para Hedy e para Gertie. — Minha jovem, desejo o melhor para você. E, sra. Bingham, creio que deva considerar concorrer a um cargo público.

Gertie trocou um sorriso com Hedy.

— É muito gentil da sua parte, mas temos uma livraria para administrar.

Capítulo 10

"Não há maior alegria do que ser amado por seus semelhantes e sentir que sua presença lhes traz conforto."
Jane Eyre, Charlotte Brontë

Foi Gerald quem deu a ideia para Gertie. Ele estava no balcão um dia e, em vez da habitual falta de animação, parecia demonstrar entusiasmo.

— *As vinhas da ira*. Que livro! — comentou com os olhos brilhando de encantamento. — A história me envolveu por completo. Há muito tempo eu não apreciava tanto uma leitura. Você tem mais alguma coisa do sr. Steinbeck?

— Venha comigo, sr. Travers — falou Gertie, levando-o até as prateleiras de ficção.

— Tenho recomendado esse livro para todos do serviço de Precauções contra Ataques Aéreos — continuou enquanto ela lhe entregava exemplares de *Boêmios errantes* e *Ratos e homens*. — Só uma distração para quando os ataques começarem. Algo para desviar a nossa atenção de tudo o que está acontecendo.

Foi como se centenas de pequenos fogos de artifício explodissem na mente de Gertie. Ela correu para o estoque, onde Hedy e Betty estavam desempacotando caixas, e a srta. Snipp lia, com a testa franzida, a carta de um cliente.

— Precisamos relançar o clube do livro — exclamou Gertie.

— Como é que é, sra. B.? — perguntou Betty.

— O clube do livro. O Clube do Livro da Bingham.

— Queiram me perdoar por dizer o óbvio — falou a srta. Snipp olhando por sobre os óculos. — Mas será que se esqueceu de que estamos no meio de uma guerra? Não há como organizar clubes do livro ou reuniões sociais quando as pessoas precisam correr para bunkers a cada cinco minutos.

Gertie jogou as mãos para o alto e começou a rir.

— Srta. Snipp, você é um gênio! É isso. Esse vai ser o novo nome.

A srta. Snipp se virou para Betty e Hedy.

— Acho que ela está tendo algum tipo de surto. Isso acontece com mulheres de certa idade. É melhor pegarem sais de cheiro.

Gertie a ignorou.

— O Clube do Livro do Bunker — disse ela, movendo os dedos como se estivesse escrevendo as palavras no ar.

— Gostei do nome — disse Betty. — Como funcionaria?

Gertie pensou um pouco antes de responder.

— Bem, nós selecionamos um livro por mês para as pessoas lerem durante os ataques aéreos. E nós vamos ler a obra também, para que possamos discuti-la com qualquer um que use o abrigo público.

— Que ideia maravilhosa — disse Betty.

Hedy assentiu.

— Também gostei muito, Gertie.

— Que bom, porque nós três vamos escolher os livros, e, depois, a srta. Snipp, só para começar, pode encomendar coisa de uma dúzia de exemplares. E o que acham de enviarmos um aviso para os nossos clientes postais? Eles podem querer participar.

— Como se já não tivéssemos muito o que fazer — disse a srta. Snipp, dando um suspiro profundo. — Você vai acabar nos transformando em atacadistas.

— Eu posso ajudá-la — ofereceu-se Hedy.

A expressão emburrada da srta. Snipp mudou.

— Muito obrigada, querida — disse ela antes de fazer uma cara de reprovação para Gertie. — Pelo menos alguém entende o fardo que preciso carregar.

Gertie apertou os lábios para conter o riso e trocou um olhar com Hedy. A moça estava trabalhando na livraria havia alguns meses e tinha se provado um presente dos deuses, especialmente por conseguir acalmar a sempre insatisfeita srta. Snipp. Além disso, os clientes adoravam Hedy. Como ela já tinha passado da idade de frequentar a escola e precisava de um emprego, aquela foi a solução perfeita. O trabalho também oferecia um pouco de distração à moça, que vivia preocupada com a situação da família, e trazia um pouco de normalidade para a sua rotina, abalada depois do que Gertie passou a chamar de "aquela bobagem de aprisionamento de guerra".

— Então, qual vai ser o primeiro livro? — perguntou Betty.

— *Jane Eyre* — respondeu Hedy, sorrindo para Gertie. — Temos que começar com *Jane Eyre*.

Setembro foi um mês agradavelmente quente naquele ano. Era como se o verão estivesse oferecendo uma última explosão de alegria antes da virada de estação. O jardim de Gertie estava magnífico. Caules se curvavam com o peso dos tomates robustos e vermelhos, bulbos de cebolas saíam de baixo da terra, galhos de árvores se envergavam por causa das maçãs verdes. Ela atravessou a grama úmida para buscar as frutas que já tinham caído e colher as que estavam maduras. Como a aveia não havia sido racionada, ela e Hedy se tornaram fãs de mingau com uma porção de amoras frescas. Gertie parou para admirar as abobrinhas. As hastes espinhosas serpenteavam sobre o pequeno abrigo antiaéreo que tinha sido colocado ali e que agora parecia ser parte permanente do jardim. Charles a ajudara a construir aquilo logo depois do início da guerra. Tinham passado uma manhã feliz cavando trincheiras profundas para que pudessem enterrar a estrutura de aço corrugado. Em seguida, colocaram beliches lá dentro e cobriram tudo com mais terra.

— Isso mais parece um iglu feito de lama — comentou Gertie, que limpava as mãos em um pano enquanto os dois admiravam o trabalho concluído.

— Você vai ficar segura — disse Charles com satisfação.

Gertie deu uma olhada lá dentro.

— Tem espaço suficiente para seis pessoas. Vou fazer uma festa com Hedy e Hemingway.

— Você pode convidar os vizinhos — sugeriu Charles, fazendo um gesto com a cabeça em direção à mulher que morava na casa ao lado e que fingia pendurar as roupas só para ouvir a conversa deles.

— Como vai, sra. Gosling? — cumprimentou Gertie. — Está um lindo dia, não acha?

A mulher resmungou.

— E o que é isso tudo?

— É um abrigo antiaéreo — explicou Gertie. — Você está mais do que convidada a compartilhá-lo conosco quando chegar o momento.

— O seu amigo vai usá-lo também? — Ela lançou um olhar crítico na direção de Charles.

— Tudo leva a crer que sim — respondeu Gertie. — Vamos organizar saraus. Adoraríamos que pudesse se juntar a nós.

A mulher ficou olhando de Gertie para Charles, que tinha se virado para esconder uma risada. Ela deu meia-volta, colocou rapidamente o cesto embaixo do braço e entrou em casa.

— Um escândalo — murmurou antes de bater a porta.

— Gertie Bingham. Você é terrível — disse Charles.

— Eu sei. Mas sempre achei importante alimentar a imaginação das pessoas. Por isso me tornei livreira.

O cesto de Gertie estava quase cheio de amoras e framboesas agora. Ela estava prestes a entrar para preparar o desjejum quando ouviu o som de uma criança chorando no jardim da sra. Gosling. Espiou por cima da cerca e ficou surpresa ao ver um garotinho com a boca escancarada de desespero.

— Olá — disse Gertie suavemente, sem querer assustar o menino. — O que houve?

Ele parou de chorar e a encarou com os olhos arregalados e úmidos. Então olhou para a casa.

— Não tenho permissão para falar com pessoas estranhas.

— Ah, que pena — disse Gertie. — Isso complica bastante as coisas, já que eu sou uma pessoas muito, muito estranha.

— Gertie? Você está aí fora? — chamou Hedy da cozinha. — Recebemos alguma correspondência?

— Estou, sim. Aqui no jardim. E não, nada ainda.

Aquela era sempre a primeira pergunta que Hedy fazia ao acordar. Elas estavam aprendendo a lidar com a angústia de viver à espera de notícias de Sam ou da família da menina.

— Venha ver quem eu encontrei — continuou Gertie.

Hedy apareceu.

— Oi! — disse ela. — Qual é o seu nome?

— Ele não pode falar com pessoas estranhas — informou Gertie.

— Billy! Billy, onde você está? — perguntou uma voz furiosa que vinha da casa do menino.

Ele olhou para as duas com uma expressão amedrontada.

— Tudo bem. Ele está no jardim — avisou Gertie.

A mãe de Billy surgiu na porta dos fundos. Parecia bastante agitada. Usava um penhoar e tinha prendido os cabelos no topo da cabeça com um lenço. O rosto estava pálido e com uma mancha de fuligem. Ela atravessou o jardim a passos largos de cara feia.

— Billy — falou, segurando o menino pelos ombros. — O que foi que eu disse sobre sair?

O garotinho começou a chorar de novo.

— Desculpe, mãe.

— A culpa foi toda minha — afirmou Gertie. — Eu puxei assunto com o Billy. Ele só foi educado.

A mulher parecia pronta para chorar também. Ela se ajoelhou diante do filho e o abraçou. Hedy e Gertie se entreolharam enquanto Billy dava tapinhas nas costas da mãe para consolá-la. Ela chegou para trás, enxugou os olhos dele e lhe deu um beijo no topo da cabeça.

— Tudo bem, Billy. Está tudo bem. Mas temos que ser corajosos, lembra? Muito, muito corajosos.

Billy assentiu com confiança.

— Eu sei, mãe.

— Bom garoto. Agora pode entrar e brincar. Eu encontrei o quebra-cabeça e guardei no seu quarto.

— Obrigado, mãe.

Ela se levantou e levou a mão à cabeça.

— Eu peço desculpas. Devo estar com uma aparência terrível. Tivemos que nos mudar às pressas, e está tudo uma bagunça. Eu sou Elizabeth Chambers. Este é o meu filho, Billy, mas vocês já devem saber disso. — A mulher deu um sorriso.

— Muito prazer em conhecê-la. Eu sou Gertie Bingham, e esta é Hedy Fischer. Eu estava mesmo pensando em quem se mudaria para cá depois que a sra. Gosling foi morar com a irmã em Devon. Por favor, nos avise se precisar de ajuda.

Elizabeth Chambers assentiu de leve.

— Eu agradeço. É muita gentileza. Bem, preciso ir. Parece que tenho centenas de caixas para abrir.

— Claro — respondeu Gertie, sentindo que ela queria se afastar.

Gertie e Hedy adotaram uma série de códigos para se referir às cartas e aos telegramas. Isso as ajudava a lidar com a tensão da espera diária. Se o dia passava e nenhuma correspondência chegava, diziam que "a falta de notícias é uma boa notícia". Quando recebiam uma única mensagem, falavam "chá com biscoitos". E se, em um mesmo dia, recebiam notícias tanto de Sam quanto dos Fischer, então aquilo significava "champanhe no Café de Paris".

— Chá com biscoitos hoje — disse Hedy, segurando uma carta de Sam como se fosse um artefato sagrado.

— E ontem recebemos aquele telegrama do seu irmão. Então foram dois dias seguidos.

Hedy assentiu. Gertie ficava impressionada com o estoicismo dela. As cartas de Sam eram animadas e cheias de novidades, ao passo que os telegramas da sua família eram assustadoramente esparsos. Elas nunca conversavam sobre isso, claro, mas cada comunicação servia apenas para confirmar que o remetente ainda estava vivo. Era um fato difícil de suportar, mas inegável. Se as cartas parassem de chegar, seria difícil continuar fingindo por muito tempo que "a falta de notícias é uma boa notícia". Várias famílias na região já tinham perdido os filhos. O velho sr. Harris, um cliente que gostava de história celta, soubera que um dos netos tinha sido morto em Dunquerque, enquanto a sra. Herbert, que morava do outro lado da rua, recebera a notícia de que o marido havia desaparecido. Esses horrores, de alguma forma, pareciam distantes. As lutas travadas em terras longínquas eram como o retumbar de um trovão, mas Gertie tinha certeza de que o raio logo cairia.

Ela e Hedy estavam ocupadas abastecendo as prateleiras quando Betty chegou naquela manhã. Cumprimentou as duas com um desânimo que não lhe era característico. Depois, tirou o casaco e murmurou que precisava terminar de fazer alguns pedidos.

Hedy e Gertie se entreolharam quando ouviram Betty derrubar uma pilha de livros.

— Porcaria! — disse ela bem alto.

Elas se aproximaram do depósito.

— Está tudo bem, querida? — perguntou Gertie.

Betty enxugou uma lágrima enquanto se virava.

— Desculpe. Vou ficar bem logo, logo.

Hedy lhe deu um abraço.

— O que houve, Betty? Há algo de errado?

Betty olhou para elas com tristeza.

— Já faz uma semana que não recebo uma carta de Barnaby.

— Ah, minha nossa — disse Gertie. — Ele provavelmente não teve tempo de escrever.

Betty pensou naquilo.

— Ele tem escrito todos os dias, mas talvez você esteja certa. Quando foi a última vez que recebeu notícias de Sam? — perguntou para Hedy.

— Ainda não recebi nenhuma desde a semana passada — respondeu a moça, olhando para Gertie. — Lembre-se de que a falta de notícias é uma boa notícia.

— Obrigada — respondeu Betty. — Obrigada a vocês duas. Sei que estão certas. Desculpe por estar tão mal-humorada.

— Não tem por que se desculpar — falou Gertie.

Tiveram uma manhã movimentada.

— Vamos precisar aumentar o estoque dos títulos de Brontë e Dickens — disse Gertie para Betty. — E é melhor verificar também se temos romances policiais e histórias de amor o suficiente. Hercule Poirot parece estar em alta no momento, assim como Sherlock Holmes.

— Pode deixar, sra. B.

Um pouco depois das onze horas, a paz dos clientes que passeavam pela livraria foi interrompida pela chegada das sobrinhas gêmeas da srta. Snipp, Rosaline e Sylvie Finch. Elas falavam pelos cotovelos e constantemente completavam as frases uma da outra, como se compartilhassem os mesmos pensamentos. Assim que a srta. Snipp viu a dupla passar pela porta, virou-se abruptamente para os fundos da livraria.

— Olá, tia Snipp — exclamou Rosaline, acenando para as costas cada vez mais distantes da tia.

— E tchauzinho, tia Snipp — acrescentou Sylvie, cutucando a irmã, que deu uma risadinha.

— Bom dia, meninas — cumprimentou Gertie do balcão. — O que acharam de *Jane Eyre*?

Elas se olharam.

— Achamos que Jane não deveria ter voltado para o sr. Rochester. Ele estava bravo demais — comentou Sylvie.

— Demais mesmo — concordou Rosaline. — Por outro lado, aquele tal de St. John era um chato, e ela também não poderia ficar com ele.

— Verdade — disse Sylvie. — Mas Jane é uma boa personagem, e mamãe disse que nunca nos viu tão quietas durante os blecautes. Então, ela nos mandou vir aqui para saber qual será o próximo livro.

Gertie lhes mostrou um volume amarelo com letras vermelhas e pretas.

— *Rebecca* — leu Rosaline, passando a mão pela capa.

— Um romance novo. Daphne du Maurier — disse Sylvie parecendo encantada.

— Prende muito a atenção — comentou Betty, juntando-se a elas no balcão. — Fiquei acordada até tarde, e a reviravolta é maravilhosa. Acho que vocês vão gostar.

As duas garotas trocaram um olhar animado e se voltaram para Gertie.

— Vamos levar, muito obrigada, sra. Bingham.

— Só um exemplar?

Sylvie confirmou.

— Ah, sim. Gostamos de ler uma ao lado da outra e compartilhar a história.

Gertie sorriu.

— Estou ansiosa para saber o que vão achar.

★ ★ ★

A quantidade de clientes diminuiu bastante na parte da tarde.

— Creio que as pessoas estejam aproveitando ao máximo os últimos dias de verão — disse Betty, olhando pela vitrine. — Devem estar sentadas no jardim.

Gertie estava prestes a sugerir que fechassem mais cedo quando a sirene do aviso de ataque aéreo quebrou o silêncio. Hemingway começou a latir, assustado, e elas se encararam, surpresas.

— É agora — sussurrou Betty, que quase não conseguia esconder a animação. — Está acontecendo.

— Venham, meninas — chamou Gertie. — Vamos para o abrigo. Hemingway!

Enquanto seguiam apressadas para os fundos da loja, a sineta acima da porta tocou. Gertie se virou e se deparou com uma ansiosa Elizabeth Chambers, que trazia Billy pela mão.

— Podemos nos juntar a vocês? — perguntou ela, como se estivesse sugerindo um chá ao ar livre.

— Mas é claro — disse Gertie. — Podem nos seguir.

— Eu gosto de livros — afirmou Billy, pulando alegremente ao lado da mãe. Ele viu Hemingway balançando o rabo. — E de cachorros também!

Quando entraram no abrigo, Gertie acendeu uma vela e olhou para as paredes de tijolo aparente.

— Não há muita coisa aqui, mas vamos nos acomodar rapidamente — disse ela, buscando consolo nas prateleiras cheias de livros que estavam acima de suas cabeças.

— Os alemães estão vindo agora? — perguntou Billy, fazendo carinho nas orelhas macias de Hemingway enquanto as aeronaves começavam a zunir lá no alto.

Todas se olharam. Ninguém sabia ao certo o que estava acontecendo. Já esperavam por aquilo havia muito tempo, mas, ainda assim, se sentiam totalmente despreparadas.

— Talvez seja um treinamento — falou Betty. A ideia foi logo abandonada, entretanto, quando começaram a ouvir as terríveis explosões.

— São bombas? — perguntou Billy com os olhos arregalados.

Elizabeth Chambers engoliu em seco. Parecia mais apavorada do que ele.

— Acho que sim, Billy, mas nossos corajosos soldados vão contê-las — disse ela, segurando as mãozinhas do filho.

— Estou com medo. — As lágrimas ameaçavam inundar o rostinho contraído do menino.

Gertie viu um livro na prateleira atrás dele.

— Você já conhece o *Ursinho Pooh*? — perguntou ela, pegando o exemplar. Billy sacudiu a cabeça. — Bem, ele é um urso e tem muitos amigos, incluindo o Leitão, o Tigrão e Christopher Robin. Às vezes, o Leitão fica muito assustado, mas seus amigos sempre fazem com que se sinta melhor.

— Eu gostaria de ouvir essa história — disse Billy com um ar sério.

Gertie abriu o livro.

— Pois muito bem.

Aquele primeiro ataque durou uma hora inteira. Gertie percebeu que todos se inclinavam para ouvi-la. Havia um conforto incalculável naquelas palavras lidas em voz alta e na história de um garotinho e um urso brincando com seus amigos na floresta. Elas até podiam fingir estar fazendo aquilo por Billy. Mas, na verdade, todas ficaram gratas por poderem se distrair dos horrores que aconteciam do lado de fora. Quando soou o sinal de que tudo tinha acabado, Gertie terminou o capítulo em que estava e fechou o livro.

— Você gostou, Billy?

Ele assentiu, pensativo.

— Gostei. Acho que, se conseguirmos ver os alemães como dinonhas e se aprendermos a perder o medo deles, tudo ficará bem.

— Você é muito inteligente — disse Hedy.

— Podemos ler mais histórias como essa se os alemães voltarem? — ele perguntou.

— Talvez devêssemos ter um clube do livro para crianças também — disse Hedy, olhando para Gertie.

— Que ideia incrível — afirmou Gertie. — E quem sabe esse jovenzinho possa nos ajudar a escolher os títulos.

— E você me pagaria? — perguntou o menino.

— Billy! — exclamou Elizabeth. — Queira me desculpar, sra. Bingham.

Gertie deu uma risada.

— Imagina. Admiro o seu espírito empreendedor, Billy. Vou combinar uma coisa com você. Por que não fica com este exemplar de *Ursinho Pooh* como seu primeiro pagamento?

— Você não precisa fazer isso, sra. Bingham — protestou Elizabeth.

— Eu sei — garantiu Gertie. — Mas eu gostaria de fazer.

— Obrigado — falou Billy. — Quando eu crescer, quero entrar para a Real Força Aérea e proteger vocês todas.

— Meu noivo é da Real Força Aérea — contou Betty. — E o namorado da Hedy também.

— Nossa — exclamou Billy cheio de admiração. — Eles devem ser muito corajosos.

— São mesmo — confirmou Betty, cutucando Hedy.

— Betty — chamou Gertie. — Por que não usa o telefone da livraria para avisar à sua mãe que você está bem?

— Ah, sim. É verdade! Ela deve estar morta de preocupação. Obrigada, sra. B. — disse Betty, sumindo nos fundos da loja.

— Sou muito grata a você, sra. Bingham — declarou Elizabeth. — As coisas não têm sido fáceis. — Sua voz tremeu um pouquinho.

— Pode me chamar de Gertie — disse a livreira, tocando o braço dela. — E vocês dois são bem-vindos aqui ou no abrigo lá de casa a qualquer momento. Vou me certificar de deixar o portão lateral aberto para vocês.

Elizabeth assentiu, agradecida.

— Mãe, parece que o céu está pegando fogo — comentou Billy, pressionando o nariz na vitrine.

Quando Gertie abriu a porta e eles saíram para a rua, foram atingidos pelo cheiro forte da fumaça. Gertie olhou para os dois lados da rua principal. Felizmente, aquele pequeno canto de Londres tinha sido poupado: as lojas fechadas permaneciam desafiadoramente intactas, o relógio acima da sapataria Robinson ainda funcionava. Então, a atenção dela foi atraída para o horizonte.

— Ah, meu Deus.

Os outros seguiram o seu olhar em silêncio. Todo o céu acima do centro de Londres brilhava como uma fornalha.

— Começou — murmurou Elizabeth.

— É melhor você ir para casa — disse Gertie.

— Até logo, Gertie Bingham e Hedy Fischer — disse Billy olhando para trás enquanto Elizabeth pegava a mão dele. — Lembrem-se, não fiquem com medo das dinonhas. Em breve, venho ajudar com o clube do livro.

Hedy e Gertie ficaram paradas por um momento, olhando na direção de Londres e do horror causado por aquele primeiro ataque.

— Estou com medo, Gertie — sussurrou Hedy.

Gertie apoiou seu braço no dela.

— Eu também, minha querida.

— Estou preocupada com Sam e Barnaby.

— Eu sei. — Gertie se voltou para a livraria. — Tudo o que podemos fazer é oferecer uma escapatória para nós mesmas e também uns para os outros.

Hedy assentiu.

— Venha, vamos encontrar Betty e ir para casa — concluiu Gertie.

As duas tentavam enxergar na penumbra da loja enquanto entravam. Betty estava completamente imóvel na entrada do abrigo, com o rosto pálido e sem expressão como esculpido em alabastro. Parecia estar em transe, olhando para o nada. Hedy lançou um olhar preocupado para Gertie.

— Betty — chamou Gertie. — Está tudo bem?

Betty se voltou para Gertie como se a visse pela primeira vez.

— Falei com a minha mãe — disse ela.

Gertie logo imaginou que alguma coisa tinha acontecido com Sam. Hedy nitidamente pensou a mesma coisa e se sobressaltou.

— O que foi? — perguntou baixinho.

Betty parecia não acreditar no que estava acontecendo.

— Ele está morto.

— Não — gritou Hedy, levando a mão à boca.

— Quem, Betty? — perguntou Gertie, segurando levemente o braço de Hedy.

— Barnaby — respondeu Betty, piscando para as duas enquanto as lágrimas se formavam. — O pai dele ligou esta tarde. Ele foi morto no domingo. Barnaby está morto.

— Ah, minha querida — disse Gertie. Ela e Hedy se aproximaram de Betty, que soluçava, e a envolveram em um abraço.

E assim começa, pensou Gertie, segurando as duas moças em uma tentativa vã de consolá-las. *Mais uma rodada de mortes sem sentido. Mais uma geração de luto por aqueles que não voltaram, por aqueles que jamais terão a chance de viver a vida com a qual sonharam. Como isso pode estar acontecendo de novo? Quando isso vai acabar?*

Capítulo 11

"Reflita sobre as bênçãos do presente, pois todo homem goza de muitas delas, e não sobre os infortúnios do passado, que já foram enfrentados por todo homem um dia."

Sketches by Boz, Charles Dickens

— Posso falar com a srta. Godwin, por favor?

Gertie ergueu o olhar do balcão e viu a srta. Pettigrew parada diante dela com o rosto idoso franzido de preocupação. Era uma senhora baixa e de estrutura delicada, que deixava um cheiro de lavanda por onde quer que passasse.

— Infelizmente, a srta. Godwin não trabalha mais aqui, srta. Pettigrew.

— Ah, pena — respondeu ela, apertando as mãos. — Que tristeza.

— Sim. Uma lástima.

Gertie se lembrou da conversa que havia tido com Betty quando ela lhe fez uma visita um mês depois da morte de Barnaby.

— Sinto muito, sra. B., mas decidi não trabalhar mais na livraria — dissera ela. — Vou assumir um posto permanente no serviço de Precauções contra Ataques Aéreos.

— É muita coragem sua, querida.

Betty deu de ombros.

— Não sei o que mais posso fazer, para ser sincera. Só sei que não consigo ficar na livraria. Ela me lembra demais de... — Betty levou a mão à boca. — Desculpe.

Gertie pegou a mão dela.

— Eu me senti exatamente assim depois que Harry se foi. Fechei a loja por um mês. Mal conseguia colocar um pé diante do outro e parei de ler por um longo período.

Betty olhou para ela.

— E como se sente agora?

Gertie parou para pensar na pergunta. Tanta coisa tinha mudado nos últimos quatro anos.

— Sinto a falta dele todos os dias. Mas a dor se torna tolerável. Você vai se sentir destruída por um tempo e sempre terá saudade de Barnaby, mas encontrará uma forma de continuar. Pode ter certeza.

Elas ficaram sentadas em silêncio, ouvindo o tique-taque do relógio no corredor, o ressonar de Hemingway no tapete, e o cantarolar de Hedy, que preparava um chá para elas na cozinha. A vida ia seguindo e as levava junto. Em frente. Sempre em frente.

— Mas o que eu faço então? — perguntou a srta. Pettigrew, trazendo Gertie de volta para o presente.

— Eu posso ajudá-la — ofereceu-se Gertie.

A mulher meneou a cabeça.

— Tem que ser a srta. Godwin — insistiu com a voz trêmula. — Ela é a única que sabe.

— Que sabe o quê? — perguntou Gertie.

— Ah, srta. Pettigrew, aí está você — disse Hedy, vindo dos fundos da livraria. — Eu estava imaginando quando a veria. Betty me passou a sua lista.

A srta. Pettigrew ficou animada.

— A minha lista da Georgette Heyer?

Hedy assentiu.

— Exatamente. — Ela pegou uma caderneta do bolso e passou as páginas. — E estou vendo aqui que o próximo livro é *The Spanish Bride*. Quer que eu pegue um exemplar para você?

— Ah, sim, por favor. Muito obrigada.

Mais tarde, Hedy explicou:

— Ela lê todos os livros de Georgette Heyer. Mas nunca consegue se lembrar do que já leu. Então, Betty manteve uma lista atualizada. Ela me passou tudo antes de ir embora.

Gertie sorriu.

— O que eu faria sem vocês, meninas?

Estava evidente agora que Hitler tinha voltado o seu olhar mortal para Londres. Os bombardeios eram incessantes. Todas as noites e, às vezes, durante o dia, os aviões apareciam, lançando um manto de fogo sobre a cidade e seus arredores. Gertie e Hedy se habituaram a passar noites e mais noites no abrigo com os Chambers e Hemingway. Gertie deixou o ambiente o mais acolhedor possível. Levava para lá uma garrafa de chá e qualquer coisa gostosa que tivesse conseguido aquela semana apesar do racionamento. Elizabeth Chambers e Gertie costumavam jogar cartas enquanto Hedy lia para Billy. O garoto sempre trazia doces para compartilhar, mas guardava os chocolates com recheio cremoso para Hedy, pois sabia que eram os favoritos dela.

Uma noite, a moça estava lendo para Billy o último livro que ele tinha escolhido para o clube das crianças, *Peter Pan e Wendy*.

— Eu não quero crescer nunca — declarou Billy. — Quero ser como Peter, continuar criança e ficar com a minha mãe, com você, com Gertie Bingham e Hemingway para sempre.

— Entendo o que quer dizer — respondeu Hedy, olhando para a fotografia emoldurada que estava na prateleira de madeira atrás deles.

Ela nunca deixava de levar a imagem da família para o abrigo.

— Quem são essas pessoas? — perguntou o menino.

— Essa é a minha família. Minha mãe, meu pai, meu irmão, Arno, e a nossa cadelinha, Mischa,.

Hedy estendeu a mão para Hemingway ao dizer isso e ganhou uma lambida amigável.

— Mas eu achei que Gertie Bingham fosse sua mãe — disse ele.

— Não. Somos amigas — afirmou Hedy.

O coração de Gertie se alegrou. *Amigas*. Era exatamente o que tinham se tornado.

— Por que eles não estão aqui? — continuou o menino.

— Billy, deixe de ser enxerido — repreendeu a mãe.

— Tudo bem — disse Hedy, antes de se voltar para Billy. — A minha família está na Alemanha. Somos judeus, e Hitler não gosta nadinha de judeus.

— Ele é um homem mau — declarou Billy, franzindo a testa.

— É, sim — concordou Hedy. — Um homem muito mau. Meus pais conseguiram me tirar de lá, e eu vim para a Inglaterra morar com a Gertie.

— Um viva para Gertie Bingham! — exclamou Billy, jogando os braços para cima em comemoração.

— Um viva para Gertie Bingham — repetiu Hedy, sorrindo para a amiga.

— Mas por que a sua família não pôde vir para cá também?

Hedy apertou os lábios. Gertie podia ver que ela estava segurando o choro.

— Porque o homem mau não deixa.

Billy cruzou os braços.

— Deveríamos mandar Gertie Bingham até lá para resgatá-los.

— Sabe de uma coisa, Billy? — perguntou Hedy, secando uma lágrima. — Acho que tem toda razão.

— Agora chega de conversa por hoje, não é, rapazinho? — falou Elizabeth. — Está na hora de dormir.

— A Hedy pode me colocar na cama, por favor?

— Venha — disse Hedy. — Onde está o Edward?

Billy levantou o ursinho de pelúcia laranja, que tinha uma cara assustada e usava um cachecol verde.

— Ele está aqui comigo.

— Que bom — disse Hedy, cobrindo o garotinho até o pescoço.

— Você pode me contar mais uma história, por favor, Hedy Fischer?

— William — avisou a mãe.

— Uma bem curtinha, mamãe. Ainda não estou com muito sono.

Hedy riu.

— Bem, há uma história aqui na minha cabeça sobre duas crianças destemidas chamadas Gertie e Arno.

— Como Gertie Bingham e o seu irmão?

— Os nomes são os mesmos. Mas estou falando de duas crianças e elas têm poderes mágicos.

— Que tipo de poderes?

Os olhos de Hedy brilhavam enquanto ela falava.

— Gertie pode entrar em qualquer livro se precisar e se transportar com Arno para outros mundos.

— Nossa! E o Arno?

— Arno é um gênio da matemática e consegue fazer cálculos na velocidade da luz.

— Eu quero ouvir uma história sobre eles — disse Billy, bocejando.

— Vou escrevê-la para contar a você em uma próxima vez, quando não estiver tão cansado. Que tal?

Billy assentiu, já fechando os olhos.

— E a mamãe pode fazer os desenhos. Ela desenha melhor do que E. H. Shepard.

— Acho que isso não é bem verdade — disse a mãe.

— É, sim — cochichou Billy para Hedy antes de abraçá-la pelo pescoço. — Ainda bem que Gertie Bingham salvou você.

— Também acho — respondeu Hedy, dando um sorriso para Gertie. — Boa noite, Billy.

— Boa noite, Hedy Fischer — murmurou ele antes de adormecer.

— Sinto muito por todas as perguntas do Billy — disse Elizabeth enquanto Gertie lhes servia chocolate quente da garrafa.

— Eu não me importo — assegurou Hedy. — Acho que é melhor ser honesta.

Elizabeth olhou para ela.

— Você é uma jovem muito corajosa.

Os olhos da moça cintilavam sob a luz do lampião.

— Acho que todos somos agora.

As palavras ecoaram no silêncio do abrigo enquanto elas ouviam o rugido da batalha lá fora. Gertie tinha certeza de que as bombas estavam se aproximando. Uma casa que ficava a três ruas da dela tinha sido destruída na semana anterior. Os alemães frequentemente espalhavam, ao atravessar o céu, bombas conhecidas como "cestas de pão", que liberavam explosivos e deixavam um rastro de fogo pelo caminho. A mera existência delas era uma combinação surreal do horrendo com o mundano. Elas seguiam a vida, entravam na fila do racionamento, ouviam o rádio, passeavam no parque. No entanto, tudo era feito com uma expectativa temerosa.

— Todo mundo sabe que existe uma bomba com o nome de cada um. — Gertie tinha ouvido um dia a srta. Crow, que estava à sua frente na fila do açougue, dizer a quem quisesse ouvir.

Sempre que as sirenes começavam a soar, o coração de Gertie parava. *Pode ser dessa vez. Talvez essa noite não tenhamos tanta sorte.*

Ainda assim, Gertie se surpreendia com a forma como conseguia conviver com o medo. Havia pensado que seria impossível enfrentar outra guerra sem ter Harry ao seu lado para lhe dar forças. Sabia que tinha muito a agradecer a Hedy. Juntas estavam fazendo a parte delas na livraria. Apesar da descrença da srta. Snipp, o Clube do Livro do Bunker estava sendo um sucesso. Contavam agora com diversos membros agradecidos e tinham tido no abrigo, nos últimos dois meses, discussões animadas a respeito de *Rebecca* e *Frankenstein*. Embora não pudesse pôr fim aos ataques aéreos ou apaziguar o sentimento de perda das pessoas, Gertie tinha orgulho por estarem ajudando à própria maneira.

Hedy havia dormido com a caneca de chocolate quente na mão. Gertie a pegou e a colocou de lado, para então cobrir a moça.

— Billy é um rapazinho maravilhoso — comentou Gertie.

Elizabeth ficou com o olhar perdido.

— É difícil para ele lidar com a falta do pai.

— Sinto muito. Deve ser difícil para você também.

Elizabeth assentiu. Abriu a boca como se estivesse pensando em dizer algo mais. Depois, contraiu os lábios.

— Bem, acho melhor tentarmos descansar um pouco. — Ela olhou para o filho adormecido. Os lábios dele, fechados, formavam uma curva perfeita, e a sua testa estava um pouquinho franzida. — Boa noite, sra. Bingham.

— Boa noite, minha querida — disse Gertie.

Ela ficou sentada por mais um tempo no silêncio do abrigo, com aquela atmosfera fechada lhe oferecendo uma inesperada sensação de segurança. O ritmo constante da respiração das pessoas, o ronco suave de Hemingway e o ruído distante das bombas já lhe eram familiares. Ela se deitou e fechou os olhos, pensando em como era estranho conseguir encontrar paz em meio ao horror. Mas, talvez, aquela fosse a única forma de sobreviver.

Gertie fez uma pausa para admirar a guirlanda de azevinho com laço vermelho que Hedy tinha pendurado na porta da livraria no dia anterior. A vitrine estava cheia de exemplares de *Um conto de Natal*, escolhido para o clube de dezembro. Hedy havia copiado cuidadosamente algumas das lindas ilustrações de John Leech no verso de rolos antigos de papel de parede e as pendurado atrás das pilhas de livros. Gertie estava certa de que o sr. Dickens ficaria orgulhoso daquela exibição festiva.

Destrancou a porta e entrou. O cheiro forte dos livros logo alegrou seu coração. Parecia estranho que, apenas um ano antes, estivesse disposta a deixar tudo aquilo para trás. As paredes tinham se tornado um reflexo da ausência de Harry, e cada volume era um lembrete de que ele havia partido. Gertie passou a mão pelas lombadas lisas. O marido ainda estava ali. Mas agora, em vez de triste, ela se sentia reconfortada por isso. Encontrara um jeito de continuar, de aumentar o que tinham criado. Gostaria que Harry pudesse ver aquilo, mas seu coração lhe dizia que ele sabia. A livraria a salvara. Não conseguia mais se imaginar dando as costas para o lugar.

Quando a srta. Snipp e Hedy chegaram, a loja estava repleta de clientes. O clima geral era de um otimismo cauteloso, já que as pessoas, apesar de tudo, pareciam determinadas a aproveitar as festas de fim de ano.

— Ouvi um boato de que os alemães vão dar uma trégua no Natal — contou a sra. Wise, que estava comprando uma edição ilustrada de *Alice no País das Maravilhas* para a neta.

— Tente dizer isso para o povo de Manchester — retrucou o marido dela, erguendo o olhar de um livro sobre pecuária. — Os ataques estão bem piores por lá no momento.

Gertie ficou surpresa quando, no meio da manhã, a srta. Crow apareceu e ficou olhando com desconfiança para as prateleiras.

— Bom dia, srta. Crow — disse Gertie. — Como podemos ajudá-la?

— Eu gostaria de comprar um livro — disse ela com a voz hesitante. — Para o filho do meu sobrinho.

— Entendo. Talvez Hedy possa sugerir algo. Ela é a nossa especialista em livros infantis.

Hedy ergueu o olhar da prateleira que estava limpando.

— Claro. Quantos anos ele tem?

— Cinco — respondeu a srta. Crow, baixando o rosto. — Ele acabou de perder o pai.

— Sinto muito — disse Gertie.

A srta. Crow fez um discreto aceno com a cabeça enquanto Hedy pegava três volumes na estante.

— Conheço um garotinho da mesma idade que adorou estes aqui.

A mulher olhou cada um deles antes de se decidir por *A ilha do tesouro*.

— Uma excelente escolha — afirmou Gertie. — Tenho certeza de que o menino vai gostar de que a senhora leia para ele.

— Ah, não sei, não... — começou a srta. Crow.

— Philomena? — chamou a srta. Snipp, saindo dos fundos da loja.

A srta. Crow congelou.

— Olá, Eleanora — cumprimentou com frieza.

A srta. Snipp cruzou as mãos.

— Já faz um bom tempo que não a vejo. Lamento muito pelo seu sobrinho.

A srta. Crow evitou o olhar da outra mulher.

— Sim. É o mundo em que vivemos. — Ela pegou o pacote com Gertie. — Muito obrigada, sra. Bingham — disse, enfiando o livro na cesta que carregava.

Ela estava prestes a sair quando a sirene de ataque aéreo soou.

— Venham, venham — chamou Gertie, guiando todos para o abrigo. — Por aqui! Srta. Crow?

A mulher franziu o cenho antes de se virar e segui-la.

— Ah, estou indo.

O bunker lotado fez Gertie se lembrar imediatamente de quando o Clube do Livro da Bingham fazia tanto sucesso que algumas pessoas de fato acabavam de pé.

— Estão todos bem? — perguntou ela, conduzindo a srta. Crow para dentro e fechando a porta.

— Não muito — disse a srta. Snipp, fulminando as sobrinhas que, na falta de cadeiras vazias, tinham decidido se empoleirar na beirada da mesa que ela usava para fazer as encomendas.

— Ah, tia Snipp, não seja tão ranzinza. O Natal está chegando.

— Tente dizer isso para Hitler — respondeu ela enquanto o barulho dos aviões ia crescendo.

— Por que nós não discutimos *Um conto de Natal*? Quem já leu? — perguntou Gertie. Metade das pessoas levantou a mão. — Maravilha. E o que acharam?

— Minha cara senhora, como bem sabe, minha paixão é por história militar, mas apreciei a leitura — disse o sr. Reynolds, apoiando-se na sua bengala de ponta prateada. — Eu gostaria que Hitler também recebesse a visita dos três espíritos e mudasse a sua forma de agir.

Todos murmuraram em concordância.

— Lembra-se de ter lido esse livro na escola? — a srta. Snipp perguntou para a srta. Crow, que estava de costas para os presentes, agindo como se não ouvisse. — Philomena?

A srta. Crow respirou fundo.

— Prefiro não discutir o assunto.

Todos pareceram prender a respiração e ficar em silêncio diante do drama que se desenrolava ali.

— O que mais vocês gostaram no livro? — perguntou Gertie lançando um olhar de pânico para Hedy.

— O pequeno Tim é o meu personagem favorito — começou Hedy.

— Um garoto adorável — concordou Sylvie.

— Encantador — disse Rosaline.

— Ele é uma metáfora para as privações que sofrem as camadas mais pobres da sociedade londrina, um tema que muito preocupava Dickens — declarou uma voz.

Todos se viraram e ficaram atônitos ao ver Cynthia Fortescue em um canto do abrigo com as bochechas vermelhas e os olhos arregalados, como se o som da própria voz a tivesse surpreendido também.

— Que interpretação fascinante — elogiou Gertie.

Cynthia abriu um sorriso tímido antes de se encolher de novo na penumbra do aposento.

— Será que poderia ler um pedacinho do livro, Gertie? — pediu Hedy depois que uma explosão particularmente alta os deixou sobressaltados. — Tenho certeza de que todos gostariam de ouvir, mesmo os que já conhecem a história.

Todos concordaram baixinho. Gertie assimilou a expressão de cada um. Alguns estavam visivelmente preocupados, uns tinham o rosto amedrontado e outros, ainda, pareciam rezar.

— Que tal a passagem na qual Scrooge visita seu antigo patrão, Fezziwig, com o primeiro espírito?

— Ah, esse é o trecho em que há a festa — comentou Rosaline. — Como eu adoro uma festa.

— Eu também — concordou Sylvie enquanto a tia revirara os olhos e fazia um muxoxo.

Quando Gertie começou a ler, alguns dos presentes inclinaram a cabeça. Era como se, ao chegarem mais perto, pudessem fugir para dentro da história. Estavam lá no armazém de Fezziwig, transformado agora em um salão de baile com músicas, convidados, danças e brincadeiras. Deliciaram-se com a carne assada e o bolo, comeram tortinhas de frutas secas e tomaram cerveja. Gertie ergueu os olhos e notou que o rosto deles tinha mudado. As testas, antes vincadas, haviam relaxado e ganhado uma expressão mais suave enquanto ela lia sobre Fezziwig e sobre como "a felicidade que ele provê é tão grande que poderia custar uma fortuna".

— Que sujeito maravilhoso — declarou o sr. Reynolds.

Quando a sirene indicou o fim do bombardeio, todos saíram do abrigo muito aliviados. Gertie se virou para falar com a srta. Crow, mas ela já estava passando pela porta e indo para a rua.

— Não sabia que vocês se conheciam — comentou com a srta. Snipp.

Ela assentiu.

— Nós estudamos juntas. Éramos melhores amigas. — A voz dela foi desaparecendo, e o olhar ficou distante.

— Está tudo bem, srta. Snipp?

A mulher rapidamente olhou de volta para Gertie.

— Sim, sim. Estou bem. Certo, não tenho tempo a perder. Já tivemos distração o suficiente por hoje — disse ela como se a Força Aérea Alemã tivesse sido enviada apenas para estragar o seu dia.

— Nos vemos no Natal, querida tia Snipp — disse Rosaline com um aceno.

— Sim. Tchau, tia Snipp — falou Sylvie, segurando o braço da irmã. As duas saíram em meio a uma explosão de risinhos.

— Hum — resmungou ela enquanto retornava aos seus domínios.

— Bem, sobrevivemos para lutar mais um dia, sra. Bingham — comentou o sr. Reynolds, levantando o chapéu para ela antes de sair.

— Que Deus nos abençoe!

Capítulo 12

"Desviar-me? O caminho até meu objetivo foi estabelecido por trilhos de ferro nos quais minha alma se encaixa para correr."

Moby Dick, Herman Melville

O dia de Natal chegou frio e claro, sem as usuais badaladas dos sinos da igreja, mas com uma bem-vinda trégua nos bombardeios. Gertie mal havia celebrado a data desde a morte de Harry, e nem ela nem Hedy tinham se sentido inclinadas a comemorar no ano anterior, mas agora era diferente. Tudo tinha mudado, e Gertie achou que precisava fazer um esforço, enquanto Hedy estava ansiosa por adotar novas tradições. Elas decoraram a casa com azevinhos do jardim e penduraram na árvore as bolas de vidro e os outros enfeites que Gertie havia encontrado em uma caixa velha no alto do guarda-roupa.

— Está perfeita, Gertie — disse Hedy, dando um passo para trás e admirando o que tinham feito.

Gertie sabia que ela estava pensando na família.

Os telegramas ainda chegavam quase todas as semanas, mas vinte e cinco palavras não diziam muita coisa. Tinham torcido para Sam receber uma licença no Natal. Entretanto, ele havia escrito na semana anterior avisando que seria impossível. Gertie não ficou surpresa. Sempre que ela ouvia os aviões zunindo pelo céu, pensava imediatamente em Sam e em seus companheiros da Força Aérea, e fazia uma oração silenciosa.

Não estava acostumada a receber muita gente. Mas, naquela noite, serviria um jantar para seis: Charles e a sra. Constantine compareceriam, e, depois de uma conversa com Elizabeth Chambers, a vizinha e o menino Billy também tinham sido convidados. Tio Thomas tinha graciosamente recusado o convite, dizendo que detestava o Natal e que preferia ficar na companhia de Dickens, tanto na forma literária quanto na felina.

Gertie não se lembrava da última vez que cozinhara para tanta gente. Ficou feliz por ter conseguido uma boa colheita na horta aquele ano. Tinha batatas e cenouras o suficiente e havia até conseguido comprar um frango para assar.

Charles foi o primeiro a chegar.

— Que cheiro bom, Gertie — disse ele, lhe entregando o casaco e a seguindo até a sala.

Ele cumprimentou Hedy como se fossem velhos amigos, e os dois ficaram conversando ao som das canções natalinas que tocavam suavemente no gramofone.

A sra. Constantine chegou em seguida. Entregou à anfitriã uma garrafa de xerez e deu uma piscadinha.

— Uma coisinha para espantar o frio.

Gertie estava servindo taças para todos quando uma batida na porta indicou a chegada de Billy e sua mãe. O garotinho ficou parado na entrada, erguendo um aeromodelo de Spitfire para ela admirar.

— Feliz Natal, Gertie Bingham.

— Feliz Natal, rapazinho. Por acaso esse foi o seu presente do Papai Noel?

Billy assentiu com alegria.

— E ganhei uma barra de chocolate, uma noz e uma laranja. Mas foi engraçado, já que a laranja não tinha casca.

— Porque eu a usei para preparar isto aqui — cochichou Elizabeth, passando para Gertie uma tigela com listras azuis coberta por um pano.

Gertie riu.

— Muito obrigada, querida. Foi gentil da sua parte fazer a sobremesa.

Quando se sentaram para jantar, Gertie olhou para os rostos das pessoas naquela reunião nada usual. Se alguém houvesse lhe dito, dois anos antes, que ela comemoraria o Natal com uma aristocrata russa exilada, uma refugiada judia e um garotinho de cinco anos, jamais teria acreditado. Ainda assim, não conseguia imaginar nenhum outro lugar onde preferisse estar. É claro que ainda queria muito que Harry estivesse a seu lado, assim como os pais e o irmão, mas aquela não era mais a realidade. E, em um mundo virado de ponta-cabeça e devastado pela guerra, era preciso se agarrar aos que continuavam por perto. Cada pessoa sentada à mesa tinha sido afastada de algum ente querido. Charles havia perdido o melhor amigo, Billy e Elizabeth estavam sem o pai do menino, a sra. Constantine não tinha família e Hedy... Ah, a querida Hedy. Permanecia presa àquela terrível situação, aguardando por notícias e vivendo na esperança de que seus familiares enfim chegassem. Enquanto observava a moça rindo de algo que Billy tinha dito, ouvia Charles e a sra. Constantine discutindo literatura russa e via Elizabeth bagunçando o cabelo do filho, Gertie percebeu que estava feliz. Não tinha como saber o que aquela noite traria ou o que aconteceria no dia seguinte, mas, no brilho daquele instante, sentiu a mais absoluta alegria.

Levantou-se e ergueu a taça.

— Eu gostaria de propor um brinde — disse. — Aos nossos amigos e aos nossos amados. Podem ser novos ou antigos, estar presentes ou ausentes, mas vivem para sempre em nosso coração. Feliz Natal.

— Feliz Natal! — responderam todos.

O momento foi interrompido por uma batida na porta.

— Com licença — disse Gertie.

Não conhecia a mulher que estava parada na entrada, mas algo em seus olhos castanhos escuros lhe era familiar. Usava um elegante casaco vermelho de lã com um chapéu combinando e uma estola de pele nos ombros.

— Sinto muito por incomodar — falou ela. — Mas saberia me dizer onde posso encontrar Elizabeth Chambers?

— Mãe? — Elizabeth apareceu ao lado de Gertie. — O que a senhora está fazendo aqui?

— Ah, Elizabeth, eu precisava ver você.

— Vovó! — gritou Billy, correndo para os braços da senhora. — Eu ganhei um Spitfire.

— Ah, meu querido — disse ela, abraçando o menino enquanto os olhos se enchiam de lágrimas. — Estou tão feliz por ver você.

— Gostaria de entrar? — perguntou Gertie.

— Ah, isso seria tão...

— Não. Tudo bem. Podemos dizer o que precisamos aqui na porta mesmo — falou Elizabeth, cruzando os braços.

— Ah, mamãe, deixe a vovó ficar. Por favor!

Elizabeth olhou para o rosto suplicante do filho e suspirou.

— Só se a Gertie não se incomodar.

— Não é incômodo nenhum, querida. A sua mãe é muito bem-vinda.

Elizabeth se virou para o filho.

— Billy, por que não mostra para a vovó o que ganhou de Natal?

— Na verdade, eu tenho um presente para você no carro.

Ela olhou por cima do ombro e fez um gesto para o motorista, que pegou uma caixa grande no banco traseiro e levou até lá.

Billy arregalou os olhos.

— É para mim?

A avó assentiu.

— Vamos levar lá para dentro? — Ela estendeu a mão para Gertie. — Lady Mary Wilcox.

A mulher tinha um ar tão majestoso que Gertie precisou se controlar para não fazer uma reverência.

— Prazer em conhecê-la. Sou Gertie Bingham. A senhora aceita um chá?

— Seria muita delicadeza da sua parte.

Ao voltar com a bebida, Gertie se divertiu ao ver que, apesar do pedigree aristocrático, lady Mary estava rastejando pelo chão com o neto. Para a alegria de Billy, a avó lhe comprara um capacete de latão e um rifle de madeira.

— Sou o sargento Billy Chambers — declarou a todos. — E vou proteger vocês dos alemães.

— Ah, que maravilha. Obrigada, sargento Chambers — disse lady Mary, levando a mão ao coração.

Gertie notou Elizabeth em um canto, observando tudo com a expressão contida.

— Chá, querida? — perguntou.

— Obrigada — respondeu Elizabeth, pegando a xícara.

— Que bom ver o Billy se divertindo tanto — comentou Gertie.

— Sim. É só uma pena que ele não possa ver a avó com mais frequência — falou em um tom amargo. — Com licença. — E saiu da sala.

Gertie ia segui-la, mas viu a hora.

— Venham — chamou. — O discurso do rei vai começar.

Sentaram-se em silêncio. Até mesmo Billy ficou quieto movendo seu aviãozinho pelo ar enquanto os adultos ouviam.

— *... devemos nos manter firmes no espírito que nos une agora. Precisaremos deste espírito em nossa vida, como homens e mulheres, e precisaremos dele ainda mais entre as nações do mundo. Devemos continuar pensando menos em nós mesmos e mais uns nos outros, pois assim, e somente assim, poderemos esperar que o mundo seja melhor e a vida, mais digna.*

O olhar de Gertie encontrou o de Hedy, e elas trocaram um sorriso. Quando o discurso terminou, lady Mary se levantou.

— É melhor eu ir agora.

— Ah, vovó, fique mais, por favor — pediu Billy.

Ela pegou o rostinho dele nas mãos e deu um beijo no topo de sua cabeça.

— Vejo você de novo em breve, meu querido — disse para o neto. — Foi um prazer conhecer a todos. Que Deus os abençoe.

Gertie acompanhava lady Mary até o vestíbulo quando Elizabeth voltou da cozinha. Mãe e filha se encararam por um momento. Lady Mary foi em direção à Elizabeth com a mão estendida, mas ela deu um passo para trás.

— Por favor, não fique zangada comigo, Elizabeth.

A mulher olhou para ela com frieza.

— Como vai meu pai?

Os olhos de lady Mary se anuviaram.

— É difícil para ele, sabe?

— É difícil para todos nós. — Ela fitou a mãe por um tempo antes de se virar. — Obrigada pelo presente de Billy. Adeus — disse, voltando para a sala.

Lady Mary suspirou antes de seguir Gertie até a porta. Ela parou antes de sair.

— Muito obrigada por sua hospitalidade, sra. Bingham. Como deve ter notado, tenho uma relação turbulenta com a minha filha, mas amo Elizabeth e Billy com todo o meu coração.

— Eu entendo — disse Gertie. — Relacionamentos familiares nem sempre são fáceis.

Lady Mary lançou um olhar franco para Gertie.

— Será que você poderia conversar com Elizabeth? Pedir a ela que seja racional e deixe Billy ficar conosco? Londres não é um lugar seguro no momento. Sinto que ela talvez possa lhe dar ouvidos.

Gertie hesitou. Podia ver o desespero nos olhos dela, mas Elizabeth já era uma mulher feita e podia tomar as próprias decisões em relação ao bem-estar do filho.

— Peço desculpas, mas não sei se é o meu papel.

Lady Mary concordou com a cabeça.

— Não, não, claro que não. Bem, adeus, sra. Bingham.

— Adeus.

À medida que o novo ano se aproximava, o cessar-fogo parecia estar sendo mantido e o mundo se mostrava mais leve de certa forma. Até mesmo a srta. Snipp andava de bom humor. Ela havia passado o Natal com a irmã, que tinha conseguido não apenas comprar um coelho para o jantar, como ainda lhe dera outro de presente para levar para casa. Gertie estava cautelosamente otimista. A guerra ainda estava em curso, mas, por ora, Hitler parecia ter deixado a Inglaterra em paz.

— Ouvi dizer que ele está voltando suas atenções para a Rússia — disse o sr. Reynolds, folheando um exemplar de *Martin Chuzzlewit*.

— Tenho certeza de que vai ser muito bem recebido pelo camarada Stalin — retrucou a sra. Constantine, entregando um exemplar de *O cão dos Baskerville* para Gertie. Depois de esgotar a obra de Agatha Christie, ela estava lendo Arthur Conan Doyle. — Preciso lhe dizer que aprovo a escolha do novo livro do clube, sra. Bingham. — Ela fez um gesto para a vitrine, que exibia exemplares de *Encontro com a morte*. — Farei o possível para estar aqui no próximo ataque aéreo, mas vamos rezar para que o pior já tenha passado.

— A esperança é o que nos resta — disse Gertie, embrulhando o livro e devolvendo a ela.

Gertie estava preparando o jantar naquela noite quando a sirene tocou. Logo pensou em Hedy, que tinha ido ao cinema com Audrey. Gertie tinha lhe dado de presente de Natal entradas para o novo filme de Charlie Chaplin.

Hemingway estava aguardando na porta dos fundos, como sempre fazia quando ouvia a sirene.

— Hedy vai ficar bem — disse Gertie para ele, pegando o cesto que continha a máscara de gás, o talão de racionamento e uma lata com as últimas tortinhas de frutas. — Ou elas vão permanecer onde estão ou serão conduzidas para um abrigo público.

Com o coração acelerado, ela correu para o jardim. Bem naquele momento, Elizabeth e o filho passavam pelo portão lateral.

— Onde está Hedy Fischer? — perguntou Billy. Gertie notou que ele usava o capacete e trazia o rifle de madeira.

— Está no cinema com uma amiga, mas vai para o abrigo. Não se preocupe, Billy — disse Gertie, percebendo que falava aquilo mais para si mesma.

— Você quer que eu vá buscá-la? — indagou ele.

— Não, você tem que ficar aqui para nos proteger — disse Elizabeth. — Hedy vai voltar logo, logo.

— Que bom, porque quero ouvir o próximo capítulo da história de Gertie e Arno.

Eles entraram rápido no abrigo, e Gertie acendeu uma vela. Parecia estranho estar ali sem Hedy.

— Acho que eu não devia ter deixado que ela fosse — comentou Gertie, olhando para a chama.

— Ela é uma garota sensata — disse Elizabeth. — Vai ficar bem. O pessoal do serviço de Precauções contra Ataques Aéreos vai cuidar dela.

Gertie concordou, mas sentiu o estômago revirar. Não importava quão sensato, bondoso ou inteligente você fosse. Ainda assim podia dar azar. O destino não dava a mínima para nada daquilo. Tudo o que se podia fazer era rezar e esperar que alguém ouvisse.

Notaram o familiar zunido aumentar de volume enquanto as aeronaves seguiam em direção a Londres. Ouviram o barulho de bombas explodindo ao longe.

— Essas são as nossas armas de defesa antiaérea — disse Billy como quem sabe tudo. — Elas impedem que os homens maus avancem.

Logo ficou óbvio que os homens maus não tinham sido freados. Os zunidos distantes rapidamente se transformaram em um som ininterrupto, que foi crescendo até se tornar uma cacofonia perturbadora bem acima delas. Ao terem a certeza de que aquele ataque era diferente, Gertie e Elizabeth se entreolharam. O número de aeronaves carregadas com explosivos era grande e assustador. Elizabeth passou o braço em volta do filho e o puxou para perto.

Um chiado, seguido por uma luz branca e quente, veio de algum lugar próximo. Depois outro. E mais outro.

— Parecem fogos de artifício — disse Billy.

— Então vamos fingir que é isso que são — sugeriu Gertie. — Nada além de fogos de artifício.

Podiam ouvir as bombas caindo sobre toda a cidade de Londres, algumas muito perto, outras bem longe.

— Essas são incendiááá-lias — disse Billy com cuidado. — Os homens maus usam para colocar fogo nos alvos.

Gertie teve um sobressalto ao perceber que uma delas havia aterrissado bem perto. Por uma pequena brecha no abrigo, podia ver a chama verde ganhar vida. Sem pensar direito, ela se levantou e saiu.

— Gertie Bingham! — gritou Billy.

Hemingway protestou com um latido. Gertie pegou um de seus maiores vasos de flores e correu para despejar o conteúdo, narcisos e tudo, sobre as chamas, apagando-as. Outra caiu a menos de um metro, e ela fez a mesma coisa.

— Não enquanto eu estiver aqui — gritou para o céu.

— Fique aí dentro com Hemingway, Billy — disse Elizabeth, correndo para ajudá-la.

Juntas, elas eliminaram mais três daquelas antes que o barulho parasse e os aviões sumissem.

— Acha que acabou? — perguntou Elizabeth, olhando para o horizonte na direção do centro de Londres.

O céu tinha centenas de focos incandescentes.

— Não — disse Gertie, percebendo o barulho distante e ameaçador de mais aviões. — Acho que é só o começo. Venha. Vamos entrar.

— Vocês duas foram tão corajosas — disse Billy na luz alaranjada do abrigo. — Vou fazer medalhas para vocês amanhã.

Gertie olhou as próprias mãos, que estavam trêmulas. O medo e a indignação pulsavam no seu peito. Quando ouviram o primeiro assovio agudo das bombas, o corpo inteiro de Gertie se contorceu de raiva. Como se atreviam? Aquela era a sua casa. A sua cidade. Ela precisava fazer alguma coisa.

— Preciso procurar por Hedy — disse para Elizabeth. — Você fica aqui com Billy e Hemingway.

Elizabeth segurou o braço dela.

— Tome cuidado, Gertie.

Billy lhe entregou o seu capacete.

— Leve isto, Gertie Bingham.

Ela enfiou o capacete na cabeça, pegou uma lanterna e saiu pelo portão lateral. A rua estava totalmente escura e silenciosa. Era como se todo o lugar prendesse a respiração. Gertie foi seguindo pelas sombras, tendo o cuidado de manter a lanterna virada para baixo, pois assim evitava chamar atenção. Ela tossiu quando o gosto amargo da fumaça atingiu sua garganta e se esforçou para ignorar o drama que se desenrolava nos céus. Gertie não fazia ideia de para onde estava indo, mas sabia que precisava continuar andando. Seguindo em frente. Ouviu o sibilar e os estalos de algo pegando fogo e se virou para ver as chamas se erguendo no ar. Por algum motivo, foi na direção delas.

Confie em Gertie. Ela pula de uma situação ruim para outra pior, dizia Jack sempre que a irmã levava outra bronca do pai, em geral por ter aborrecido a professora particular com seus comentários atrevidos.

Nunca perca uma chance de lutar, Gertie, lhe dissera a mãe repetidas vezes. *As pessoas sempre vão te dar motivos para desistir, mas é justamente por isso que deve continuar.*

Gertie se surpreendeu ao começar a correr. Não se lembrava da última vez que tinha se sentido tão viva. Tão livre. Ficou ainda mais admirada ao notar que não estava com medo.

Quando virou a esquina, pôde ver que o pináculo da St. Mark tinha sido engolido por labaredas vermelhas. Avistou dois bombeiros e dois wardens do serviço de Precauções contra Ataques Aéreos se esforçando para controlar o fogo. Gertie reconheceu um deles na hora.

— Betty! — gritou ela.

— Sra. B., o que está fazendo aqui?

— Estou procurando por Hedy. Ela estava no cinema quando o ataque começou.

— Tenho certeza de que todos estarão no abrigo público. Minha amiga Judy está trabalhando naquela área. Posso tentar descobrir o que aconteceu assim que controlarmos tudo aqui.

— Você não deveria estar fora do seu abrigo — disse o outro warden para Gertie. — Não é seguro.

— Deixe-me ajudar — respondeu ela.

— Essa mulher teve algum tipo de treinamento? — perguntou o homem.

Betty se irritou.

— Não. Mas você também não tinha tido até duas semanas atrás, Bill. — Ela se voltou para Gertie. — O que acha de uma bomba de água manual? Temos uma extra, mas ninguém para usá-la.

— Só me mostre o que preciso fazer — disse Gertie, arregaçando as mangas.

O trabalho era pesado, mas Gertie, movida pela fúria ou pela determinação, seguiu bombeando a água até conseguirem controlar a maior parte do fogo.

— Uau! Acho que deveríamos recrutá-la para o serviço, senhora — disse um dos bombeiros quando entraram na cantina onde voluntários serviam chá quente e sopa. — Você com certeza é mais útil que o Bill.

Gertie aceitou, grata, uma caneca de latão. Olhou para a multidão e buscou desesperadamente por Betty, que voltaria com notícias de Hedy. Os rostos ao redor dela estavam cobertos de fuligem e marcados pela exaustão. Os voluntários se acomodavam no meio-fio para beber chá e fumar. Havia um silêncio lúgubre naquele lugar, como se todos estivessem em choque e pensassem a mesma coisa: por quanto tempo mais aguentariam?

— Sra. B.! — chamou alguém.

Gertie ergueu o olhar e identificou duas formas conhecidas acenando para ela na escuridão. Quando elas chegaram a uma área mais iluminada, Gertie se levantou em um pulo.

— Olha só quem eu encontrei! — exclamou Betty.

Quando viu o rosto cansado de Hedy, Gertie foi tomada pela emoção. Aproximou-se e puxou a moça para um forte abraço enquanto se dava conta de algo. Tinha o dever de proteger aquela garota, de mantê-la segura para a mãe. Nada mais importava. Ela sabia daquilo agora.

— Você está bem, Gertie? — perguntou Hedy.

— Agora estou — respondeu enquanto se afastava.

— Sinto muito por tê-la deixado preocupada — disse Hedy. — Quando a sirene tocou, nós entramos em pânico e decidimos voltar para a casa de Audrey.

— Minha nossa. Por que não foram para o abrigo?

Hedy pareceu constrangida.

— Não sei. Acho que nos sentimos mais seguras assim, de alguma forma.

— Ainda bem que fizeram isso — disse Betty em tom sério. — O cinema foi atingido, e estão trabalhando lá em busca de sobreviventes.

Gertie e Hedy olharam uma para a outra quando a compreensão do que poderia ter acontecido caiu sobre elas.

— Ah, Gertie — sussurrou Hedy.

Gertie passou o braço pelo ombro dela e a puxou para perto.

— Tudo bem — falou. — Você está bem. Isso é tudo que importa.

— Aqui está, senhora — disse um bombeiro gentil, aparecendo ao lado dela com um cantil. — Tome um gole disso.

Gertie aceitou, fazendo uma careta ao sentir o calor do álcool.

— Obrigada — disse ela, devolvendo-lhe a garrafa.

— Nada pior do que perder um filho de vista, não é? — comentou ele, sorrindo para as duas.

Gertie estava prestes a corrigi-lo, mas ele já tinha se afastado, seguindo pela escuridão para onde quer que precisassem dele. Sentiu Hedy descansar no seu ombro e a puxou instintivamente para si.

— A cidade está levando uma surra esta noite — disse um dos wardens do serviço de Precauções contra Ataques Aéreos.

Todos se viraram para olhar o horizonte escarlate e as línguas de fogo cor de laranja que se erguiam em direção ao céu, como se estivessem pedindo por salvação.

Minha amada Londres, pensou Gertie. *Como puderam fazer uma coisa dessas?*

Hedy passou seu braço pelo de Gertie.

— Vamos voltar para casa.

— Precisam que eu acompanhe vocês? — perguntou Betty. — Os bombardeiros estão concentrados no centro, mas é perigoso mesmo assim.

— Vamos ficar bem, não é, Hedy? — perguntou Gertie.

Hedy assentiu.

— Temos uma à outra.

As ruas estavam sombriamente vazias, a não ser pela presença de um gato preto que fazia seu passeio noturno. O vento soprava forte, assoviando no ouvido delas. Gertie levantou a gola do casaco e olhou para o céu. O familiar zunido tinha começado de novo, mas os aviões seguiam na direção oposta.

— Fizeram o pior que podiam e agora estão indo embora — murmurou ela, entrando na rua adjacente à sua.

— Talvez logo toquem o sinal indicando o fim dos ataques — disse Hedy, olhando para cima. Ela congelou. — Gertie, cuidado!

Quando Gertie seguiu o olhar de Hedy, o mundo desacelerou. Parecia que estavam se movendo em câmera lenta. Contra a lua, ela viu a parte de baixo de um avião alemão. Era como um abutre monstruoso bem acima da cabeça delas. Enquanto observava a escotilha se abrir e liberar uma bomba, esforçava-se para compreender aquele pesadelo. Gertie já conhecia os sons que aqueles monstros faziam ao descer sobre a Terra. No entanto, não estava preparada para o silêncio. Por um instante, antes que a bomba se chocasse contra o solo, o mundo ficou mudo. Uma fração de segundo. Um instinto. Gertie agarrou Hedy, e, juntas, elas se jogaram por cima do muro do jardim mais próximo. Ela se colocou por cima da garota no processo. Fechou os olhos com força e prendeu a respiração. Uma pancada alta. Seu coração bateu. Mas tudo continuou quieto.

Gertie abriu os olhos e se sentou enquanto Hedy se endireitava ao lado dela. As duas espiaram por cima do muro, piscando diante da grande cratera onde estava a bomba, que não tinha explodido. Era um monstro grande e sibilante.

— Você está bem, querida? — perguntou Gertie enquanto uma ajudava a outra a se levantar.

Hedy olhou para ela.

— Eu estou bem. E você?

— Estamos vivas! — gritou Gertie, sacudindo a moça. — Estamos vivas, Hedy.

Elas se abraçaram. Choraram de medo, de alívio e por terem sobrevivido.

Ainda estavam unidas quando a polícia chegou e começou a evacuar o local. Trêmulas, as duas andaram de braços dados, acompanhando o fluxo de pessoas ao longo do caminho, até chegarem à sua rua.

Quando o sinal indicou que tudo havia acabado, as pessoas gritaram em comemoração.

— Gertie! — chamou Elizabeth. Encontrou com as duas no portão da casa delas. Billy e Hemingway a seguiam. — Você está bem?

— Gertie Bingham e Hedy Fischer — gritou Billy, animado. — Tem uma bomba que não explodiu na outra rua!

— Eu sei, querido. Por um triz não nos atingiu.

— Minha nossa — falou Billy, arregalando os olhos.

— Graças a Deus vocês duas estão bem — disse Elizabeth com uma expressão de alívio. Ela se virou para o filho. — Venha, Billy. Vamos deixar Gertie e Hedy entrarem, e você precisa ir para a cama. Foi muita emoção para uma noite só. — Ela acenou, e os dois desapareceram.

Gertie estava tremendo, mas em êxtase. Estavam vivas. Estavam seguras. Tinham sobrevivido a mais uma noite. Era o que contava. Estavam lutando e continuariam lutando. Gertie, Hedy, a Livraria Bingham e o povo de Beechwood. Aquele era o seu mundo. Era onde deveria estar. Ela o defenderia com unhas e dentes.

Tinham acabado de chegar à porta da frente quando ouviram um grito. Gertie se virou e viu Betty correndo pela rua em direção a elas.

— Talvez ela tenha ficado sabendo da bomba que quase nos matou e queira checar se estamos bem — ponderou Gertie.

Quando as alcançou, Betty parou e começou a menear a cabeça. Seu rosto estava totalmente sem cor.

— O que houve? — perguntou Gertie, sentindo o pânico crescer.

— Não sei como contar a vocês.

— Aconteceu alguma coisa com o Sam? — perguntou Hedy baixinho. Betty negou com vigor.

— Não. Não é isso.

— O que é, então? O que aconteceu? — perguntou Gertie. Betty se segurou para não chorar enquanto falava.

— É sobre a livraria, sra. B. Foi uma bomba incendiária. Os bombeiros chegaram tarde demais. Sinto muito.

Hedy e Betty seguraram os braços de Gertie, que cedeu e escorregou até o chão. O mundo mais uma vez tinha puxado o tapete debaixo de seus pés. Depois de cada revés que sofrera na vida — a perda de Jack, do pai, da mãe e, por fim, de Harry —, Gertie tinha tentado se reerguer, menos como uma fênix e mais como um pássaro ferido com as asas remendadas. Com a chegada de Hedy e a realidade de outra guerra, ela havia encontrado novamente forças para continuar lutando, para construir algo que ajudasse os outros quando mais precisavam. Mas agora aquilo tinha acabado para sempre. Era o fim. Betty e Hedy se esforçaram para consolá-la, mas, depois de anos sufocando a dor e a tristeza, ela não suportou mais. Enquanto Hedy lhe dava um abraço apertado, Gertie cobria o rosto com as mãos e chorava.

1941

Capítulo 13

"Também dá frutos doces a adversidade;
é como um sapo feio e venenoso
que ostenta ricas joias na cabeça."

Como gostais, William Shakespeare

Encontro com a morte. Gertie precisou apertar os olhos para decifrar o título do livro no pedaço que havia sobrado de uma capa queimada. Ela e Hedy andavam pela carcaça vazia e carbonizada da livraria, tentando encontrar um fio de esperança.

Gertie tinha visto, não muito tempo atrás, fotos de uma livraria completamente arruinada com um garoto sentado lendo em meio ao caos. Não havia parede na frente ou nos fundos da construção, mas todos os livros estavam intactos. A lembrança daquela imagem tinha convencido Gertie a ir até ali. Talvez o estoque pudesse ser salvo. Elas varreriam os cacos de vidro, consertariam todos os danos e seguiriam como antes. Mas ela não tinha compreendido totalmente o poder destruidor de um artefato incendiário nem o seu impacto em um lugar repleto de materiais combustíveis. Os bombeiros tinham estado sobrecarregados naquela noite e chegaram tarde demais para salvar os livros. De qualquer maneira, os que sobreviveram às chamas foram depois destruídos pelos jatos de água que extinguiram o incêndio.

— Pelo menos a placa não se estragou muito — disse Hedy do lado de fora da loja, olhando para as bordas chamuscadas e o letreiro descascado. — Está um pouco queimada, mas ainda dá para ler as palavras.

As letras douradas que diziam "Livraria Bingham" não brilhavam mais. Estavam tão destruídas e machucadas quanto Gertie. O fundo vermelho, que antes parecia tão caloroso e convidativo, estava carbonizado, como se a sombra da guerra tivesse finalmente chegado a Beechwood. Gertie foi tomada pelas lágrimas ao olhar para a rua principal. O relógio que ficava orgulhosamente pendurado na fachada da sapataria Robinson tinha sido arrancado de seu lugar por uma bomba e jogado contra a vitrine da confeitaria Perkins. Felizmente, devido ao horário do ataque, ninguém foi morto. Havia cacos de vidro e escombros por todo lado. Os lojistas se esforçavam para limpar tudo, varrendo o chão e desobstruindo a passagem, mas era uma tarefa colossal. Apenas a placa da cidade Beechwood permaneceu intocada, com o seu cavalo branco galopando sempre em frente. Normalmente, Gertie teria visto ali uma migalha de esperança, mas aquele dia era diferente. Quando o jovem sr. Piddock lhe deu um aceno cansado e voltou a varrer a rua, a atmosfera geral era de resignação. Ninguém conseguia oferecer consolo ou ser otimista naquele momento.

— Não consigo fazer isso — murmurou.

Hedy apertou o braço dela.

— Você consegue, Gertie. Você é forte.

Gertie meneou a cabeça.

— Não. Não sou forte. Não mesmo. Segui com a minha vida por todos esses anos porque era preciso, mas não quero mais continuar assim.

Hedy apertou a mão dela.

— Você está cansada. Não deveríamos ter vindo aqui hoje. Foi demais para você ver a loja desse jeito. Venha. Vamos voltar para casa.

Gertie ficou na cama por um mês. Só saía do quarto na hora das refeições e durante os ataques aéreos. Mesmo assim, era com relutância que aceitava ir ao abrigo. De que adiantava? Tinha perdido tudo o que amava: os pais, o irmão, o marido e agora a sua adorada livraria. Se os alemães quisessem levar a vida dela também, eles podiam muito bem vir buscá-la. Sabia o que estava fazendo. Era teimosa e sua decisão tinha sido tomada. Gertie Bingham havia oficialmente desistido.

Hedy fez o possível para arrancar Gertie da inércia. Assumiu o controle da rotina da casa, acendendo a lareira, preparando as refeições e assando biscoitos de gengibre, pois sabia que eram os favoritos da amiga. Fazia chá para ela, era compassiva e lia as partes mais divertidas das cartas de Sam com o intuito de animá-la.

— Ele disse que gostou muito do livro de P. G. Wodehouse que lhe mandamos de presente de Natal. Aparentemente, há um sujeito no esquadrão dele que faz com que se lembre de Gussie Fink-Nottle porque cria um tipo de salamandra.

— Que bom, querida — comentou Gertie com o olhar perdido.

Ela valorizava o esforço de Hedy e sabia que estava sendo um fardo terrível. Mas a verdade era que não sentia vontade nem tinha forças para sair daquele estupor.

Em desespero, Hedy pediu a todos os conhecidos que tentassem alegrar Gertie. A sra. Constantine lhe fez uma visita. Levou uma garrafa de conhaque francês e garantiu que aquelas nuvens sombrias, como sempre, se dissipariam. Tio Thomas telefonou para expressar a sua solidariedade e comentar, de forma bem-intencionada, que Gertie estava em boa companhia; afinal, vinte e sete editores tinham perdido um total de cinco milhões de livros naquela mesma noite graças "àquele lunático de bigodinho".

Gertie ficou grata pela gentileza deles, mas não sentia vontade de fazer nada, a não ser ficar na cama relendo *Jane Eyre*. Era a única coisa que parecia consolá-la, pois permitia que a sua mente voltasse a uma época mais feliz, quando Harry estava vivo e o mundo fervilhava de esperança.

Um dia, enquanto estava fazendo justamente isso, alguém bateu à porta do quarto.

— Pode entrar — respondeu, achando que fosse Hedy. Foi uma surpresa, portanto, quando o rostinho pequeno e redondo de Billy apareceu. — Olá, rapazinho. O que está fazendo aqui?

Ele deu uma olhada furtiva para trás antes de dar um passinho para dentro do quarto.

— Mamãe está lá embaixo tomando chá com Hedy Fischer, que recebeu um telegrama da sua mãe hoje e está feliz, mas também um pouco triste.

Gertie sentiu uma pontada de culpa por não estar fazendo companhia a Hedy também. Ela se virou para Billy.

— Sua mãe pediu para você vir aqui?

— Não exatamente — respondeu o menino, arrastando um dos pés. — Mas ela também não disse que eu não podia vir.

— Bem, nesse caso, é melhor você entrar.

Billy contornou a cama, parou bem na frente de Gertie e ficou olhando para ela com olhos brilhantes.

— Nunca estive no quarto de uma senhora — contou ele. — Só no da mamãe.

— Claro. Então, a que devo o prazer desta visita?

Ele fez uma expressão pensativa.

— Eu fiquei muito triste de saber sobre o incêndio na livraria. Sinto muito.

— Obrigada, Billy.

— E eu queria te dar isso. — Ele enfiou a mão no bolso. — Feche os olhos e abra a mão. — Gertie fez o que ele pediu. Sentiu um toque quentinho quando ele colocou um objeto pequeno e macio na palma da sua mão. — Pode abrir agora.

Ela ficou olhando para uma bolsinha de veludo vermelho.

— O que é isto?

— É só virar e você vai ver.

Gertie virou a bolsinha e viu várias moedinhas de um penny, alguns shillings e duas moedas brilhantes de seis pence se espalharem.

— São as minhas economias. Mas você pode ficar com tudo e comprar uma livraria nova.

Gertie sentiu os olhos se encherem de lágrimas.

— Ah, Billy.

— E eu também coleciono selos. Podemos vender a minha coleção se isso não for o suficiente.

Gertie o abraçou.

— Você é o garotinho mais bondoso que já conheci. Obrigada.

— Billy Chambers. Desça agora mesmo! — gritou a mãe dele ao pé da escada. Ele congelou.

— Está tudo bem, Elizabeth — avisou Gertie. — Eu disse que ele podia entrar.

Billy recuou ao ouvir os passos da mãe nos degraus.

— Gertie, sinto muitíssimo por Billy ter incomodado você. — Ela se virou para o filho. — Rapazinho, hoje não vai ter história antes de dormir.

— Ah, mas mãe...

— William Chambers, não responda nunca para sua mãe.

O menino franziu as sobrancelhas, indignado. Elizabeth viu a bolsinha de dinheiro na cama.

— Isso é seu, Billy? — perguntou ela.

Ele balançou a cabeça devagarzinho.

— Ele me ofereceu para que eu possa comprar uma nova livraria — contou Gertie.

Elizabeth hesitou por um instante, surpresa.

— Ah.

— Foi a coisa mais linda que já me disseram — disse Gertie.

A expressão de Elizabeth se suavizou.

— Você não deveria ter subido — repreendeu a mãe. — Mas foi muita gentileza sua oferecer o dinheiro para a sra. Bingham.

— Então vou poder ouvir uma historinha, mamãe? Por favor! Eu quero saber o que acontece com Pedro Coelho e preciso descobrir se ele vai sair do regador em algum momento.

— Vou pensar. Agora venha comigo. Vamos deixar a sra. Bingham em paz.

— Tchau, Billy. Obrigada por vir me visitar. — Gertie colocou as moedas de volta na bolsinha e devolveu para ele. — Acho que deveria guardar o dinheiro com você por enquanto.

Billy fez cara de sabido e assentiu.

— Está certo, Gertie Bingham. É só me avisar quando precisar.

— Pode deixar.

Elizabeth levou o filho para fora, mas parou na porta.

— Você foi muito boa com a gente quando nos mudamos para cá. Se eu puder fazer algo para retribuir, por favor, me diga.

— Muito obrigada, querida — disse Gertie. — A Hedy está bem?

Os olhos de Elizabeth ficaram anuviados.

— Acho que ela é a moça mais corajosa que já conheci. Eu talvez não esteja nos melhores termos com os meus familiares, mas não suportaria não saber onde estão ou o que está acontecendo com eles.

— Obrigada por consolá-la.

Elizabeth sorriu.

— Como eu disse, Gertie, vocês duas sempre foram muito gentis. Agora é a nossa vez.

Gertie assentiu, mas seu coração dizia outra coisa. Todo mundo estava se esforçando para ajudar, mas ela no fundo sabia que não havia nada a ser feito.

★ ★ ★

Só Charles parecia entender como Gertie se sentia.

— Gostaria muito de dizer a você que precisa se reerguer, mas seria extremamente hipócrita da minha parte. Eu quase não saí de casa por um ano depois que voltei da última guerra — disse ele enquanto tomavam chá na sala durante uma das raras idas de Gertie ao térreo.

— Eu me lembro.

Gertie rememorou as visitas que ela e Harry faziam ao amigo e as tentativas desesperadas de arrancá-lo do torpor. Quando Charles finalmente saiu daquele estado, algo nele tinha mudado. Continuava sendo o homem adorável de sempre, mas havia certa dureza em seu comportamento, uma atitude quase inconsequente diante da vida.

— No entanto, preciso dizer que acho que esta guerra não vai acabar tão cedo.

— Então eu preciso continuar lutando?

Charles deu de ombros.

— E o que mais você poderia fazer?

Gertie olhou para a coleção de fotografias de família em uma mesinha, para os rostos sorridentes e confiantes daqueles que ela havia perdido.

— Eu não sei, Charles. Não sei se tenho forças para continuar lutando. Seria diferente se Harry ainda estivesse aqui, ou Jack, ou o papai e a mamãe.

Charles assentiu, foi até a cornija da lareira e pegou um pequeno porta-retratos de metal.

— Essa aqui não foi tirada na festa de inauguração da livraria? — perguntou ele, sentando-se novamente ao lado dela.

Gertie sorriu ao pegar a foto das mãos dele. Estavam todos lá. Os pais, tio Thomas, Jack, Charles, Harry e ela. A mãe estava ao seu lado, irradiando orgulho, enquanto Gertie olhava para a câmera com uma expressão que demonstrava a mais pura determinação.

— Eu insisti em fazer uma festa porque não tínhamos praticamente nenhum cliente, a não ser pela srta. Crow. Mas ela só visitava a loja na qualidade de bisbilhoteira oficial da cidade. Eu me lembro de Harry perguntar a ela se gostaria de ajuda para escolher um livro. Ela olhou para ele como se tivesse sido convidada para dançar um tango pelada no meio da rua.

Charles riu.

— Lembranças preciosas, não é mesmo, Gertie?

Ela assentiu.

— Mas essa também foi a noite em que ouvi papai e Jack discutirem. Eles nunca mais se deram bem depois disso. — Charles permaneceu em silêncio. — Jack sempre teve um temperamento explosivo. Harry desconfiava de que a briga fosse por causa de jogo, mas eu nunca soube ao certo.

— Foi isso que o Harry disse? — perguntou Charles com os olhos fixos nela.

Gertie assentiu.

— Imagino que Jack não tenha contado a você o que aconteceu, não é? Sei que vocês passavam bastante tempo no clube dele naquela época.

Charles desviou o olhar para a lareira.

— Não tenho certeza. Faz muito tempo.

— Verdade. De certa forma, parece até que foi em outra vida. Bem, está tudo no passado, não é? Essas brigas bobas que travamos. No fim das contas, elas não importam.

— Não — respondeu Charles. — Não importam nem um pouco.

Gertie apoiou a cabeça no ombro dele enquanto olhavam para a fotografia. Dois amigos cansados, machucados pela vida e pelas perdas, mas que encontravam consolo naquelas memórias compartilhadas.

— Vou viajar por alguns dias — disse Charles depois de um tempo.

Gertie se virou para ele.

— A trabalho?

Ele assentiu.

— Devo voltar em uma semana.

Gertie notou que ele não olhava para ela.

— Não é nada perigoso, não é, Charles?

— Gertie. Nós estamos em guerra. Descer a rua é perigoso, como você bem sabe.

Ela agarrou a mão dele.

— Tome cuidado. Eu não suportaria perder você também.

Ele se inclinou e beijou o rosto dela.

— Somos sobreviventes. Você e eu. Nunca se esqueça disso.

— E vamos nos segurando às ruínas da vida.

Charles sorriu.

— Não há ninguém mais com quem eu queira fazer isso.

Capítulo 14

"O início é sempre hoje."
Short Stories, volume 2, Mary Shelley

Ao longo dos seus cerca de sessenta anos, Gertie veio a compreender que o destino se apresentava sob muitos disfarces. Algumas vezes era óbvio, como quando ela conheceu Harry na livraria do pai. Em outras situações, precisava de um empurrãozinho, como nos eventos que levaram à vinda de Hedy. Naquela ocasião, chegou de forma inesperada à sua casa mais ou menos às três e quinze da tarde de um dia úmido de fevereiro.

Hedy tinha ido ao cinema com Betty, e Gertie estava no andar de cima lendo um romance de Dorothy L. Sayers. Então ouviu uma forte batida na porta. Suspirou e largou o livro com relutância. Ao examinar a própria aparência no espelho, perguntou-se quando o seu rosto havia ficado tão redondo. Devia ter algo a ver com as habilidades culinárias de Hedy. Arrumou o cabelo e desceu, encontrando Hemingway no vestíbulo. Gertie abriu a porta esperando que talvez fosse Hedy, que tivesse esquecido a chave. Ficou então surpresa ao se deparar com o rosto irritado da srta. Crow.

— Boa tarde, sra. Bingham. Está ocupada? Posso entrar? — perguntou, olhando diretamente para as migalhas de biscoito na blusa de Gertie.

Discretamente, a dona da casa jogou os farelos para o chão, e Hemingway limpou tudo com prazer.

— Claro — respondeu Gertie. — Aceita um chá?

A srta. Crow pareceu momentaneamente indecisa, como se nunca ninguém tivesse lhe oferecido aquilo antes.

— Aceito. Tudo bem. Obrigada.

— Pode me esperar na sala. Não vou demorar.

Quando Gertie voltou, ela estava de pé ao lado da lareira parecendo desconfortável.

— Pode se sentar.

A srta. Crow fez o que lhe foi sugerido, acomodando-se na pontinha de uma poltrona, e Gertie lhe entregou a xícara.

— Obrigada.

— Então — disse a dona da casa, ajeitando-se no sofá. — O que posso fazer pela senhora?

A srta. Crow fixou nela os seus olhinhos.

— Você tem que reabrir a livraria.

De todas as coisas que Gertie podia esperar que saíssem da boca da visitante, aquela era a menos provável, junto com *Você está muito bonita hoje, sra. Bingham* e *Vou compartilhar o meu talão de racionamento com você*.

— O que disse?

A srta. Crow franziu a testa como se estivesse falando com um idiota.

— A livraria — disse devagar. — Você precisa reabri-la.

Gertie ficou piscando para ela.

— Mas está totalmente destruída.

— Bem — disse a srta. Crow, passando o dedo na asa da xícara. — A questão é que tenho conversado com Eleanora.

— A srta. Snipp?

— Isso. Nós tivemos uma briga depois que saímos da escola. Foi por causa de uma bobagem. Um rapaz, na verdade. — Gertie arregalou os olhos ao imaginar a srta. Snipp e a srta. Crow disputando o mesmo pretendente. — Ele acabou se casando com outra pessoa no fim. Então a briga foi por nada.

— Entendo — disse Gertie, que, apesar de confusa, estava adorando a história.

— De qualquer forma, diante do que aconteceu com o meu sobrinho e depois daquela noite em que a sua livraria foi destruída, comecei a perceber como eu tinha sido tola. Procurei Eleanora, e nós fizemos as pazes.

— Estou muito feliz por vocês, mas ainda não sei o que isso tem a ver com a livraria.

— É o destino — disse ela um pouco exasperada. — Por causa da livraria, nós reatamos a nossa amizade. Eu fui até lá para comprar aquele livro para o filho do meu sobrinho. *A ilha do tesouro*. Ele adorou, aliás. — Ela evitou os olhos de Gertie e continuou. — A questão é que eu nunca fui muito boa com a leitura. Eleanora tem me ajudado para que eu consiga ler para o pequeno Fred.

— Que maravilha, srta. Crow.

— Sim, sim, mas será que você não vê? — perguntou a mulher, sacudindo as mãos com impaciência.

— Na verdade, não.

— Você precisa reabrir a livraria!

Gertie se mexeu no sofá.

— Temo que isso não seja possível.

— Se está preocupada com os danos, não precisa ficar. Eu conversei com o sr. Travers. Ele diz que a estrutura continua firme. Tudo pode ser consertado.

Exceto os corações, pensou Gertie.

— Fico grata por ter tirado um tempo para me dizer tudo isso, srta. Crow, mas a resposta ainda é não.

A srta. Crow franziu a testa.

— Posso perguntar por quê?

Gertie suspirou.

— Eu construí aquela livraria ao longo de vinte e cinco anos com o meu marido. Não tenho como recomeçar do zero.

— Pois muito bem — disse a srta. Crow, colocando a xícara na mesa e se levantando. — Creio que não há nada mais a ser dito.

— Creio que não. Sinto muito que a viagem tenha sido por nada.

A srta. Crow já caminhava em direção à porta, mas parou ao ver uma fotografia de Harry na cornija. Havia sido tirada um pouco depois de ele ter se qualificado como bibliotecário e era uma das favoritas de Gertie.

— Foi uma grande perda para Beechwood quando o sr. Bingham faleceu — disse ela.

— Que gentil da sua parte dizer isso.

— Ele era um homem bom — continuou a mulher. — Gentil.

— Era mesmo.

— Eu não conseguiria imaginá-lo desistindo desta comunidade.

Ali estava. O destino. E não tinha vindo lhe dar um tapinha com luvas de pelica, mas sim uma pancada com punhos de aço. Gertie foi tomada por indignação e raiva. Não ia deixar que Philomena Crow saísse vitoriosa. Aquela mulher não fazia ideia de tudo o que Gertie tinha enfrentado.

— Como se atreve? — gaguejou ela. — Eu perdi tudo.

— Perdeu mesmo? — perguntou a srta. Crow com os olhos cintilando. — Você ainda tem sua casa. Ainda tem aquela jovem que se preocupa com você.

Gertie sentiu o rosto queimar de vergonha.

— Ela procurou Eleanora. Você sabia? — continuou a srta. Crow. — Estava preocupada e queria saber se algo poderia ser feito. Ela é o motivo de eu ter vindo aqui. Mas não, não se preocupe. Você perdeu tudo. Fique aqui, sentindo pena de si mesma. — Ela endireitou os ombros e olhou para Gertie com frieza. — Todo mundo perdeu alguma coisa. Você não é diferente do restante de nós. Será uma covarde se desistir agora.

Gertie abriu a boca para se defender, mas, por mais que doesse, sabia que a srta. Crow tinha razão. Estava desistindo. Estava se escondendo. Evitando o mundo. Sentindo pena de si mesma. Não podia continuar assim. Devia isso a Hedy, aos pais, a Jack e ao seu querido Harry. Acima de tudo, devia isso a si mesma. Ela se virou para a srta. Crow.

— O sr. Travers disse que seria possível consertar tudo?

A mulher assentiu de forma breve.

— Venha à livraria amanhã de manhã às nove horas em ponto. Você vai ver.

Gertie não teria ficado mais surpresa se o próprio Clark Gable pedisse a sua mão em casamento. Quando ela e Hedy chegaram na manhã seguinte, parecia que todos aqueles que um dia tinham sido recebidos na Livraria Bingham estavam lá. Com o rosto manchado de fuligem, a srta. Snipp encarava a parede que estava esfregando como se a desafiasse a continuar suja. Elizabeth Chambers e a sra. Wise tiravam sacos de entulho pela porta dos fundos. Até mesmo a sra. Constantine estava lá, conferindo um toque de glamour à faxina. Com o cabelo preso sob um lenço de seda fúcsia, ela varria o chão de forma cuidadosa e elegante.

— Bom dia, minhas queridas — disse, desviando o olhar da tarefa.

— Bom dia — respondeu Gertie com a voz um pouco trêmula.

— Deixe que eu te ajude com isso, sra. Constantine — disse Hedy.

— Muito obrigada, querida. O sr. Reynolds e eu deveríamos nos revezar, mas parece que ele está ocupado no momento. — Ela fez um gesto na direção do idoso, que tirava um cochilo em uma cadeira no canto com o queixo apoiado no peito e um exemplar de *Amid These Storms*, de Churchill, aos seus pés.

— Ah, sra. Bingham. Justamente quem eu queria encontrar — disse Gerald Travers, surgindo dos fundos da loja. — Espero que não se importe, mas pedi a um colega que entende dessas coisas que checasse tudo com atenção redobrada. Só para termos certeza. A estrutura está firme. E, por sorte, a porta que leva ao abrigo estava fechada e era bem grossa e resistente, então...

— Os livros?

— Veja por si mesma — falou ele, gesticulando como um mágico que está prestes a fazer um truque.

Gertie deu um passo para a frente e abriu a porta coberta de fuligem.

— Ainda estão aqui — sussurrou ela.

Era como entrar em uma sala cheia de velhos amigos. Ela viu Jane Eyre, Bertie Wooster, David Copperfield, monsieur Poirot, as irmãs March. Estavam ali o tempo todo. Esperando por ela. Nem importava que o estoque estivesse baixo. Os livros eram o suficiente. Ela folheou um exemplar de *Ursinho Pooh*. Podia sentir o cheiro de fumaça e enxofre, mas, por trás disso, havia o aroma reconfortante dos livros.

— Acredito que, com um pouco de esforço, a gente consiga colocar a livraria de volta nos trilhos rapidamente — disse o sr. Travers.

Gertie segurou as mãos dele enquanto tentava controlar as lágrimas.

— Sou muito grata ao senhor.

Ele deu tapinhas na mão dela.

— E eu fiquei grato por toda a sua bondade na época em que a minha Beryl estava doente, sra. Bingham. É como as coisas funcionam aqui em Beechwood.

Como as coisas funcionam aqui em Beechwood. Gertie sorriu enquanto voltava para a loja.

— Obrigada — disse aos presentes. — Muito obrigada. Eu não sabia que as pessoas se importavam tanto com a livraria.

— Ah, é muito mais do que uma livraria, sra. Bingham — disse a srta. Snipp em tom de reprovação. — É um tesouro precioso de conhecimento e imaginação. Livros têm o poder de mudar o próprio rumo da história e vão nos ajudar a vencer esta guerra. Pode escrever o que eu digo.

— Muito bem — disse a sra. Wise, que varria o chão. — Meu Ted não saberia pendurar um quadro se não fosse por aquele livro que você lhe recomendou, sra. Bingham. Aliás, ele avisou que viria depois do trabalho para ajudar a consertar as prateleiras quando precisar.

— Sim, e o sr. Reynolds afirmou que tem uma lata de tinta sobrando e que poderia doar — contou a sra. Constantine. — Não é, Wally? Wally!

O sr. Reynolds acordou com um sobressalto.

— O quê? Quem está aí? Tente de novo, Adolf, e eu vou quebrar a sua cara! — Ele olhou para elas, piscando de surpresa, e percebeu onde estava. — Desculpem, acho que cochilei.

— Eu posso repintar o letreiro da Livraria Bingham — disse Elizabeth. — Pensei em colocar uma pequena fênix dourada para marcar o novo começo.

— Nem sei o que dizer — falou Gertie, olhando para eles. — Não tenho como agradecer. De verdade.

— Não precisa dizer nada — garantiu a srta. Crow. — Mas espero que essa não seja a sua melhor roupa. — Ela lhe entregou uma vassoura. — A livraria precisa de você.

Nas semanas seguintes, Gertie viu, com orgulho e gratidão, a Livraria Bingham começar a se reerguer. Lembrou-se dos botões de magnólia de Harry e da certeza do marido de que "o mundo sempre se renova". Como ele tinha razão! E como Gertie se sentia feliz por ter sido convencida a não desistir e a aceitar ajuda. Recebeu apoio de muitas formas, algumas mais úteis do que outras. As irmãs Finch apareceram certa manhã para ajudar com a pintura, mas logo foram dispensadas pela tia, pois só serviam mesmo para distrair alguns dos voluntários mais jovens. A srta. Crow deixou todos boquiabertos com o seu olhar afiado para alinhar as prateleiras, e, é claro, o sr. Travers estava sempre por perto, trazendo todos os dias alguns dos novos colegas do serviço de Precauções contra Ataques Aéreos para consertar, reconstruir, pintar e envernizar tudo até que só faltasse reabastecer a loja. Alguns dias antes da grande reinauguração, Gerald chegou cedo e veio acompanhado de Evan Williams, um warden grande como um gigante que tinha deixado todos impressionados ao conseguir colocar o grande balcão de carvalho no lugar sem nem suar e cuja mulher fazia os melhores bolinhos galeses daquele lado do rio Severn.

— Achei que poderíamos ajudar com os últimos retoques, sra. Bingham — disse Gerald. — E Evan e eu estamos curiosos para saber qual será o próximo título do clube do livro.

— Ai, meu Deus, ainda não pensei muito nisso. Alguma sugestão?

— Bem, você sabe que eu sempre torço pelo sr. Steinbeck — comentou Gerald.

Evan enfiou a mão enorme no bolso e pegou um livro.

— Posso sugerir este aqui, sra. Bingham? Parece muito adequado. Minha mulher e eu gostamos bastante.

Gertie aceitou o livro com um sorriso.

— Muito obrigada, sr. Williams. Estou ansiosa para ler.

Gertie não ficou surpresa quando a sra. Constantine foi a primeira cliente a atravessar a porta no dia da reabertura. Hemingway cumprimentou a velha amiga abanando o rabo de alegria e se sentou diante dela como o cachorro mais obediente do mundo.

— Senti saudade de vocês, meus queridos — disse ela, enfiando a mão na bolsa e dando a ele um pedaço de costeleta de carneiro.

— Você estava falando conosco ou com os livros? — perguntou Gertie.

— Com vocês e com os livros — respondeu a sra. Constantine, abrindo um sorriso carinhoso. — E, agora, aos negócios, Gertie. Preciso muito achar um novo detetive, se você tiver algum. Não consegui me dar bem com Sherlock Holmes. Arrogante demais para o meu gosto. Ele me lembra de um tio do qual eu não gostava muito.

— Talvez eu tenha algo para você. — Gertie pegou um livro de Dorothy L. Sayers. — Lorde Peter Wimsey. A autora afirma que ele é uma mistura de Fred Astaire e Bertie Wooster.

— Parece divino. Vou levar. — Ela se virou para Hedy. — E como vai você, minha querida? Alguma notícia?

Hedy ergueu o rosto do livro de pedidos.

— Recebi uma carta do Sam na semana passada. Ele foi promovido ao posto de cabo. Também se encontrou com Betty, que se alistou na Força Aérea Auxiliar Feminina. Disse que ela continua a mesma chata de sempre, mas que foi bom poder vê-la.

A sra. Constantine riu.

— Ele é um bom rapaz. E alguma mensagem de casa?

— Não desde o mês passado, quando recebi um telegrama da minha mãe. Todos estavam bem.

A sra. Constantine apertou de leve a mão da moça.

— É tão bom quanto pode ser, minha querida. E o que é isso? — perguntou, pegando um exemplar de *Como era verde o meu vale* de uma pilha no balcão.

— É o livro que escolhemos para o clube. Foi recomendado por um dos voluntários do serviço de Precauções contra Ataques Aéreos — explicou Gertie. — Conta a história de uma comunidade galesa na qual todos se ajudam em épocas de dificuldade. Os personagens são maravilhosos.

— Muito adequado — respondeu a sra. Constantine, colocando aquele exemplar em cima do outro livro que tinha escolhido. — Vou levar.

1943

Capítulo 15

"Quem ama acredita no impossível."

Elizabeth Barrett Browning

Archibald Sparrow era um homem alto e tímido que tinha se tornado vigário para fazer a vontade da mãe. Abandonou a vocação quando deixou de acreditar no Deus que "havia permitido que meus dois irmãos perecessem na Grande Guerra". Tinha sido dispensado do serviço militar por conta de um problema sério de visão. Esse problema o obrigava a ler suas poesias tão amadas através das lentes grossas de uns óculos com armação de tartaruga que lhe conferiam uma expressão de surpresa constante. Ele passava horas e horas olhando as prateleiras da Livraria Bingham, geralmente em horários de pouco movimento. Assim que o local começava a encher, ele se apressava em fazer a compra ou ia embora sem levar nada. Gertie gostava muito daquele sujeito um pouco esquisito. Ele lembrava um pouco Harry na época em que se conheceram.

— Bom dia, sr. Sparrow. Está em busca de algo específico hoje? — perguntou quando ele apareceu um dia.

— B-b-bom dia, sra. B-b-bingham — respondeu ele em um tom baixo. Ele tinha um jeito suave e gentil de falar. Gertie notou que, em vez de cumprimentá-lo com um latido, Hemingway sempre se aproximava dele balançando calmamente o rabo. Archibald então pousava a mão na cabeça do cachorro como se estivesse lhe oferecendo uma bênção. — Só estou d-d-dando uma olhada, obrigado.

— Claro. Se precisar de alguma coisa, é só chamar.

Ele tocou a aba do chapéu em resposta e seguiu direto para a seção de poesia. A sineta da porta tocou, e então Gerald Travers entrou na livraria.

— *Guerra e paz*, sra. Bingham — disse ele como se a estivesse cumprimentando. — Você tem?

Gertie retirou da prateleira três volumes com capa de tecido vermelho. Desde que recuperara o seu amor pela leitura, o sr. Travers tinha se tornado um dos seus melhores clientes.

— É o livro mais popular do momento. Por sorte, temos em estoque — respondeu ela. — Você vai ter muito o que fazer por um bom tempo.

— Minha nossa — falou Gerald, olhando para os livros como fossem o pico do Everest. — Bem, esta guerra parece não ter fim, então é melhor que eu escolha alguma coisa para me manter ocupado.

— Ah, meu caro sr. Travers — chamou uma voz que, de tão alta, quase fez o sr. Sparrow derrubar o volume de poemas de Keats que estava folheando.

Todos se viraram e viram Margery Fortescue passar pela porta, parecendo preencher cada canto da livraria com a sua personalidade. Usava um uniforme de tecido Harris tweed verde-garrafa e um chapéu pork pie que mal se prendia à nuvem perfeita formada por seus cabelos grisalhos. Cynthia vinha logo atrás dela vestida de forma similar e carregando uma prancheta.

Os olhos do sr. Travers brilharam quando ele se virou para apresentá-las.

— Você já conhece a sra. Fortescue? — perguntou a Gertie.

— Não fomos apresentadas formalmente — respondeu ela, estendendo a mão. — Gertie Bingham.

A sra. Fortescue abriu um sorriso calmo e aceitou o cumprimento.

— Margery Fortescue, chefe do Serviço Voluntário de Mulheres local. Prazer em conhecê-la. Esta é a minha filha e minha substituta na organização, Cynthia.

Cynthia ficou roxa de vergonha ao ouvir o próprio nome ser mencionado.

— Então — disse a sra. Fortescue, lançando um olhar crítico para a livraria. — O sr. Travers lhe contou a novidade?

— Creio que não — respondeu Gertie, olhando para Gerald.

O sr. Travers parecia perdido.

— Novidade?

Margery franziu levemente a testa.

— Sobre precisarmos de uma nova sede para o Serviço Voluntário de Mulheres.

— Ah, sim — disse Gerald. — O Ministério de Alimentos está tomando o centro comunitário...

Margery o interrompeu.

— Eles não estão tomando, nós é que decidimos desocupar o espaço. Nossas necessidades são diferentes — disse ela, trincando os dentes.

Cynthia, bastante confusa, olhou para a mãe.

— Não foi por causa da comoção criada depois daquela demonstração de "tricô com pelo de cachorro", mãe? Aquilo não acabou contaminando um lote de geleias de ameixa?

— Levamos horas para conseguir varrer todo aquele pelo de pequinês — comentou Gerald em tom sério.

A expressão da sra. Fortescue era raivosa.

— Uma coisa não teve nada a ver com a outra. Houve apenas um conflito nos horários das nossas atividades, e como o Serviço Voluntário de Mulheres é uma engrenagem vital na máquina de guerra...

— Vital — repetiu Gerald, assentindo com vigor.

— ... consideramos então muito necessário termos acesso a um local para uso exclusivo. E como o espaço aqui ao lado está vazio há um tempo, vamos nos tornar vizinhas, sra. Bingham. A livraria e o Serviço Voluntário de Mulheres. É uma combinação estranha. Mas tenho certeza de que não teremos problema. — Ela fez essa afirmação como se lançasse um desafio.

Gertie se empertigou.

— Espero que não. Se precisar de alguma coisa, é só nos chamar.

— Ah, duvido muito que precisemos de vocês. Somos nós que oferecemos ajuda, sabe? — disse Margery, levantando os ombros e se mostrando em toda a sua considerável altura.

— Bem, talvez possamos oferecer uma recomendação de leitura para aliviar o trabalho pesado — disse Gertie enquanto Hedy se aproximava, vinda dos fundos da loja, com uma pilha de livros.

A sra. Fortescue franziu a testa.

— Nunca fui uma grande leitora. Prefiro ópera. É a Cynthia que está sempre com o nariz enfiado em um livro, não é, querida?

A filha lhe respondeu com um resmungo agudo.

— Ah, sim, já vi você na livraria algumas vezes — disse Gertie. Cynthia assentiu com timidez. — A propósito, esta é Hedy Fischer. Ela trabalha aqui.

Cynthia, encantada, ficou olhando para Hedy. Parecia que tinha sido apresentada à rainha.

Hedy sorriu.

— Olá. Este foi o último título escolhido para o nosso clube do livro, caso esteja interessada.

Cynthia pegou o exemplar com certa reverência.

— *The Code of the Woosters*? — leu Margery em um tom de deboche. — Parece um terrível panfleto de propaganda comunista.

— É um livro de P. G. Wodehouse, mãe. Ele é muito engraçado — disse Cynthia.

Margery Fortescue cruzou os braços e fulminou a filha com o olhar.

— Em uma guerra, não há momento para graça, Cynthia. Agora vamos, temos que mostrar para o sr. Travers o que precisa ser feito aqui do lado. Tenha um bom dia, sra. Bingham. Srta. Fischer.

E, assim, Margery Fortescue saiu da livraria do mesmo jeito que tinha entrado, como um cisne cheio de dignidade, mas que não devia ser contrariado.

Gerald olhou das costas cada vez mais distantes de Margery para os livros que ainda não tinha comprado e, finalmente, para Gertie.

— Não se preocupe, sr. Travers, vou deixar tudo reservado para você.

— Muito obrigado, sra. Bingham — disse ele, saindo atrás da mulher.

Cynthia hesitou, desejando visivelmente ficar um pouco mais.

— Cynthia! — gritou Margery da porta vizinha em um tom surpreendentemente alto. — Onde foi que você se meteu?

— Adeus — disse ela, já correndo.

— Com licença? — A voz era tão suave que Gertie ficou surpresa por Cynthia ter ouvido. Ao se virar, ela viu Archibald Sparrow caminhando na sua direção. — Você d-d-deixou c-c-air isso — disse ele, estendendo-lhe uma luva mostarda de couro.

— Obrigada — falou Cynthia com um tom igualmente baixo.

Gertie e Hedy trocaram olhares enquanto o par se fitava por um momento.

— Archibald Sparrow — apresentou-se ele.

— Cynthia! — berrou Margery novamente.

— Eu tenho que ir — disse Cynthia. — Mil perdões.

Archibald colocou um exemplar do livro de poesias de Elizabeth Barrett Browning no balcão e suspirou.

— Só isso, p-p-por favor, sra. Bingham.

— Bem — disse Gertie depois que ele saiu. — Sinto como se eu tivesse acabado de assistir a uma peça de Shakespeare. Tivemos amor, drama e intriga. E Margery Fortescue é com certeza uma força da natureza.

Hedy riu.

— Fico imaginando se Hitler sabe com que se meteu.

Gertie tinha certeza de que poderia acertar o seu relógio pelos telegramas de Else Fischer. Eles chegavam todos os meses quase exatamente no mesmo horário. Algumas pessoas poderiam achar difícil colocar tudo o que tinham para falar em apenas vinte e cinco palavras, mas a mãe de Hedy sempre dava um jeito. Gertie se pegava pensando que, quando a vida era cruel, não havia muito mais a se dizer além de "eu te amo". Afinal, aquilo era tudo o que alguém precisava ouvir. No entanto, o telegrama daquele dia tinha um tom diferente.

— O que acha que ela quer dizer com "viajar para o leste"? — perguntou Hedy, franzindo o rosto para as palavras como se tentasse fazer com que elas lhe dessem a resposta que desejava.

Gertie conseguia ver o desespero nos olhos dela e desejava poder lhe oferecer um pouco de esperança, mas a conversa que tinha tido com Charles ao telefone, na semana anterior, pesava na sua mente. Ele havia voltado recentemente de outra viagem. Gertie não perguntara aonde tinha ido. Achou, por algum motivo, que era melhor assim.

— Como está Hedy? — ele indagou. — Teve notícias da família?

O tom em sua voz indicava que ele sabia de alguma coisa.

— Só que ainda estão em Theresienstadt, na Tchecoslováquia, desde que foram enviados para lá no ano passado. Por quê?

Ele pigarreou.

— Por nada. Só ando ouvindo muitos boatos ultimamente.

— Que boatos?

— Só isso, Gertie. Boatos. Não quero deixar nem você, nem Hedy preocupadas sem necessidade. Principalmente Hedy.

Gertie suspirou.

— Ah, Charles. Essa maldita guerra. Quando vai terminar?

— Creio que a questão mais importante não seja quando, mas como.

Agora, tudo o que Gertie podia fazer era oferecer a Hedy um sorriso reconfortante.

— Acho que você não deve se preocupar. Isso prova que a sua família está bem e que ainda consegue mandar mensagens para você.

— Mas para onde estão indo?

— Eu gostaria de saber, mas a guerra torna tudo muito incerto.

Grandes lágrimas se formaram nos olhos de Hedy.

— Quero minha mãe, Gertie. Sinto tanta saudade dela.

Gertie envolveu a moça nos braços enquanto ela chorava. Lembrava-se de quando Hedy havia chegado. Naquela época, Gertie tinha dificuldade em lhe oferecer um abraço. Mas agora parecia a coisa mais natural do mundo. Hemingway apareceu e colocou a cabeça grande e macia no colo de Hedy.

— Sei que quer, minha querida — disse Gertie. — Eu sei. Gostaria de ter uma varinha de condão para poder trazer todos para cá em um passe de mágica. Sua adorável mãe, seu querido pai e seu lindo irmão.

— E Mischa? — perguntou Hedy, acariciando as orelhas de Hemingway.

— Ah, sim. Mischa. É claro. Ela seria a nossa convidada de honra.

— Você ia gostar da minha família.

Gertie enxugou as lágrimas de Hedy.

— Por tudo o que você me contou, sinto como se já os conhecesse.

— Você acha que vou voltar a vê-los um dia?

Gertie sentiu a mente fervilhar enquanto buscava as palavras certas.

— É o que mais desejo no mundo. Tudo o que podemos fazer é manter a esperança e rezar.

— Eu me sinto inútil — disse Hedy. — O que podemos fazer para acabar com isso se não temos autorização para lutar?

A argumentação de Hedy era válida e deixava Gertie profundamente frustrada. Elas eram incentivadas a plantar todos os alimentos que pudessem, a economizar em nome do esforço de guerra, a "manter a boca fechada" por causa dos espiões, mas que bem isso fazia se a guerra continuasse por muito mais tempo?

— Acho que, se Margery Fortescue estivesse no comando, a guerra já estaria decidida e encerrada até a hora do chá.

— Talvez devêssemos unir forças.

Gertie ergueu as sobrancelhas.

— Talvez sim.

Margery Fortescue estava se tornando uma pedra no sapato de Gertie. Ficava claro que ela considerava a livraria café pequeno no esforço de guerra. Mas, um dia, um ataque aéreo fez o caminho das duas se cruzar.

— Será que a sra. Fortescue e suas voluntárias poderiam usar o seu bunker, sra. Bingham? — pediu Gerald da porta assim que a sirene tocou. — O delas ainda não está totalmente pronto.

— E de quem é a culpa, hein, sr. Travers? — perguntou Margery, passando pela porta e fazendo cara feia para os livros como se eles a tivessem ofendido. — Isso é altamente irregular, mas vamos ter que aceitar. Venham, senhoras, sigam-me.

Ela as guiou para os fundos da livraria, e Gerald deu um sorriso constrangido antes de se retirar.

— Sim, por ali — disse Gertie. Ainda que relutasse, ficava impressionada com a capacidade daquela mulher de assumir a liderança em qualquer situação.

— Aaaah, que acolhedor — comentou Emily Farthing, uma das melhores tricoteiras do grupo de Margery, enquanto elas se acomodavam no abrigo e Gertie fechava a porta.

— Durante os ataques aéreos, nós costumamos discutir o título escolhido para o nosso clube do livro — declarou Gertie. — O deste mês é *The Code of the Woosters*, de P. G. Wodehouse. Alguém leu?

— Nós, durante os ataques, costumamos cantar músicas que nos inspiram — respondeu Margery.

— Eu l-li, sra. B-b-Bingham — disse alguém do canto do abrigo, e Margery fulminou a pessoa com o olhar.

— Sr. Sparrow — disse Gertie, olhando para Hedy com alívio. — Não vi que o senhor estava aqui. Gostaria de falar um pouco a respeito do livro?

Pela expressão de Archibald, parecia que ele ia preferir correr para a rua e se arriscar contra uma das aeronaves de Hitler a falar diante daquele grupo de mulheres, principalmente de Margery. Ela o encarava com a mesma expressão de desdém de uma pessoa que estava sentindo um cheiro ruim.

— Hum, bem... Não sei...

Outra pessoa resolveu intervir.

— Tudo começa quando a tia de Bertie Wooster, Dahlia, pede a ele que ludibrie um negociante de antiguidades e o convença a vender a elas uma cremeira em forma de vaca do século XVIII. No entanto, quando Bertie chega ao antiquário, descobre que sir Watkyn Bassett, o magistrado local, está lá com Roderick Spode, o líder fascista dos Salvadores da Grã-Bretanha. Sir Watkyn tinha usado de artimanhas para ficar com a tal cremeira para si. Tia Dahlia, então, manda Bertie até a casa dos Bassett para roubar o objeto. As coisas se complicam quando o colega de Bertie, Gussie Fink-Nottle, lhe pede ajuda na questão do seu casamento, que já está próximo, com Madeline, a filha de sir Watkyn. No entanto, por causa de uma série de mal-entendidos, Madeline começa a achar que Gussie está sendo infiel e decide que ama Bertie. Nesse ínterim, tia Dahlia rouba a cremeira e insiste que Bertie a esconda no seu apartamento. Sir Watkyn quer que Bertie seja preso por roubo. Por sorte, Bertie sabe que Roderick Spode administra secretamente uma loja de roupas íntimas femininas chamada Eulalie Soeurs e o convence a assumir a culpa, pois, caso contrário, revelaria essa informação para os seguidores fascistas. No fim, o mordomo de Bertie, o sempre leal Jeeves, ajuda a evitar que ele fique noivo por engano e eles embarcam em um cruzeiro pela Europa.

Apenas o zunido dos aviões no céu podiam ser ouvidos naquele instante. Todos se viravam admirados para Cynthia Fortescue, que estava com o rosto vermelho e a respiração um pouco ofegante depois daquele perfeito resumo da trama.

— Nossa — disse Archibald

— Bravo! — comentou Gertie, trocando um sorriso com Hedy.

— Vou querer um exemplar, sra. Bingham — disse Emily. — Você também vai querer um, não é, sra. Wise? Você adora essas histórias de crime bem-humoradas.

A mulher ao lado dela assentiu.

— Gosto mesmo, querida. Esse Bertie Wooster parece um bom rapaz.

— Ele é um pouco bobo — comentou Cynthia, empertigando-se na cadeira. — O verdadeiro herói é Jeeves. Ele é muito esperto e garante que Bertie não se meta em muitas confusões.

— E quanto a Roderick Spode? — Hedy quis saber. — O que acharam dele?

— Wodehouse f-fez uma obra b-b-brilhante de sátira p-p-política — disse Archibald, dirigindo o comentário para a parede do outro lado. — F-f-fazer chacota do fascismo o t-torna menos assustador.

— E nos dá coragem para lutar contra ele também — disse Cynthia, concordando com a cabeça.

Archibald arriscou um olhar na direção dela.

— Concordo totalmente.

Somente Margery continuou calada durante toda a conversa, bufando com impaciência de vez em quando, como uma velha locomotiva a vapor. Quando a sirene indicou que estavam liberados, ela logo se levantou.

— Muito bem, senhoras. Já perdemos muito tempo. Agradeço por nos dar abrigo, sra. Bingham.

Ela saiu marchando pela loja e, antes de atravessar a porta, fez um comentário final por sobre o ombro.

— Lembrem-se, nós lutamos pela vitória, economizamos em prol da vitória, plantamos alimentos pensando na vitória. Não *lemos* pela vitória.

Gertie sempre tinha gostado de desafios, principalmente quando envolviam mudar a opinião de alguém. Na juventude, provavelmente teria ido até Margery Fortescue e lhe dito umas verdades. No entanto, sabia que, às vezes, as pessoas precisavam ser convencidas com gentileza. No fundo, sentia que ela e Margery, por serem viúvas, talvez até pudessem ter algo em comum. Gertie também admirava o modo como a outra tinha seguido com a sua vida. Margery organizava as suas "tropas", que era como chamava as voluntárias, com a precisão de um militar experiente. Às segundas-feiras, as tricoteiras chegavam e preenchiam o espaço com os barulhinhos das agulhas. Elas produziam uma enorme quantidade de meias e cachecóis. Quartas-feiras serviam para "reaproveitar e remendar". Nesses dias, o exército de costureiras da sra. Fortescue consertava os uniformes que chegavam em sacos e mais sacos de todo o país. Nas sextas, elas recebiam qualquer um que precisasse de ajuda por causa dos bombardeios. Tentavam encontrar casas para as pessoas quando era necessário, ofereciam sacolas de roupas e de outros itens essenciais e distribuíam chá e empatia para todos. A sra. Fortescue se ocupava preparando incontáveis xícaras da bebida numa chaleira que chamava de "Velho General" e que apitava no canto do cômodo como um pneu esvaziando.

Gertie gostava particularmente das sextas-feiras. O espaço ao lado da livraria ganhava vida com criancinhas barulhentas, mães cansadas carregando bebês, idosos um pouco desnorteados em busca de ajuda ou apenas de uma boa xícara de chá. Margery estava no seu melhor esses dias. Gertie notava como ela distribuía roupas, brinquedos, bondade e gentileza. Deixava de ser a mandona das segundas e quartas e se transformava em uma mulher que simplesmente tentava ajudar os outros.

Em uma sexta-feira, Gertie se atreveu a ir até lá com uma caixa embaixo do braço.

— Fiquei me perguntando se isso poderia ser útil — disse ela. — São livros ilustrados de segunda mão. Talvez as crianças gostem.

Margery olhou para a caixa com os lábios apertados, pronta para recusar a oferta.

— Mãe, olhe — disse Cynthia, que demonstrou uma ousadia pouco característica ao pegar um exemplar de *Alice no País das Maravilhas*. — Você sempre lia essa história para mim quando eu era criança. Nós adorávamos ver os desenhos juntas. O coelho branco nos lembrava do papai.

O rosto de Margery pareceu se contrair e ser atravessado subitamente por um turbilhão de emoções.

— Sim — sussurrou ela. — Eu me lembro. — Ela alisou o uniforme e pegou a caixa. — Obrigada, sra. Bingham. É muita generosidade. Como vão as coisas na livraria? — Ao pronunciar a palavra "livraria", parecia estar perguntando sobre alguma doença.

Gertie se recusou a desanimar.

— Ah, sim. Está indo bem, muito obrigada.

— Que bom — respondeu ela enquanto se sentava e começava a organizar as roupas de um cesto. — Estamos um pouco ocupadas. Isso é tudo?

— O que é preciso para se tornar voluntária? — As palavras saíram da boca de Gertie antes que ela pudesse impedi-las. — Estou perguntando em meu nome e no de Hedy também.

A sra. Fortescue se levantou e lhe lançou um olhar crítico. Ela era mais alta do que a maioria dos homens que Gertie conhecia, e certamente mais do que Gertie.

— Você sabe costurar?

Gertie fez uma careta.

— Não muito. A srta. Deeble, minha professora de costura na escola, dizia que o meu ponto caseado era o pior que ela já tinha visto.

— Minha nossa.

— Pois é. Mas Hedy herdou as habilidades da mãe como costureira.

— Ótimo. Diga a ela que venha falar comigo. Você não sabe costurar, mas sabe tricotar?

— Um pouquinho. Mas, uma vez, fiz um par de meias para o meu pai, e ele disse que só poderia usá-lo aos domingos por causa dos buracos.

Uma das voluntárias soltou uma gargalhada bem alta.

— Srta. Farthing, por favor — disse a sra. Fortescue, que aparentemente não era muito fã de anedotas. — Bem, você sabe preparar chá?

— Ah, sim. Eu poderia ganhar uma medalha por isso.

— Pois muito bem. Nós administramos cantinas móveis para as operações de defesa civil todas as noites. Posso colocar você em alguns turnos?

— Com certeza.

A Sra. Fortescue estendeu a mão.

— Bem-vinda ao Serviço Voluntário de Mulheres, sra. Bingham.

Capítulo 16

"Temos que continuar porque não podemos voltar atrás."
A ilha do tesouro, Robert Louis Stevenson

Gertie moveu o Velho General para o balcão da cantina móvel e começou a enchê-lo com vários jarros de água. Olhou para o seu relógio e franziu a testa. Não fazia o estilo de Margery Fortescue se atrasar. Nos últimos meses, elas tinham trabalhado juntas em mais de uma dúzia de turnos, e Margery sempre chegava antes dela. Era um poço de eficiência. Gertie não achava que Margery fosse a pessoa mais fácil de se conviver. Quando interagiam, ela era curta e direta, ainda que educada. No entanto, sempre que um membro cansado do serviço civil de defesa aparecia precisando desesperadamente de um pouco de incentivo e sustância, ela se transformava.

A livreira se lembrava de uma noite em particular, na qual um jovem do serviço de Precauções contra Ataques Aéreos apareceu. Tinha mais ou menos a idade de Hedy. Estava voltando de um incidente no pub da esquina, que tinha sido atingido em cheio e desmoronado. Passaram horas buscando por sobreviventes, revirando em vão os escombros.

O rapaz estava com os olhos arregalados quando chegou à cantina. Gertie não se lembrava da última vez que tinha visto alguém tão pálido e amedrontado. Estava balbuciando alguma coisa. Gertie se virou para levá-lo a Margery, mas ela já havia saído do caminhão e colocava um cobertor em volta do rapaz.

— Não conseguimos salvá-los — disse ele. — Não restou nada. Só braços e pernas. E...

— Eu sei — respondeu Margery com a voz suave. — É terrível, mas não havia nada que você pudesse fazer. É melhor descansar agora.

— Aqui, sra. Fortescue — chamou Gertie, estendendo-lhe uma caneca de chá. — Coloquei três torrões de açúcar para ajudá-lo a se recuperar do choque.

— Obrigada, sra. Bingham. — Ela levou a caneca aos lábios do rapaz. — Beba isto. Vai se sentir um pouco melhor.

— Pernas e braços — repetiu ele, como se fizesse uma pergunta, espantado com o horror de tudo aquilo.

— Calma, querido. Venha comigo. Você pode descansar agora. Precisa descansar — repetia ela, levando-o embora.

Gertie ficou observando os dois se afastarem. Estava evidente que, por baixo da fortaleza exterior e da armadura de tweed de Margery Fortescue, havia um coração enorme e gentil.

Apesar dos modos bruscos de Margery, Gertie apreciava os turnos da noite na cantina. Tinha imaginado que as condições da operação fossem bem rudimentares, como as de um acampamento, mas, na verdade, Margery sempre parecia ter as melhores provisões. Além de uma quantidade de chá que seria suficiente para acabar com a sede de metade de Londres, havia cigarros, sanduíches, tortas, salsichas, pastéis de milho, bolo, biscoitos e, certa vez, até pudim de pão.

— Um exército marcha sobre seu estômago — dizia Margery com autoridade enquanto servia canecas e mais canecas de chá. — E este exército precisa de nós para ser alimentado.

Quando via a gratidão estampada no rosto sujo de fuligem e graxa das pessoas que tinham trabalhado longos turnos apagando incêndios, escavando escombros e buscando corpos, Gertie sabia que Margery estava certa. Uma caneca de chá, uma fatia de pão de malte e uma palavra de gentileza podiam não parecer muita coisa, mas ela já tinha vivido o suficiente para saber que faziam diferença. Especialmente em tempos tão sombrios.

Tinha quase acabado de arrumar as canecas quando Margery chegou. Estava sem fôlego e com o rosto vermelho.

— Mil perdões, sra. Bingham — disse ela, subindo no caminhão. — Tive de lidar com uma questão doméstica.

— Imagina — respondeu Gertie. — Está tudo bem?

— Ah, sim. Muito bem, obrigada — respondeu Margery. — E como o Velho General está se saindo?

— Passou o dia assoviando como de costume — disse Gertie.

Margery riu de um jeito que não lhe era característico.

— Que bom.

Gertie notou que o rosto da mulher estava um pouco rosado e que havia uma expressão distante no seu olhar.

— Sra. Fortescue — disse com delicadeza. — A senhora bebeu?

Margery deu um soluço e cobriu a boca com a mão.

— Só tomei um pouquinho de xerez. Faço isso todos os anos nesta mesma data.

— Ah — disse Gertie. — É uma ocasião especial?

Os ombros de Margery se curvaram um pouco.

— É o aniversário do meu querido Edward. Sempre faço um brinde à memória dele com uma tacinha de xerez, mas devo ter cochilado depois. Por isso, me atrasei.

Gertie levantou uma das canecas.

— Feliz aniversário para o Edward.

Margery abriu um sorriso resignado.

— Ele faria setenta e dois anos, e eu sinto saudade dele todos os dias. — Ela ficou com o olhar perdido por um instante antes de voltar ao presente. — Queira me perdoar, sra. Bingham. Estou sendo muito mal-educada, e logo depois de ter me atrasado. Perdoe-me.

— Não há nada a perdoar. Também sinto a falta do meu marido todos os dias.

Margery olhou para ela por um momento.

— Qual era o nome dele?

— Harry.

Margery ergueu a caneca.

— Um brinde a Harry e Edward.

— A Harry e Edward — repetiu Gertie. — Sra. Fortescue?

— Sim?

— Fiquei pensando se não poderíamos começar a nos chamar pelo primeiro nome. Acho que sra. Bingham é uma formalidade um pouco excessiva. Por favor, me chame de Gertie.

Margery esticou os ombros e alisou o uniforme.

— Isso é altamente irregular, mas creio que possamos tentar, Gertie.

— Muito obrigada, Margery — respondeu Gertie com um sorriso.

Gertie estava tão imersa na tarefa de cuidar das suas batatas na horta que não ouviu a campainha. Aquela tinha sido uma primavera particularmente quente, e ela estava aproveitando os seus domingos no jardim na companhia de Hemingway e de uma caneca de latão cheia de chá. Se não fosse pelo abrigo antiaéreo, agora decorado com uma abobrinha trepadeira, e os balões de barragem ao longe, dava quase para se esquecer de que uma guerra estava em andamento. O céu estava muito azul e havia apenas uns fiapos de nuvens passeando na brisa. Gertie inspirou e percebeu que estava feliz. Naquele momento, no seu jardim, com Hedy lá em cima escrevendo histórias e cartas, estava feliz. Ninguém podia prever o que aconteceria, mas, se havia aprendido alguma coisa nos últimos cinco anos, tinha sido a importância de aproveitar o dia. Afinal, o que era a vida se não uma série de momentos a serem aproveitados? Conhecer Harry, encontrar a livraria, permitir que Hedy entrasse na sua vida e, agora, juntar-se ao esforço de guerra de Margery. Gertie sentia que estava avançando mais uma vez, em vez de ficar insistentemente presa ao passado.

Foi Hemingway quem, ao abandonar a sua soneca ao sol e seguir para a cozinha, primeiro a alertou para a presença de um visitante. Quando Gertie então ouviu o grito de Hedy, ela largou a espátula e correu em direção à casa. *Notícias. Ela deve ter recebido notícias. Que sejam boas, por favor.*

Gertie quase deu um encontrão na própria notícia. Era Sam, que saía correndo pela porta da cozinha de mãos dadas com Hedy.

— Sam me pediu em casamento — declarou a moça.

— Ah, que maravilha, meus queridos — disse Gertie, abrindo os braços.

Naquele momento, ela compreendeu como eram as coisas para as mães. Algumas viam os filhos partirem para a batalha, outras observavam as filhas serem deixadas para trás. Esperando. Ansiando. Rezando. Apaixonar-se não deveria ser algo tão arriscado, tão vinculado ao destino. O caminho deles deveria ser repleto de uma felicidade tranquila. Um casamento, uma família, uma vida em comum. No entanto, diante da guerra, ficava impossível planejar algo assim ou mesmo ter esperança de que aquilo sequer aconteceria. Lembrou-se com vergonha de como havia achado que o amor de Harry estaria sempre ali. A vida era muito frágil, mas os seres humanos, atropelados por tantos eventos, se esqueciam disso com facilidade. Não valorizavam tudo o que tinham.

— E quando vocês vão se casar? — perguntou ela.

— Só depois que meus pais souberem — disse Hedy. — Eu contei a eles sobre Sam nas minhas cartas, é claro, mas isso é completamente diferente.

Sam passou o braço em volta da noiva e deu um beijo no topo da cabeça dela.

— Quando esta guerra acabar, teremos um casamento que vai deixar todos os outros no chinelo.

— Vou começar a economizar meu talão de racionamento para o bolo — disse Gertie.

Parte dela estava aliviada por eles não planejarem se casar de imediato. Sabia de muitas jovens viúvas que tinham feito exatamente aquilo. Gertie, Sam e Hedy celebraram a novidade com chá e bolo de gengibre enquanto conversavam sobre o futuro, sobre os planos para a festa, sobre a ida da família de Hedy para a Inglaterra por causa das comemorações e sobre o vestido que a sra. Fischer costuraria para ela. Gertie sabia que aquela era a única forma de se sobreviver a uma guerra. Precisavam seguir em frente, buscando um horizonte mais luminoso e o que quer que estivesse além dele.

Estava cada vez mais evidente que a admiração de Gerald Travers por Margery Fortescue vinha se transformado em algo além de uma simples amizade e que o sentimento era mútuo. Hedy foi a primeira a notar e se apressou em contar para Gertie.

— Preste atenção. Ele passa pela livraria às dez para as onze em ponto todo dia e vai vê-la.

— Tem certeza de que não está vendo romance onde não tem só por causa dos últimos acontecimentos? — perguntou Gertie. — Você foi muito insistente em relação à escolha do título do mês para o clube do livro — continuou, apontando para os exemplares de *E o vento levou* que Hedy estava arrumando na vitrine.

Ela negou com a cabeça.

— Eu estava outro dia em uma das sessões de "reaproveitar e remendar" promovidas pela sra. Fortescue. Você tinha que ter visto a cara dela quando ele passou pela porta. Era como assistir de novo a Scarlett O'Hara se encontrando com Ashley Wilkes.

Gertie riu.

— Com licença, mas creio que deva ter havido um engano.

Gertie ergueu o olhar e se deparou com a expressão de desagrado de um homem mais ou menos da idade do tio Thomas.

— Engano? — perguntou ela.

— Sim — respondeu o homem, levantando um exemplar de *E o vento levou*. — Decerto que uma livraria não recomendaria um título como esse.

Gertie levantou as sobrancelhas.

— E o que exatamente o senhor tem contra esse livro?

As sobrancelhas profundamente franzidas e os óculos pequenos e redondos davam a ele a aparência de uma toupeira zangada.

— Não podemos chamar isso de literatura, não é?

Gertie cruzou os braços.

— E como se define literatura?

O homem foi abrindo cada vez mais os braços.

— Tolstói, Dickens, Henry James. Não esse tipo de escrita emocional.

Gertie fixou o olhar nele.

— Pessoalmente, acho que uma boa história é uma boa história. E parece que metade dos leitores do mundo concorda comigo em relação a esse livro — retrucou ela. — É um dos livros que mais vendem aqui.

O homem soltou um suspiro aborrecido e colocou um exemplar de *Moby Dick* no balcão.

— Vou levar este, muito obrigado. — Depois, botou um exemplar de *E o vento levou* por cima. — E este é para minha mulher. Ela adora esses romances tolos.

Assim que ele saiu, Gertie declarou:

— Que sujeitinho metido.

Hedy deu de ombros.

— Gosto não se discute.

— Gertie, você tem um minuto? — perguntou Margery, aparecendo na porta. — Será que poderíamos dar um passeio pelos jardins do centro comunitário? É uma emergência.

— Claro — disse Gertie, lançando um olhar assustado para Hedy. — Já volto.

Gerald cuidava dos jardins que rodeavam o centro comunitário com o zelo e o amor de um pai de recém-nascido. Goiveiros de aroma adocicado, narcisos e tulipas balançavam na brisa suave. Era um glorioso dia de primavera, e quase não havia nuvens no céu. Contrastando diretamente com a beleza da cena, Margery, parada na frente de uma árvore antiga, mantinha a expressão fechada e os braços cruzados.

— Está tudo bem? — perguntou Gertie.

Margery inspirou fundo e soltou o ar devagar. Se fosse um dragão, certamente soltaria uma nuvem de fumaça.

— Somos amigas, não somos?

— Claro.

— Então posso ser bem franca?

— Com toda a certeza — respondeu Gertie, sentindo a ansiedade crescer.

Margery falou devagar, enunciando cada palavras com certa ênfase:

— O sr. Travers me convidou para tomar um chá. Na casa dele.

— Entendi. — Gertie ficou esperando por mais informações, mas Margery permaneceu calada. — Mais alguma coisa?

Margery olhou para ela com espanto.

— Isso não é suficiente?

Gertie estreitou os olhos enquanto tentava entender.

— Queira me desculpar, Margery, mas qual é o problema de você tomar um chá com o sr. Travers?

Margery jogou os braços para o alto.

— Sou uma mulher sozinha, e ele é um cavalheiro também sozinho. Não seria aceitável — disse.

— Ah, entendi. Você está preocupada com o que podem falar.

Margery arregalou os olhos.

— Seria um escândalo, Gertie.

— Ah, minha nossa. — Gertie sentiu que a questão exigia uma abordagem bem delicada. — Bem, você gostaria de tomar chá com o sr. Travers?

A expressão no rosto da Margery se suavizou.

— Acho que sim.

— Que tal se eu for com você? Para acompanhá-la?

— Você faria isso?

— É claro que sim, Margery. Afinal, somos amigas.

Margery surpreendeu Gertie ao puxá-la para um abraço.

— Muito obrigada. Você não sabe o que isso significa para mim.

Gertie deu tapinhas nas costas dela.

— Não é problema algum.

Margery se afastou e alisou o uniforme.

— Minha nossa. Peço desculpas pela empolgação. Não sei o que deu em mim. Certo. Nunca vamos vencer esta guerra se ficarmos paradas aqui fofocando. Vamos ao trabalho.

— Ao trabalho — repetiu Gertie, pronta para segui-la.

Antes de partir, ela viu o seu cliente grosseiro de antes sentado ao sol em um canto do jardim. Tinha um sorriso leve no rosto e estava com o exemplar de *E o vento levou* aberto diante dele.

— Todo mundo precisa de um pouco de romance — murmurou ela.

Algumas semanas depois, Betty conseguiu uma folga, e Gertie aproveitou a oportunidade para convidá-la para o jantar. Ela e Hedy estavam animadas. Arrumaram a mesa usando a melhor prataria e as louças mais chiques. Gertie tinha economizado seu talão de racionamento e, por isso, havia três costelas de porco aguardando por elas na despensa, já prontas para irem para a panela. Hedy tinha preparado um bolo de ameixa com a conserva de frutas que Gertie fizera no ano anterior. Também tinha cortado algumas flores do jardim e estava acabando de fazer um arranjo em um vaso quando bateram à porta. As duas correram para atender, com Hemingway em seus calcanhares.

— Oficial de suprimentos de aviação Betty Godwin se apresentando para o trabalho — disse Betty com um sorriso. — Tive que vir de uniforme. Pinica um pouco, mas acho tão chique.

— Ah, Hedy, ela não está maravilhosa? — perguntou Gertie.

— Muito elegante — concordou Hedy. — Esse tom de azul combina muito com você. Entre, assim podemos ver você melhor.

Betty entrou com passos lentos no vestíbulo e fez uma pose como se fosse uma estrela de Hollywood no tapete vermelho. Depois, caiu na gargalhada e abraçou as anfitriãs.

— Que bom ver vocês — falou ela enquanto iam para a cozinha. — Sam é um idiota, mas estou muito feliz com a ideia de nos tornarmos irmãs — disse ela para Hedy. — E eu soube que vocês ficaram amigas da sra. Fortescue e estão trabalhando como voluntárias, não é, sra. B.? Ela continua assustadora como sempre?

— Ela tem seus momentos — respondeu Gertie. — Mas agora quero que nos conte tudo o que tem feito enquanto eu preparo o jantar.

Os olhos de Betty se iluminara.

— Estou tendo a aventura da minha vida.

— Isso é maravilhoso, querida — comentou Gertie.

— Quero dizer, é cansativo, mas sinto como se eu realmente estivesse fazendo algo para nos ajudar a vencer esta guerra.

— O trabalho é muito difícil? — Hedy quis saber.

— Não podemos entrar em detalhes sobre isso, mas recebemos todo o treinamento necessário. É muito interessante. Temos um grupo sensacional de garotas no nosso posto. Muitas têm mais ou menos a sua idade, Hedy. Nos damos bem e nos divertimos, passeamos na cidade. Há um salão de dança e um teatro. Ah, e eu conheci um rapaz.

— E como ele é? — perguntou Hedy com os olhos brilhando de animação.

— Americano. Ele se chama William Hardy. Eu disse que vinha visitar vocês, e ele mandou isto. — Betty tirou uma barra de Hershey's da bolsa.

Hedy ficou olhando para ela.

— Chocolate?

— Eles têm toneladas disso. E meias de náilon e cigarros. Falando nisso, você se importa se eu fumar, sra. B.?

— Não mesmo — respondeu Gertie, tirando do armário o cinzeiro que reservava para os caros charutos cubanos do tio Thomas.

— Nosso superior é um pouco mal-humorado, mas gosta de mim. Disse que eu era melhor do que metade dos sujeitos com os quais já tinha trabalhado — continuou Betty.

— Parece tão interessante — comentou Hedy.

— Mas nem tudo são flores. Perdemos uma das garotas durante um ataque na outra noite — contou Betty, dando uma tragada no cigarro.

— Todo dia ficamos sabendo que o namorado de alguém morreu. Isso certamente nos ensina a viver o momento.

— O jantar está servido — declarou Gertie, colocando diante delas um prato de costelas com batatas, repolho e cenouras, tudo cultivado em casa.

— Uau, que delícia — disse Betty. — Obrigada, sra. B. As rações da Força Aérea não são ruins, mas nada se compara com a comida caseira.

Elas estavam com o garfo e a faca nas mãos quando a sirene tocou.

— Jantar no bunker? — perguntou Gertie.

Hedy e Betty riram, pegaram o prato e seguiram Gertie pela porta até mergulharem no ar fresco daquela noite.

Na manhã seguinte, Billy foi bem cedo à livraria para ajudar com os preparativos do Clube do Livro Infantil do Bunker. Embora os bombardeios tivessem se tornado menos frequentes, os cidadãos ainda precisavam lidar com os blecautes. As mães do local eram gratas a Gertie e Hedy por oferecerem um pouco de distração. As crianças também gostavam de se reunir uma vez por mês no abrigo da livraria.

— É tão acolhedor — disse uma menininha chamada Daisy. — Muito mais legal do que o nosso abrigo em casa. E eu adoro o cheiro dos livros.

— Eu gosto porque é escuro, então podemos contar histórias de fantasmas — comentou um garotinho chamado Wilfred, que sempre estava com uma mancha de fuligem na ponta do nariz.

Billy estava ajudando Hedy a fazer doze tapa-olhos para a discussão sobre *A ilha do tesouro*. Ele levava o seu papel de assistente do clube do livro muito a sério e tinha um olhar afiado para os detalhes da história. Consequentemente, acabava sendo muito rigoroso com seus colegas leitores. Uma vez, mandou Wilfred para casa porque ele não soube dizer o nome da tia de Tom Sawyer.

— Não gostei da parte com o esqueleto — disse ele para Hedy, estremecendo. — Não sei se eu gostaria de sair em uma busca ao tesouro.

— Mas imagine só se você encontrasse esse tanto de ouro e ficasse mais rico do que jamais sonhou.

Billy deu de ombros.

— O vovô é rico, mas não acho que seja muito feliz. — Hedy trocou um olhar com Gertie. — Eu não o vejo muito, então nem posso perguntar.

— Imagino que ele seja um homem muito ocupado. Pelo menos você vê a sua avó às vezes — comentou Gertie.

— É verdade, mas eu gostaria de vê-los mais. E o papai. Embora a mamãe diga que ele está viajando a negócios. — Billy se inclinou e cochichou: — Acho que ele talvez seja um espião.

Gertie estava prestes a responder quando a porta da livraria se abriu com força e Betty apareceu com expressão preocupada. Assim que os seus olhos se encontraram, Gertie soube que as notícias não eram boas. Enquanto Hedy seguia em direção à amiga, o mundo parecia que ia parar.

— É o Sam, não é? — perguntou Hedy em um sussurro.

Betty assentiu.

— Ah, Gertie. — Hedy se virou para ela com olhos em súplica.

Gertie se aproximou dela e a abraçou. Sentiu o corpo de Hedy tremendo e fez uma oração silenciosa. *Por favor. Por favor. Permita que ele esteja vivo. Por favor, não arranque todas as esperanças desta pobre moça.*

Betty pegou as mãos de Hedy e, com a voz falhando, explicou:

— Ele estava em um ataque aéreo no continente algumas noites atrás. O avião dele foi abatido. Sinto muito, ele está desaparecido.

Gertie tomou a amiga nos braços enquanto ela chorava. Billy pousou a mão no seu ombro.

— Calma, Hedy Fischer — disse ele. — Vai ficar tudo bem. Você vai ver.

Gertie acariciou o rosto daquele garotinho bondoso, torcendo para que ele estivesse certo.

Capítulo 17

"É melhor amar com sabedoria, sem dúvida, mas amar tolamente é melhor do que simplesmente não ser capaz de amar."

The History of Pendennis, William Makepeace Thackeray

Gertie observou a sala aconchegante, notando o tapete rosado decorado com flores, as duas poltronas verdes macias e o rádio entre elas. Seus olhos pararam na fotografia de casamento que, de cima da cornija da lareira um pouquinho empoeirada, mostrava Gerald e Beryl radiantes, e depois seguiram para a mesinha quadrada com duas cadeiras Windsor posicionadas uma de frente para outra. A pilha de livros de jardinagem de Gerald ocupava o espaço no qual o casal costumava fazer as refeições e compartilhar histórias do seu dia. O fantasma de Beryl Travers não poderia estar mais aparente nem se flutuasse pelo aposento e parasse em um canto, acenando para eles.

Margery se sentou com as costas bem esticadas na pontinha do sofá, ao lado de Gertie, enquanto esperavam que Gerald voltasse com o chá. Podiam ouvi-lo assoviando enquanto pegava as xícaras e abria e fechava gavetas. Gertie olhou para Margery, pronta para começar uma conversa, mas a outra mantinha os olhos fixos à frente. Respirando profundamente, encarava, com a expressão fechada, um par de spaniels de porcelana Staffordshire na cornija, que parecia observá-la de volta com perplexidade. Tinha o ar de uma mulher que estava enfrentando uma terrível dor de dente.

— Aqui está — disse Gerald, passando pela porta com a bandeja em mãos e colocando-a na mesinha. — Vou fazer as vezes da dona da casa.

Margery soltou uma risada aguda e nervosa que quase fez Gertie pular da cadeira.

— Ah, sim. Por favor.

— Leite e açúcar, sra. Bingham?

— Só leite, obrigada, sr. Travers.

— E para você, sra. Fortescue?

— O mesmo, por favor — respondeu Margery com um sorriso aberto e cheio de dentes que Gertie nunca tinha visto antes.

Ele entregou as xícaras a elas. Depois, abriu uma lata e estendeu para Margery.

— Que gentileza a sua trazer a sobremesa, sra. Fortescue. Eu não comia bolinhos desse tipo desde... — Ficou evidente, pelo seu olhar perdido, que ele estava imerso em lembranças de Beryl. — Bem, não importa. Por favor, fiquem à vontade.

Margery lançou um olhar de pânico para Gertie.

— Será que o senhor não teria alguns pratinhos, sr. Travers? — perguntou Gertie, lendo a mente da amiga.

Gerald levou a mão à cabeça.

— Sinto muito, senhoras. Não estou acostumado a receber visitas hoje em dia. Já volto.

Margery se virou para Gertie.

— Isso é um grande erro.

— Mas por quê?

— Eu não deveria ter vindo. Está tudo errado. Não consigo parar de pensar no querido Edward e está óbvio que o sr. Travers ainda está consumido por memórias da esposa. Olhe à sua volta, Gertie. Ela está em todos os lugares.

— Bem, você não estava esperando que ele fosse se livrar das lembranças da esposa, não é? Afinal, eles foram casados por mais de quarenta anos.

Margery contraiu o rosto.

— Não, é claro que eu não esperava isso. É só que...

— Aqui está — disse Gerald, voltando e entregando a elas os pratos, os guardanapos e os bolinhos com um ar triunfante. — Precisei procurar um pouco, mas encontrei. Eu não tive motivo para usá-los por um tempo. Até esqueci que existiam, para ser sincero.

— Obrigada, sr. Travers — disse Gertie, decidindo levar a conversa para um território mais neutro. — Devo dizer que o seu jardim da frente está esplêndido. Como consegue ter tantas rosas em um mesmo arbusto?

— Esterco de cavalo.

— Como disse?

— Esterco de cavalo — repetiu ele. — Conheço um fazendeiro. Ele traz sacos para mim quando preciso. Funciona muito bem.

— Nossa — disse Gertie. — Que maravilha.

— Pois eu lhe digo o que é uma maravilha — respondeu Gerald. — Esses bolinhos. Uma delícia, sra. Fortescue.

— Muito obrigada, sr. Travers. E concordo com o senhor em relação ao esterco de cavalo, embora deixe um cheiro forte por alguns dias depois do uso.

Gerald riu.

— Verdade. Beryl costumava reclamar comigo, pois precisava fechar todas as janelas. E ela gostava de arejar a casa todos os dias.

Gertie sentiu Margery se mexer no sofá.

— Harry era igualzinho — contou Gertie. — Eu não gosto de correntes de ar frio. Mas ele abria todas as janelas pela manhã, e então eu atravessava a casa fechando tudo depois.

Gerald assentiu.

— Lembro-me de Harry me ajudando a encontrar um livro para Beryl quando ela caiu doente. Ele sempre tinha algo gentil para dizer quando alguém precisava. Eu valorizo muito isso.

Gertie sorriu.

— A sua Beryl também era assim. Eu não teria tido metade do sucesso que tive com os meus feijões se não fosse por ela. Plantar nastúrcios junto a eles para acabar com as moscas fez toda a diferença.

— Ah, Beryl era perita quando o assunto envolvia o plantio de frutas, verduras e legumes. Você se lembra do tamanho das couves-flores? E o que dizer das groselhas? Bem, ela fez tortas e geleias o suficiente para todo mundo da rua.

— Nós tivemos muita sorte, não é? — perguntou Margery em voz baixa. O rosto dela estava brilhando com uma suave felicidade. — Encontramos essas pessoas incríveis e nos casamos com elas.

— É verdade — disse Gerald, olhando para ela. — Tivemos muita sorte mesmo.

Certo dia, quando Gertie e Hedy voltavam da livraria, o carro estava esperando por elas. Gertie o reconheceu imediatamente. Era o mesmo que Sam tinha usado para levar todos à praia. Parecia que tinha sido em outra vida. Agora não era Sam quem estava ao volante, obviamente, mas uma versão mais velha dele, com os cabelos grisalhos muito bem penteados. O motorista tinha adormecido, e os óculos estavam se equilibrando na ponta do nariz.

Hedy deu uma batidinha de leve na janela.

— Dr. Godwin — chamou com a voz cheia de expectativa.

Ele roncou alto e acordou, piscando para as duas enquanto tentava se lembrar de onde estava. Gertie só havia se encontrado com o pai de

Betty e Sam poucas vezes antes, mas pôde perceber como cobraram seu preço as agonias diárias daquela guerra. Uma guerra para a qual o filho dele tinha sido arrastado. O dr. Godwin parecia abatido e cansado. Ele saiu do carro com dificuldade e se virou para Hedy.

— Betty me deu instruções rígidas para vir imediatamente aqui e lhe dar a notícia. Samuel está em um campo de prisioneiros de guerra na Polônia. — Ele entregou a ela um pedaço de papel. — Daphne anotou o endereço para você.

Hedy encarou o papel por um momento e depois jogou os braços em volta do pescoço do dr. Godwin. Ele olhou para Gertie, surpreso, antes de aceitar o abraço com um sorriso.

— Pronto, querida. Não precisa ficar triste. Está tudo bem.

— Obrigada — sussurrou Hedy. — Muito obrigada.

— Pelo menos sabemos que Sam está em segurança — disse ele. — Agora só precisamos rezar.

— Eu vou fazer mais do que isso — garantiu Hedy com expressão determinada.

No dia seguinte, Gertie se viu parada com Hedy do lado de fora do escritório de recrutamento local.

— Tem certeza de que quer fazer isso? — perguntou ela. — Você sabe que eles poderiam mandá-la para as ilhas Hébridas, na Escócia.

Hedy assentiu de forma enfática.

— Quero fazer o mesmo que Betty. Quero fazer alguma diferença. Ajudar a pôr um fim nisso tudo.

Gertie desejava dizer a Hedy que sentiria muita saudade, que a casa pareceria vazia de novo sem ela, mas percebia o quanto ela estava determinada. Reconheceu aquela paixão e aquela necessidade de lutar. A própria Gertie vinha sentindo isso ultimamente.

— Então, vamos logo. Vamos alistá-la.

Elas empurraram as portas do escritório, que era bastante simples, e seguiram as placas até uma sala na qual estava um homem mais ou menos da idade de Gertie. Com uma expressão entediada, ele entrevistava uma moça que parecia bater com Hedy em anos.

— Posso oferecer a você uma posição no Exército das Mulheres para Agricultura ou em uma fábrica de munições — disse ele.

— Eu não gosto muito de animais — respondeu a garota. — Mas também não gosto muito de armas.

O homem suspirou.

— E que tal se eu mandar você para uma fazenda de batatas na qual não há animais?

— Eu teria que mexer na terra?

O homem ergueu as sobrancelhas.

— Um pouco.

— Hum, tudo bem. Mas eu não gostaria de quebrar as unhas.

O homem escreveu alguma coisa nos documentos, carimbou o formulário e o devolveu a ela.

— Próxima.

A moça sorriu para Hedy e Gertie ao passar por elas.

— Batatas! — disse, animada.

— Esplêndido — respondeu Gertie.

— Nome? — perguntou o homem.

— Hedy Fischer — respondeu ela, entregando os seus documentos.

O homem pareceu alarmado ao ver o símbolo da suástica, como se esperasse que todo o exército de Hitler saísse de trás dele.

— Você é alemã.

— Sim. Isso mesmo — respondeu Hedy. — Sou uma judia alemã que conseguiu escapar da perseguição nazista em 1939.

Gertie sentiu o rosto queimar de orgulho.

O homem lhe devolveu a papelada por cima da mesa.

— Sinto muito. Não podemos empregar estrangeiros inimigos no esforço de guerra. O risco é grande demais.

Gertie olhou para o homem com uma cara feia.

— O senhor faz alguma ideia do que esta jovem já enfrentou?

Ele manteve a expressão neutra.

— Sinto muito. Eu não faço as regras.

Hedy tocou no braço da amiga.

— Venha, Gertie. Não adianta. Vamos embora.

Enquanto voltavam pelo labirinto de corredores, Gertie viu uma placa que dizia "Centro de distribuição para prisioneiros de guerra". Ela parou e ficou olhando as palavras.

— O que foi? — perguntou Hedy.

— Tive uma ideia — falou com um brilho no olhar. — Mas preciso voltar para casa e encontrar uma coisa primeiro.

A carta estava exatamente onde achou que estaria, na caixa de nogueira com aquela gavetinha secreta que tanto havia intrigado Gertie na infância. Tinha sido deixada para ela pela mãe. Era ali que guardava todos os seus tesouros mais valiosos.

— Aqui está — disse ela, sentando-se na beirada da cama ao lado de Hedy. — A última carta de Jack, enviada em 1917.

— A letra do seu irmão era horrível — comentou Hedy.

Gertie riu.

— Ele deixava nosso pai louco da vida porque se recusava a praticar a caligrafia. Posso ler para você?

Hedy assentiu e se aconchegou junto a ela como uma criança ouvindo uma história. Gertie pigarreou.

Minha querida Gertie,
Espero que esteja bem de saúde. Obrigado pela carta e pelo pacote. Sou muito grato a você por ter me enviado um exemplar de Os 39 degraus, *e os outros sujeitos daqui também. É muito entediante ser prisioneiro de guerra, embora eu saiba que não possa reclamar. Ouvi falar sobre as condições nos campos dos soldados. Os guardas são legais desde que sigamos as regras. O lugar é bem simples e não muito limpo. Nós nos esforçamos para manter o otimismo. Costumamos organizar peças de teatro*

ou cantar para nos distrair, mas é difícil, Gertie. Acho que nunca mais vou tomar como certa ou deixar de valorizar a minha vida de homem livre. Estar aqui nos faz pensar em como levávamos a vida antes. Sei que vai rir, mas prometo a você agora que serei um homem melhor quando eu voltar para casa. Sei que fui egoísta no passado, mas vou mudar, Gertie. Você pode cobrar. Não paro de pensar naquelas férias que passamos em Suffolk quando crianças. Você se lembra? Conhecemos aquele fazendeiro e ele nos mostrou os seus cavalos, cachorros e porcos. Você se lembra dos porcos? Depois disso, por muitas semanas, imploramos para o papai nos deixar ter um porquinho de estimação. Dá para imaginar? Com frequência penso que esse foi o tempo em que me senti mais feliz, em que a vida era simples e não tínhamos muitas preocupações. Acho que ser um homem às vezes é muito confuso. Sei que é por isso que ajo como um tolo e bebo demais. Estou só representando um papel, fingindo ser uma pessoa que não sou. Bem, isso vai mudar quando eu voltar para casa. Você vai ver, Gertie. Vou ser o homem que deveria ser. Talvez decida passar meus dias em uma fazenda em Suffolk. Você vai poder me visitar e encontrar com os meus cachorros e os meus porcos. Nossa, estou ficando arrepiado só de pensar. Estou cansado, acho. O colega na cama ao lado tem tossido quase a noite toda, e eu não estou me sentindo muito bem hoje. Talvez seja por causa da comida horrível que nos dão aqui. Não se preocupe. Assim que a guerra acabar, estarei de volta para perturbar você e o Harry. Mande um abraço para ele. Sei que implico com você por causa dele, mas Harry é um bom homem. Vocês têm sorte de ter se conhecido. Como estão mamãe e papai? Mamãe me escreve toda semana, mas nunca recebo carta do papai. Ashford me escreveu na semana passada. Ele ainda está no meio de tudo aquilo, pobre coitado. Estou com saudade, Gertie. As suas cartas são um sopro de esperança. Não vejo a hora de podermos jantar no Savoy novamente com Harry e Charles. Por minha conta.

Do seu irmão que a ama,
Jack

Hedy pegou um lenço para enxugar as lágrimas de Gertie.

— Acho que você e Jack são exatamente como Arno e eu — disse ela.

Gertie olhou nos olhos da moça por um momento.

— Quero que a gente possa ajudar outros prisioneiros de guerra como eu ajudei o Jack. Quero ajudar Sam e todos os outros rapazes que estão tentando sobreviver.

Hedy assentiu.

— É uma ideia brilhante.

— Só tem um probleminha — disse Gertie.

— A srta. Snipp?

Gertie assentiu, e Hedy lançou para ela um olhar decidido.

— Pois pode deixar comigo. Já sei o que fazer.

A srta. Snipp já estava separando os pedidos quando Gertie e Hedy chegaram à livraria no dia seguinte. Hemingway vinha com elas.

— Aceita uma xícara de chá, srta. Snipp? — perguntou Gertie. — A Hedy assou alguns biscoitos de gengibre esta manhã.

A srta. Snipp apertou os olhos.

— Está querendo pedir um favor, sra. Bingham?

— Eu gostaria muito de um conselho. Se tiver um tempo.

Gertie conhecia Eleanora Snipp havia tempo suficiente e sabia que precisava ir com cuidado. Ela não era uma pessoa que recebia mudanças de braços abertos. Levara uns bons cinco anos para aceitar que as mulheres tinham conquistado o direito ao voto. Ainda mencionava o assunto com um tom de desdém até aquele dia.

— Pois muito bem — disse a srta. Snipp.

— Bom, já que o nosso Clube do Livro do Bunker fez tanto sucesso, pensei em estender o projeto e levá-lo até os prisioneiros de guerra.

A srta. Snipp começou a piscar.

— Prisioneiros de guerra — repetiu.

— Exatamente. Mas é claro que eu jamais consideraria levar adiante uma ideia como essa sem falar com a senhorita primeiro. — A mulher assentiu. — Então, gostaria de aproveitar a sua sabedoria em relação às ações administrativas que seriam necessárias para isso — concluiu Gertie, sabendo muito bem que a mulher teria as repostas na ponta da língua.

A srta. Snipp soltou um longo suspiro.

— Bem, teremos muita papelada para preencher e, é claro, precisaremos entrar em contato com as autoridades responsáveis: a Organização Conjunta de Guerra, a Cruz Vermelha e por aí vai. Isso sem mencionar o material adicional para empacotar e preparar o envio.

— Hum — disse Gertie. — Parece muito trabalho extra. Talvez não valha o esforço. Hedy, eu sei que você realmente adoraria poder mandar livros para o Sam e os outros prisioneiros, mas acho que seria uma tarefa hercúlea. Você entende, não é, querida?

Hedy mordeu o lábio para esconder o sorriso.

— Claro.

A srta. Snipp olhou para Gertie como se ela tivesse acabado de sugerir que os Aliados se rendessem imediatamente.

— Vamos encontrar um jeito — garantiu ela.

— Tem certeza? — perguntou Gertie.

— Claro. — Ela fez um gesto para Hedy. — Qualquer coisa para ajudar essa pobre garota.

Hedy correu e abraçou a srta. Snipp.

— Ah, minha querida srta. Snipp! Que amor! Vou ajudar da melhor forma que puder. Obrigada.

A srta. Snipp hesitou por um instante, surpresa, dando uns tapinhas nas costas de Hedy em resposta.

— Ah, sim. Cada um tem que fazer sua parte. Mas talvez precisemos de ajuda extra para empacotar tudo, sra. Bingham — disse ela com um olhar de reprovação.

— Pode deixar isso comigo — respondeu Gertie, seguindo para a porta.

★ ★ ★

— Um clube do livro para prisioneiros de guerra? — perguntou Margery enquanto elas davam uma volta pelos jardins do centro comunitário.

Gertie assentiu.

— Meu irmão foi um prisioneiro durante a Grande Guerra e sempre ficava muito grato quando eu lhe mandava livros. Ele amou *Os 39 degraus*, então achei que esse poderia ser o primeiro título escolhido.

— Eu não sabia que você tinha um irmão.

Gertie assentiu.

— Ele morreu no campo de prisioneiros. Houve um surto de tifo.

Margery olhou a amiga por um momento e assentiu.

— Diga-me o que precisa ser feito.

— Bem, eu pensei que poderíamos nos organizar como um centro de distribuição e enviar livros como parte das remessas de alimentos e itens recreativos da Cruz Vermelha.

Margery parou para admirar uma grande rosa da cor exata de um pêssego maduro. Ela respirou fundo e fechou os olhos enquanto sentia a fragrância delicada.

— Acho que é uma ideia maravilhosa, Gertie.

— Fiquei torcendo para que gostasse. — Gertie ficou olhando para a amiga. — Devo dizer que você está especialmente radiante, Margery. Posso perguntar se tem alguma coisa a ver com o sr. Travers?

Margery virou-se para ela com uma expressão sonhadora.

— Ele me convidou para um baile.

— Um baile?

Ela assentiu.

— No sábado. E eu estava me perguntando se você não gostaria de vir com a gente?

— Ah, não sei, não...

— Venha, Gertie. Nós deveríamos estar aproveitando esses pequenos momentos de alegria, não é? Quem pode saber o que o amanhã nos reserva?

— Verdade.

— Então, você se juntará a nós?

Gertie suspirou.

— Muito bem. Vou convidar meu velho amigo Charles Ashford para me acompanhar.

— Esplêndido — disse Margery. Elas saíram dos jardins e tomaram a direção da rua principal. — Alguma sorte no escritório de recrutamento?

Gertie negou com a cabeça.

— Mas que absurdo — comentou Margery. — Eles não vivem nos dizendo que temos que estar prontas para agir? Certamente precisamos de todas as jovens brilhantes que conseguirmos reunir para ajudar no esforço de guerra.

Elas tinham chegado à livraria, e Margery viu, através da vitrine, que Gerald estava olhando os livros. Ela fez um gesto para Gertie acompanhá-la.

— Sr. Travers — disse ela enquanto passava pela porta. — Você não está precisando de um novo voluntário para o serviço de Precauções contra Ataques Aéreos?

Gerald ergueu o olhar de um romance de George Orwell. Não pareceu surpreso por ela ter feito esse questionamento tão direto.

— Estou, sim.

— Bem, você não acha que essa jovem seria perfeita para o trabalho? — perguntou ela, apontando para Hedy.

Gerald avaliou a moça por um instante.

— Acho.

— Sério? — gritou Hedy. — Mas você não terá problemas com o escritório de recrutamento?

Gerald fingiu que lhe contava um segredo.

— O que os olhos não veem o coração não sente. O treinamento começa amanhã às seis em ponto. Não se atrase.

★ ★ ★

Gertie abriu o guarda-roupa com um ar de derrota. Havia anos desde que tinha tido um motivo para se arrumar e não conseguia nem se recordar da última vez em que estivera em um baile. Com certeza estava velha demais para aquilo. Ela remexeu nas peças e acariciou as pregas macias do seu vestido de festa de seda turquesa, perguntando-se por que diabos o havia guardado. Só se lembrava de tê-lo usado uma vez, durante um dos jantares literários do tio. Mas aquilo já devia fazer pelo menos vinte anos. Ela realmente deveria tê-lo doado para o esforço de guerra. Conseguia imaginar Margery transformando-o em mais de uma dúzia de lenços.

— Ah, não adianta — resmungou ela, olhando para uma fileira de saias fora de moda e de vestidos sem nenhuma graça.

— Está tudo bem? — perguntou Hedy, aparecendo na porta. Viu que Gertie estava com rolinhos no cabelo e tinha uma expressão de desespero no rosto.

— O que se usa hoje em dia para ir a um baile?

Hedy deu de ombros.

— Nada muito chique. Só um vestido bonito e um par de sapatos que seja bom para dançar. Quer que eu ajude você a escolher?

— Por favor. E seria maravilhoso se pudesse me ensinar o charleston.

Hedy riu.

— Acho que você não precisa se preocupar com isso. Só tente se divertir.

Gertie sabia que ela estava certa, mas a ideia lhe parecia estranha. Quando tinha sido a última vez que fizera algo por puro prazer? Aquilo era mesmo permitido em um mundo tão caótico? Então, olhou para Hedy, que tinha tantas preocupações e receios. Ela se mantinha alegre, ia ao cinema, saía para dançar com as amigas. Ela continuava vivendo porque, afinal, que outra opção tinha? A vida tinha o seu ritmo, e tudo o que você podia fazer era acompanhar.

— Acho que você deveria usar este — disse Hedy, pegando um vestido azul-marinho com o desenho de uma florzinha de macieira branca. — É tão lindo.

— Eu tinha me esquecido dele — afirmou Gertie.

— Você quer que eu arrume o seu cabelo? — perguntou Hedy. — Eu sempre ajudava a minha mãe a se preparar para os concertos, então sei fazer essas coisas direitinho.

Gertie sorriu.

— Eu adoraria. Muito obrigada, querida.

Charles estava esperando por Gertie no vestíbulo quando, um pouco mais tarde, ela desceu a escada.

— Parece que estou vendo uma estrela de Hollywood no tapete vermelho — comentou ele, fazendo um enquadramento com os dedos e fingindo tirar uma foto.

— Hedy é a responsável por isso. Ela escolheu a roupa e arrumou o meu cabelo — explicou Gertie, afofando os cachos perfeitamente arrumados.

— Muito bem, Hedy. Você está linda, Gertie. — Ele deu um beijo na mão dela e depois lhe ofereceu o braço. — Vamos?

— Vejo você mais tarde — disse Gertie para Hedy por sobre o ombro.

— Divirtam-se — respondeu ela, acenando da porta, com Hemingway fielmente sentado a seu lado.

Gertie não precisava ter se preocupado e se achado velha demais para o Orchid Ballroom. Naquela noite, os pares que estavam dançando eram, em sua maioria, formados por casais nos seus sessenta anos ou por duplas de moças. Apesar disso, o lugar fervilhava com uma energia despreocupada, e as pessoas aproveitavam aquela bem-vinda fuga das dificuldades que viviam nos tempos da guerra. Uma banda completa, com um vocalista e dois músicos, estava tocando "Don't Sit Under the Apple Tree" quando chegaram. Era impossível não querer ir imediatamente para a pista. Para sorte de Gertie, também faltava a Charles certa prática de dança. De qualquer forma, eles conseguiram acompanhar satisfatoriamente o restante do público, dando um jeito de se movimentar pelo salão sem pisar no pé um do outro. Gerald e Margery, por outro lado, se provaram dançarinos magníficos e atraíram olhares de admiração com a sua valsa. Aparentemente, além de aspirante a cantora de ópera na juventude, Margery havia sido uma dançarina promissora, ao passo que Gerald e Beryl dançavam juntos desde que se conheceram na escola, com doze anos. Gertie logo se esqueceu da sua falta de habilidade. Decidiu seguir o conselho de Hedy e teve um ataque de risos diante de uma tentativa fracassada de dançar "The Pennsylvania Polka" com Charles.

— Acho que esta é a deixa para um descanso — comentou Charles.
— Ótima ideia.

Gertie deixou que Charles a conduzisse até os sofás vermelhos aveludados na lateral do salão e afundou com gratidão no assento ao lado dele. A banda tinha começado a tocar um charleston, e eles viram, surpresos, a multidão se dispersar, deixando Gerald, Margery e alguns outros dançarinos ocuparem o centro da pista.

— Margery Fortescue nunca para de me surpreender — comentou Gertie, observando a dupla girar, chutar e ir para a frente e para trás.
— Que bom que saímos antes do charleston, não acha?
Gertie riu.
— Verdade. Harry tinha dois pés esquerdos, então nunca saíamos muito para dançar. Mas confesso que estou me divertindo muito.
— Eu também.
— Isso quase nos faz esquecer da guerra, não é?
— Acho que, às vezes, essa é a única forma de suportar.
— Aprendi esse truque com a Hedy — disse Gertie.
— Ela parece alegre, apesar de tudo o que tem acontecido.
Gertie assentiu.
— Sinto muito orgulho dela. Gerald a está treinando para ser voluntária durante os ataques aéreos. Não conte que eu disse isso, mas estou aliviada por não terem permitido que ela se alistasse para um trabalho no esforço de guerra. Pelo menos aqui eu sei onde ela está.

— Você parece uma mãe protetora.

— Que bom.

Charles pegou a mão dela.

— Sabe, eu cometi muitos erros na vida, mas se há uma coisa da qual nunca vou me arrepender é de ter lhe pedido para acolher uma criança. Isso transformou você, Gertie. Não achei que fosse vê-la tão feliz de novo.

Ela olhou para ele por um momento. Aquele rosto bondoso e bonito e aquela alma doce faziam com que se recordasse tanto de Harry. Não sabia se tinha sido a música ou a sensação da mão dele na sua, mas Gertie teve uma lembrança súbita de como era ser jovem e estar apaixonada. Aquilo encheu seu coração de uma esperança surpreendente.

— Nem eu — respondeu ela.

Capítulo 18

"A tristeza dele era a minha tristeza, e a sua alegria provocava pequenos sobressaltos e risos por todo o meu ser..."
"Brother and Sister", George Eliot

As duas cartas chegaram com poucos dias de diferença. A primeira era de Sam. Ele sempre mandava uma longa mensagem para Hedy na primeira semana do mês, seguida de cartões-postais na segunda semana e na quarta. O rosto de Hedy se transformava quando ela via uma das correspondências em meio às entregas dos correios. Ela segurava o envelope junto ao coração e saía correndo para abri-lo sozinha em seu quarto. À noite, sentava-se com Gertie na sala e contava as histórias engraçadas do noivo. Gertie gostava de Sam e das suas histórias divertidas. Ele tinha um bom amigo no campo de prisioneiros chamado Harris e, juntos, os dois organizavam shows para distrair todo mundo. Eles se vestiam como uma dupla de senhoras aristocratas e cantavam músicas com um tom bem agudo. Ao que tudo indica, até mesmo alguns dos guardas da prisão alemã gostavam das apresentações.

A segunda carta foi entregue dois dias depois. Quando Gertie viu as palavras em alemão e o carimbo postal suíço, seu coração disparou.

— Hedy! — gritou ela. — Hedy, venha rápido!

A moça desceu a escada correndo com Hemingway logo atrás.

— O que foi?

Gertie estendeu a carta, e Hedy a pegou com as mãos trêmulas.

— Arno — sussurrou ela, olhando para as letras como se tivesse a esperança de que o irmão pudesse sair de dentro do envelope.

— Você quer ler sozinha? — perguntou Gertie. Hedy negou com a cabeça. — Vamos para a cozinha, então. Podemos ler juntas.

Elas se sentaram à mesa, e Hemingway se manteve com a postura alerta ao lado delas como se compreendesse a importância daquele momento. Hedy desdobrou a folha de papel azul e, surpresa, encarou as palavras.

— Ele escreveu em inglês.

— Provavelmente para evitar que muitos alemães intrometidos a lessem — sugeriu Gertie.

Hedy respirou fundo.

— *Minha querida Hedchen.* — Ela parou enquanto as lágrimas escorriam.

— Você quer que eu leia, querida? — perguntou Gertie gentilmente. Hedy assentiu. Gertie pegou a carta de suas mãos trêmulas e começou.

Minha querida Hedchen, minha adorada irmã,
Eu só posso torcer e rezar para que esta carta chegue em segurança às suas mãos. Eu a confiei a uma pessoa que sei que nunca me decepcionaria, mas não há como ter certeza de nada nesta guerra. Preciso escrever rápido, pois não tenho muito tempo. Estou em segurança, trabalhando em uma fábrica na Polônia. Tive sorte de conseguir este trabalho e sou grato por ele. A última vez que vi papai e mamãe foi quando viajamos para o leste. Apesar da fome, ambos estavam com saúde. Espero que você tenha encontrado uma vida feliz na Inglaterra. Penso muito em você, nos nossos pequenos passeios vespertinos pelo Englischer Garten, quando comíamos Pfeffernüsse...

Hedy deixou escapar um soluço. Hemingway apoiou a cabeça grande e quente no colo dela.

— Quer que eu pare, querida?

Hedy negou com a cabeça enquanto abraçava o cachorro. Então Gertie continuou.

... e conversávamos sobre nossos planos para o futuro. Eu ia construir o maior arranha-céu da Europa, um edifício ainda mais alto que o Empire State, e você ia ser escritora. Contaria as aventuras de garotas e garotos corajosos derrotando vilões. Espero que ainda realizemos esses sonhos, minha querida Hedchen, e espero que garotas e garotos corajosos acabem com os vilões no final. Sinto muita saudade e a amo demais. Espero que esteja impressionada com o inglês do seu preguiçoso irmão alemão. Imagino que a essa altura o seu inglês já esteja melhor do que o da rainha.

Com amor, seu irmão,
Arno

Quando Gertie terminou a leitura, seus olhos estavam cheios de lágrimas. Ela e Hedy se abraçaram por muito tempo, chorando por aqueles que não tinham como proteger. Depois, Gertie tirou um lenço do bolso. Com muito carinho, ela enxugou os olhos de Hedy e lhe deu um beijo na testa.

— Ele está vivo, Hedy. Seu irmão está vivo — disse ela, envolvendo-a nos braços.

Tio Thomas não gostava de ir para a região mais ao sul do rio. Na verdade, não gostava muito de sair dos limites da Cecil Court, mas fez uma exceção para o aniversário de sessenta e quatro anos da sobrinha. O jantar tinha sido ideia de Hedy, que sugerira que cada convidado levasse um prato para o encontro. Assim, as porções de racionamento renderiam mais.

— Meus pais sempre organizavam esse tipo de jantar no nosso apartamento em Munique. Eu amava quando era criança. A casa ficava cheia de artistas e músicos, todos bebendo, fumando e discutindo arte e literatura — contou ela para Gertie enquanto arrumavam a mesa, decorando-a com um vaso de rosas recém-colhidas e um candelabro de prata.

Gertie sorriu e colocou na mesa as tigelas da salada da horta. Tinha notado que Hedy havia adquirido certa autoconfiança nas últimas semanas. Gerald dissera que ela era mais competente do que qualquer rapaz que já tinha treinado. Além disso, o noivado com Sam e a carta de Arno pareciam ter renovado o seu gosto pela vida. Ela devorava todas as notícias que saíam no jornal e no rádio e passava as horas livres escrevendo sem parar em seus cadernos. Ainda não havia mostrado as suas histórias para Gertie. No entanto, um dia, Billy tinha levantado a cabeça por cima da cerca para conversar um pouco com ela e, com toda confiança, lhe dissera:

— São histórias para crianças, Gertie Bingham. Não para você. Ela mostrou para mim e para minha mãe. São muito boas.

Tio Thomas foi o primeiro a chegar à festa, e Gertie ficou intrigada ao ver o que ele tinha trazido.

— Torta de bacon com ovos — disse ele com orgulho, entregando a ela um prato coberto com um pano.

— Nossa — disse Gertie. — Foi você mesmo quem fez?

Ele deu uma risada.

— Muito engraçado, Gertie. Engraçado mesmo. Eu não conseguiria fazer um ovo cozido nem se a minha vida dependesse disso. Não, a sra. Havers improvisou para mim. Massa de batata e ovo em pó desidratado, infelizmente, mas era o que tínhamos. — Ele pegou no bolso um pacote embrulhado com papel pardo. — Feliz aniversário, minha querida velhinha.

Ela desembrulhou o presente e encontrou um livrinho com capa forrada de tecido azul e letras prateadas.

— George Eliot — disse ela, dando um beijo no rosto dele. — Obrigada, querido tio.

— É só uma lembrancinha para demonstrar o meu afeto — falou ele. — Ah, e eu encontrei isso aqui para você, minha jovem — acrescentou, tirando um livro do outro bolso e entregando para Hedy.

— *Emil e os detetives*! — exclamou ela. — Arno e eu adorávamos este livro. Obrigada.

Tio Thomas assentiu em aprovação.

— Você não teria um daqueles uísques de Harry esquecido por aí, teria, minha querida? Você sabe como essas viagens para o sul me afetam.

Gertie sorriu.

— Eu posso servir um pouco a você por motivos medicinais.

— Fico grato, Gertie. Muito grato.

Charles chegou em seguida com uma bandeja de bolinhos de salmão.

— Fiz com as minhas próprias mãos — disse, passando o prato para Hedy.

— Pois eu não sabia que você tinha esses talentos — disse Gertie, dando um beijo no rosto dele e sentindo o cheiro reconfortante de cedro e especiarias.

— Quem vive há muitos anos sozinho e passa um tempo no Exército acaba tendo que aprender uma coisinha ou outra. Feliz aniversário, querida Gertie. — Ele lhe estendeu uma caixinha de veludo vermelho com um fecho dourado.

— Isso não é um pedido de casamento, é, Charles?

Ele riu.

— Não hoje. Abra.

Gertie apertou o botão do fecho e a tampa se abriu, revelando um cordão de ouro com um pingente de coração que tinha um pequeno rubi.

— Que lindo — disse ela, tirando a joia da caixa.

— Que bom que gostou. Aqui, deixe-me ajudá-la. — Quando Charles prendeu o cordão atrás do pescoço de Gertie, ela sentiu, ao toque dele, a pele arrepiar.

— Perfeito — disse ele, dando um passo para trás para admirá-la.

Os últimos convidados a chegar foram Billy e a mãe.

— Feliz aniversário, Gertie Bingham — gritou Billy, entrando na sala. — Aqui está o seu presente.

Ele lhe entregou um objeto retangular e fino, embrulhado frouxamente com papel pardo.

— Muito obrigada, Billy. E o que temos aqui? — Ela tirou o papel e viu uma pintura em aquarela emoldurada.

— Foi a mamãe quem fez — disse ele, contente. — Ela não é talentosa?

— Peço desculpas ao sr. E. H. Shepard — brincou Elizabeth.

Gertie ficou olhando para o quadro. Elizabeth tinha desenhado Gertie, Hedy e Hemingway, com Billy e ela, no abrigo contra ataques aéreos. O Ursinho Pooh e o Leitão também apareciam na imagem.

— Eu adorei. Obrigada. — Gertie deu um beijo no rosto dela.

Elizabeth abriu um sorriso tímido.

— E este é o prato que trouxemos — disse ela, passando adiante uma tigela coberta com um pano de prato. — Fiz um pudim de pão com frutas vermelhas.

— Meu preferido — disse tio Thomas com um sorriso satisfeito.

Depois da refeição, Gertie se levantou e ergueu a taça para um brinde.

— Obrigada a todos por tornarem o meu aniversário tão especial. Obrigada, Hedy, por ter organizado isso tudo. Foi maravilhoso.

— Tenho mais uma surpresa para você — disse Hedy. Ela saiu da sala e voltou alguns momentos depois com algumas folhas de papel dobradas. — Este é o primeiro capítulo. Já estou trabalhando nele há um tempo. Elizabeth preparou algumas ilustrações incríveis.

Gertie pegou as folhas e as levou ao coração.

— Vou deixar para ler antes de dormir — disse. — Muito obrigada. A vocês duas.

— Posso ser o primeiro a oferecer um agenciamento a vocês? — perguntou tio Thomas, tirando do bolso um cartão de visitas e o empurrando por cima da mesa.

Elizabeth e Hedy trocaram um sorriso.

— Sobre o que é a sua história, Hedy? — perguntou Charles.

Os olhos de Hedy brilhavam enquanto ela falava.

— É sobre um irmão e uma irmã que vivem muitas aventuras e sempre derrotam os vilões.

— O irmão pode se chamar Billy? — pediu o menino.

— Talvez, mas acho que Billy seria um nome muito bom para o pequeno cachorrinho preto e branco da dupla. Ele é um craque em farejar pistas.

Billy parou para pensar.

— Eu não me importaria de ser um cachorro — concluiu, estendendo a mão para acariciar Hemingway, que estava adormecido aos seus pés.

— O nome do irmão seria Arno, por acaso? — perguntou Gertie.

Hedy assentiu.

— E a garota se chama Gertie.

Charles riu.

— Gertie Bingham. Enfim em uma obra impressa. O que a srta. Snipp diria sobre isso?

— Ela está ocupada demais reclamando de todo o trabalho extra que o clube do livro para prisioneiros de guerra lhe trouxe — falou Gertie. — Parece que, por causa de *Os 39 degraus*, suas crises ciáticas voltaram.

— John Buchan deveria se envergonhar — comentou tio Thomas com um brilho nos olhos.

— É um trabalho que vale a pena, Gertie — disse Charles. — Aposto que aqueles homens estão gratos por terem algo que ajude a passar o tempo.

— Sam disse que são uma dádiva — contou Hedy. — Parece que os exemplares de Maugham e Hemingway que mandamos para ele circularam tanto que estão caindo aos pedaços.

— Ele fala sobre como é a vida por lá? — Elizabeth quis saber.

Hedy meneou a cabeça.

— Não muito. Ficam gratos pelos alimentos enviados, já que a comida não é muita, mas eles se mantêm ocupados.

— E o que mais se pode fazer nesta maldita guerra? — perguntou tio Thomas.

— Verdade — disse Gertie, dando tapinhas na mão dele. — Agora, quem aceita um chá?

— Você não deveria preparar o chá no seu aniversário — afirmou Charles, levantando-se.

— Então você pode me ajudar.

O céu ia sendo tingido com tons pálidos de pêssego e laranja enquanto o sol descia por trás das árvores, cobrindo o mundo com uma sombra. Gertie e Charles se moviam de forma amigável pela cozinha, arrumando as xícaras e colocando a água para ferver. Ela cantarolava baixinho enquanto pegava o leite.

— É bom vê-la tão feliz, Gertie.

Ela olhou em seus límpidos olhos azuis e foi dominada por uma vontade repentina de dizer o que estava sentindo. Mas, bem naquela hora, a sirene de ataques aéreos soou.

— Eu sempre acho que o chá fica mais gostoso no abrigo — disse ela. — Venham, todos. Rapidinho!

— Está vendo? É por isso que eu não me aventuro além do rio — disse tio Thomas, mancando em direção à porta dos fundos.

— Acho que também há ataques aéreos ao norte do rio, tio — retrucou Gertie, passando o braço por baixo do cotovelo dele e conduzindo-o pelo jardim.

— Vamos fazer alguma brincadeira? — perguntou Billy, com os olhos brilhando, enquanto todos se amontoavam dentro do bunker.

— Que tal contarmos uma história? — perguntou Hedy. — Eu e a minha família costumávamos fazer o seguinte: nos alternávamos na hora de falar e cada um inventava uma parte.

— Parece divertido — disse Gertie, tomando um gole de chá. — Quem quer começar?

— Eu! — respondeu Billy.

— Pois bem, rapazinho. Vá em frente.

Billy pigarreou.

— Era uma vez uma garota chamada Gertie Bingham. Ela morava em uma casa cheia de livros e era tão corajosa...

— Já gostei dela — disse Charles, dando um sorriso para Gertie. Billy fez uma cara feia. — Desculpe, Billy. Pode continuar.

— Ela morava em uma casa cheia de livros e era muito corajosa, mas se sentia muito sozinha — completou Billy. Gertie sentiu Charles pegar a mão dela. — Sua vez, mãe.

— Um dia — continuou Elizabeth —, Gertie ouviu uma batida na porta e, quando foi atender, se deparou com um ovo gigantesco.

— Um ovo de dinossauro? — cochichou Billy.

— Espere para ver — respondeu Elizabeth. — Hedy, você é que é a contadora de histórias. Acho que deve continuar.

Hedy pensou por um momento.

— Gertie levou o ovo para dentro e o colocou na prateleira de um armário perto do fogão para que ficasse quentinho. Alguns dias depois, quando estava preparando o café da manhã, ela ouviu um grunhido e depois um CRACK! bem alto vindo de lá.

Billy deu um gritinho. Hedy se virou para ele com os olhos bem abertos e prosseguiu num sussurro:

— Gertie foi na ponta dos pés até o armário e abriu a porta bem devagar. Lá dentro havia... — Ela encarou Charles.

— O quê? — perguntou Billy, dando pulinhos. — O que havia no armário?

Charles hesitou por um instante antes de responder.

— Um bebê dragão — disse ele.

— Ah, eu adoro dragões — falou Billy.

— Era uma jovem fêmea, na verdade. Verdinha como as folhas de um salgueiro e com escamas manchadas de roxo nas pontas. Quando Gertie abriu a porta, a bebezinha espirrou. Uma centelha de fogo escapou pelo seu nariz, e Gertie precisou sair logo da frente para não se queimar. A maioria das pessoas ficaria com muito medo se encontrasse algo assim em um armário, mas não a Gertie. Ela levou a pequenina criatura para a cozinha e lhe deu arenque defumado para o café da manhã. — Charles sorriu para Gertie, que revirou os olhos. — Agora é com você.

Ela riu.

— No início, Gertie não sabia bem o que fazer com a bebê dragoa — disse ela, olhando para Hedy. — Mas logo percebeu o quanto precisava dela e ficou feliz por saber que tinha vindo para ficar.

— Esse é o fim? — perguntou Billy, parecendo decepcionado.

— Acho que é a minha vez — disse tio Thomas. — E então a bebezinha cresceu, ficou gigante e acabou provocando um incêndio colossal, que queimou a casa inteira.

— Minha nossa — falou Billy. — Mas todo mundo ficou bem?

— Sim, sim. Todo mundo ficou bem. Ele só estava brincando — explicou Gertie, aliviada ao ouvir a sirene indicando o fim do ataque. — E é por isso que você deve continuar vendendo livros em vez de escrevê-los — disse ela, ajudando o tio a sair do abrigo.

— Acho que é melhor eu levar Billy para casa e colocá-lo na cama — disse Elizabeth. — Já está muito tarde.

Gertie lhes deu um beijo de boa-noite.

— Obrigada pela visita e pelo lindo quadro.

— Também vou indo, querida — avisou tio Thomas, dando um beijinho no rosto dela. — Que festa adorável. Há muito tempo eu não me divertia tanto.

Quando voltaram para a sala, Gertie viu a garrafa de uísque na mesa.

— Um último brinde? — perguntou para Charles, desejando que ele ficasse mais um pouco.

— Por que não?

Gertie serviu dois copos e entregou um para ele.

— Que você tenha muitos anos de felicidade! — disse ele, sorrindo.

Hedy pegou a pintura que Elizabeth fez e a admirou.

— Precisamos encontrar um lugar para pendurar.

Gertie fez um gesto para uma pequena imagem pastoral emoldurada ao lado da estante de livros.

— Talvez você possa colocar no lugar daquela ali.

Hedy tirou o quadro da parede e, ao fazer isso, algo caiu no chão. Ela se abaixou para ver o que era.

— Acho que isso deve ser seu, Gertie — disse ela, desdobrando um pedaço de papel.

Assim que Gertie viu as palavras "Meu querido amor", soube do que se tratava. As palavras dançavam diante dela, mas Gertie nem precisava lê-las. Conhecia-as de cor. Cada sílaba pesava em sua memória como uma montanha de culpa e arrependimento. Por isso tinha escondido aquela carta por tanto tempo. Não conseguia nem se desfazer dela, nem ser confrontada com a lembrança diária do seu conteúdo.

— Você está bem, Gertie? — perguntou Charles enquanto ela, com o rosto pálido, se afundava no sofá.

— Foi minha culpa — sussurrou, segurando a carta junto ao coração e sentindo os olhos se encherem de lágrimas.

Quando Harry mencionou a tosse pela primeira vez, Gertie achou que se tratava de uma gripe comum. Uma semana depois, ele ficou de cama, e, mesmo assim, ela não chamou o médico. Harry ficaria bem. Tinha perdido Jack, o pai e a mãe, mas Harry? Harry não iria a lugar algum. Ela simplesmente não permitiria. Um dia, ao chegar em casa, encontrou o marido caído no chão do banheiro e soube que tinha cometido um erro.

— Você não sabia da doença dele? — perguntou o médico em tom acusatório.

Gertie assentiu.

— Foi por isso que ele recebeu dispensa médica e não precisou ir para a guerra.

— Bem, ele deveria ter nos procurado bem antes. Está muito doente.

Gertie saiu do hospital e foi direto para a igreja. A missa já tinha começado quando ela se esgueirou na parte dos fundos. Sentou-se naquela atmosfera sagrada e virou o rosto desesperado para os anjos e os arcanjos.

Por favor. Não o Harry.

Parecia que alguém estava escutando, pois Harry começou a melhorar.

— Ele teve muita, muita sorte — disse o mesmo médico no mesmo tom de antes.

Quando Harry começou a se recuperar, ele e Gertie concordaram que visitas diárias não seriam necessárias. Assim, em vez disso, começaram a escrever cartas um para o outro. Em longas mensagens, Gertie contava o que tinha acontecido na livraria: que a srta. Snipp tinha informado a um representante, o sr. Barnaby Salmon, que era um absurdo a editora para a qual ele trabalhava ter deixado o estoque dos livros de Florence L. Barclay esgotar; que o sr. Travers andava triste demais depois da morte da mulher; que Gertie tinha ficado transtornada por Hemingway ter roído uma primeira edição dos poemas de Thomas Hardy. Em contrapartida, Harry escrevia sobre a vida no hospital: sobre um paciente que tinha discutido com a mulher, sobre como ela havia pegado as muletas de madeira dele e batido em sua cabeça e sobre a confusão que se seguiu quando chamaram a polícia. Contou que uma enfermeira chamada Winnie era a sua favorita, pois lhe lembrava de uma tia bondosa que sempre lhe dava biscoitos. A enfermeira de que menos gostava se chamava Enid. Ela tinha a língua afiada e fazia Harry pensar na bruxa de uma história infantil por causa de uma verruga peluda no queixo. O coração de Gertie se alegrava sempre que o correio chegava.

A carta que ela segurava agora tinha sido a última que recebera. Chegara no dia em que Harry deveria ter recebido alta e voltado para casa. Gertie olhou para as palavras com a visão embaçada pelas lágrimas.

Meu querido amor,
Mais uma noite terminou. Tudo o que consigo pensar é que estou mais próximo do dia de estar com você de novo. Os médicos acham que eu vou estar bem o suficiente na quinta-feira. Não vejo a hora de estar com você e Hemingway na nossa amada casinha. Ficar preso por tanto tempo em um hospital faz com que um homem perceba o quanto tem sorte, e tenho muita sorte por tê-la na minha vida, minha querida Gertie. O dia em que entrei na Livraria Arnold tantos anos atrás foi o mais feliz da minha vida. Agradeço sempre ao destino por ter nos unido. Estive pensando que deveríamos fazer uma viagem. Quem sabe podemos ir a Paris ver os bouquinistes? Tudo o que sei é que devemos aproveitar cada dia, minha querida. A vida é frágil demais, e quero aproveitar cada momento que me resta com você.
Do seu marido que te ama,
Harry

— Nós ainda tínhamos tanta coisa para viver — falou ela a Charles e Hedy com um soluço angustiado.

Eles se sentaram ao lado de Gertie e murmuraram palavras de conforto. A tristeza pareceu envolvê-la como uma densa névoa londrina.

— Foi tudo culpa minha — repetiu ela, ignorando os argumentos gentis dos dois. — Eu deveria ter insistido para que ele procurasse um médico antes. Eu poderia ter evitado a sua morte. — Ela olhou para cada um deles e finalmente revelou o segredo que guardava havia tanto tempo. — Harry ainda estaria vivo se não fosse por mim.

Capítulo 19

"O tempo trouxe uma resignação e uma melancolia mais doce que a alegria normal."

O morro dos ventos uivantes, Emily Brontë

O show de variedades de Natal foi ideia de Gertie.

— Acredito que isso vá animar muito as pessoas — disse ela para Margery em um dia no qual tinham se reunido para embrulhar os pacotes para a Cruz Vermelha. — Nós poderíamos convidar os moradores para participar, enfeitar o centro comunitário com galhos de azevinho, aquecer o Velho General para o chá. O que acha?

Margery ficou olhando para Gertie com uma expressão surpresa.

— Acho... — começou ela, e todos prenderam a respiração. — Acho que eu queria ter pensado nisso primeiro. Gerald?

— Sim, minha querida?

Ele ergueu o rosto do jornal. Depois de muitos fins de semana dançando e fazendo caminhadas, Gerald e Margery tinham chegado às alturas vertiginosas de se tratarem pelo primeiro nome.

— Você ouviu a ideia de Gertie?

Gerald semicerrou os olhos, concentrado.

— Show de variedades de Natal. Centro comunitário — disse ele. — Acho uma ideia maravilhosa. Mas só se você cantar, Margery.

Ela ficou um pouco acanhada.

— Ah, não sei...

— Vamos, Margery. Não seja tímida — disse Gertie, colocando uma pilha de livros em uma das extremidades da mesa que estavam usando.

— Por favor, sra. Fortescue — pediu Hedy. — Seria maravilhoso se a senhora cantasse.

— Vou pensar no assunto — respondeu Margery com os olhos brilhando. — Agora, ao trabalho. O que temos hoje na lista para colocar nos pacotes?

Elizabeth pigarreou e foi mostrando cada um dos itens.

— Uma lata de biscoitos, uma lata de queijo, um pacote de chocolate, uma lata de arroz-doce, uma lata de marmelada, uma lata de margarina, uma lata de carne prensada, uma lata de leite, uma barra de sabão, uma lata de açúcar, um pacote de chá, uma lata de ervilhas, um pacote de cigarros e um típico pudim inglês de Natal.

— E um exemplar de *Um conto de Natal* — complementou Gertie, apontando para os livros.

— Muito bom — disse Margery. — Vamos colocar a mão na massa.

Havia um otimismo no ar enquanto trabalhavam. As pessoas estavam começando a acreditar que a guerra chegaria ao fim no ano seguinte. A ideia de que aquele seria o último Natal em que teriam que aguentar a ceia escassa e as restrições às badaladas dos sinos da igreja, além dos constantes racionamentos, ataques aéreos e blecautes, estava dando a todos um pouco de consolo.

Apesar das preocupações iniciais da srta. Snipp e dos desafios logísticos, Gertie estava convencida de que estavam fazendo uma diferença no esforço de guerra e sabia que as pessoas naquela sala concordavam. Muitas delas tinham motivos pessoais para querer garantir que a vida dos prisioneiros de guerra fosse mais tranquila de qualquer forma possível. O irmão de Emily Farthing estava em um campo na Itália, enquanto o neto de Ethel Wise era prisioneiro na Polônia, assim como Sam. Além de prepararem os pacotes para a Cruz Vermelha, elas também trabalhavam fazendo a triagem das encomendas que parentes próximos enviavam. Naquele dia, Emily estava reorganizando o pacote que a vizinha de Gertie, a sra. Herbert, separara para o marido, Bill, prisioneiro em Berlim. A mulher estava parada diante dela enquanto Emily conferia os itens um por um.

— Bem, sra. Herbert, vou separar o sabonete do chocolate. Não queremos que o sr. Herbert sinta um gosto estranho na hora que for saborear uma guloseima, não é mesmo? Ah, essas meias de tricô não são lindas? — acrescentou ela enquanto as virava do avesso. — Perfeitas para mantê-lo aquecido ao longo do inverno. — Ela pegou um exemplar de *O homem invisível*, de H. G. Wells, e sacudiu.

— Você está procurando algum tipo de contrabando? — perguntou a sra. Herbert, parecendo ofendida.

— Desculpe, mas são as regras — explicou Emily. — Temos que conferir tudo. Itens proibidos podem fazer os alemães confiscarem o lote inteiro. Só quero me certificar de que seu pacote chegue às mãos do sr. Herbert.

A sra. Herbert enrubesceu sob aquele escrutínio.

— E o que exatamente é proibido?

— Alguém tentou enviar um vidro de geleia de cereja caseira no outro dia — contou Emily, examinando o lacre de uma lata de graxa de sapato. — Somente chocolates são permitidos nos pacotes dos parentes.

— Ah, tudo bem, então. Eu não consigo fazer geleia nem por amor, nem por dinheiro.

Quando Emily pegou um grande par de ceroulas de lã, foi sua vez de ficar vermelha.

— São térmicas — explicou a sra. Herbert. — Dizem que os invernos na Alemanha são bem rigorosos.

— Espere um pouco — disse Emily, segurando as ceroulas. — O que é isto escrito aqui?

Elizabeth, Hedy e Gertie olharam, achando graça.

— V de vitória — respondeu a sra. Herbert, erguendo o queixo. — Nossos homens vão ganhar a guerra a qualquer momento, e eu quero dizer isso aos alemães com todas as letras.

Todas as pessoas que estavam lá deram risada e aplaudiram, menos Margery.

— Sra. Herbert, você sabe tão bem quanto eu que mensagens escritas, não importa de que tipo, não são permitidas nesses pacotes — falou ela com um olhar de reprovação.

— Ah, então muito bem — respondeu a sra. Herbert, pegando as ceroulas da mão de Emily. — Acho que eu vou ter que vesti-las e mostrar o meu traseiro para a Força Aérea Alemã no próximo ataque aéreo.

Emily riu enquanto Margery revirava os olhos.

— Muito inconveniente — disse ela, mas sem muita convicção.

— Podemos conversar sobre *O morro dos ventos uivantes*, por favor? — pediu Ethel Wise, virando-se para Gertie depois que a sra. Herbert saiu.

— Ah, sim, foi uma excelente escolha, sra. Bingham — disse Emily. — Eu bem que gostaria de me perder no pântano com Heathcliff.

— Srta. Farthing, por favor! — repreendeu Margery.

— Queira me desculpar, sra. Fortescue.

— Eu fiquei um pouco confusa, sabe? — disse Ethel devagar.

— Com o quê? — perguntou Gertie.

— Bem, havia tantas personagens, e todo mundo tinha o mesmo nome.

— Tem a Catherine Earnshaw. Ela tem uma filha chamada Cathy — disse Cynthia, empertigando-se na cadeira.

Ela havia se tornado uma das pessoas que contribuíam regularmente com as discussões do clube do livro, e Gertie sempre ficava grata pelo seu vasto conhecimento literário.

— É ela que ama Heathcliff?

— Não. É Catherine quem ama Heathcliff.

— Ah, então Cathy é a filha deles?

— Não. Catherine se casa com Edgar Linton. Cathy é a filha *deles*.

— Entendi. Então Heathcliff não se casa?

— Casa. Ele se casa com a irmã de Edgar, Isabella Linton, E eles têm um filho chamado Linton Heathcliff, que se casa com Cathy.

Ethel franzia a testa com força e se esforçava para acompanhar tudo.

— Então Heathcliff se casa mesmo com Cathy?

Cynthia lançou um olhar de súplica para as outras.

— É o filho de Heathcliff que se casa com a filha de Catherine. Mas, depois, o filho dele morre, e ela se casa com Hareton Earnshaw — explicou Hedy.

— E quem diabos é esse?

— Ele é filho do irmão de Catherine, Hindley.

Ethel jogou as mãos para cima.

— É complicado demais. Por que a autora não escolheu nomes diferentes para os personagens, como Jim, Bet ou Ethel?

Hedy riu.

— Não sei bem o motivo, mas você gostou?

— Ah, sim — disse Ethel. — É uma ótima história.

Gertie sorria enquanto ouvia a conversa. Quando Charles lhe pedira para acolher uma criança, tantos anos atrás, ela não poderia ter imaginado como aquilo mudaria a sua vida. O relacionamento delas tinha nascido por causa de uma necessidade, mas havia florescido. Agora, estavam ligadas por uma amizade verdadeira.

Na noite em que Gertie falou sobre a culpa que carregava pela morte de Harry, Hedy lhe deu apoio e a abraçou enquanto ela chorava. Gertie não se sentia tão confortada desde que a mãe era viva. Era como se o amor a envolvesse por todos os lados.

Sabia que não teria tido a coragem de encarar os desafios daquela guerra sem Hedy. Não teria conseguido se levantar de novo depois da queda nem oferecer apoio, alívio e consolo para a sua comunidade. Gertie tinha descoberto que não se enfrentava uma guerra com generais e políticos, mas sim com exércitos de pessoas comuns que batalhavam, lutavam e se apoiavam enquanto seguiam em frente. Pessoas comuns vivendo em uma época incomum, fazendo a diferença por meio de pequenas tentativas e com muita coragem. Isso incluía Margery com a sua legião de tricoteiras, Gerald e seu clã do serviço de Precauções contra Ataques Aéreos e também a Livraria Bingham, que oferecia uma fuga por meio do poder das histórias.

Quando Gertie voltou para casa com Hedy e Elizabeth um pouco mais tarde, um vento frio beliscou suas orelhas. Gertie apertou mais o cachecol no pescoço e olhou para a massa de nuvens brancas com um estremecimento.

— Será que vamos ter neve no Natal?

— Sempre neva em Munique nessa época — contou Hedy com um ar melancólico.

— Como na letra de "White Christmas" — comentou Elizabeth. — Falando nisso, alguma de vocês pensa em se apresentar no show de variedades?

— Não mesmo, mas estou doida para ouvir Margery cantando — disse Gertie.

— Tenho certeza de que Billy adoraria fazer mágicas — comentou Elizabeth.

— Seria ótimo — disse Hedy. — Aquele truque em que a moeda desaparece é impressionante.

Quando viraram a rua, Elizabeth parou de andar.

— Está tudo bem, querida? — perguntou Gertie.

— Aquele é meu pai — disse ela, fazendo um gesto em direção a um Daimler preto lustroso parado em frente à casa dela. Quando se aproximaram, um chofer desceu do carro. Não falou com nenhuma das mulheres, apenas abriu a porta para o patrão. O homem que apareceu se movia com a confiança de alguém que não estava acostumado a ser desobedecido. Gertie achou que parecia com Neville Chamberlain, com o cabelo grisalho bem penteado e o bigode escuro.

— Elizabeth — disse ele com um ligeiro aceno de cabeça.

— Olá, pai.

— Onde está o garoto?

Elizabeth estreitou os olhos.

— Quando diz "garoto", está se referindo ao seu neto, Billy. Certo?

O olhar do pai era duro.

— Você e o garoto precisam vir para casa agora mesmo. Chivers pode ajudá-la a fazer as malas.

Ele fez um gesto para o chofer, que se virou para a casa.

— Nós não vamos a lugar nenhum — retrucou Elizabeth.

O pai lançou um olhar para Gertie e Hedy.

— Talvez possamos ter essa conversa em outro lugar.

— Não temos nada para conversar, pai. Agora, se me der licença, eu preciso terminar algumas tarefas antes de buscar o Billy na escola. — Elizabeth deu as costas para o pai e seguiu pelo jardim.

— Sua mãe está doente. — Quando ele disse isso, houve um ligeiro tremor em sua voz.

Elizabeth parou, mas continuou olhando para a frente.

— O que houve?

— Não vou conversar sobre isso em público, Elizabeth.

Ela se virou por um instante.

— Então, não haverá conversa nenhuma.

Gertie tocou de leve no braço dela.

— Por que não entramos todos? Está muito frio aqui fora. Posso preparar um chá para todos.

O pai de Elizabeth lançou um olhar de desdém para Gertie.

— Agradeço a oferta, mas não trato de assuntos de família na frente de estranhos.

Elizabeth encarou o pai com raiva.

— Ela não é uma estranha. É uma amiga querida que me dá mais apoio do que a minha própria família.

Gertie viu uma sombra de mágoa atravessar o rosto dele.

— Devo dizer à sua mãe que você não se importa, é isso?

— Adeus, pai — disse Elizabeth.

Houve um momento de hesitação, e então a expressão dele ficou ainda mais dura. Ele fez um gesto para o chofer, que abriu a porta. Em questão de segundos, tinham partido.

Gertie e Hedy trocaram um olhar.

— A oferta da xícara de chá continua de pé, minha querida. Ou prefere algo mais forte, talvez? — perguntou ela, notando o tremor nas mãos de Elizabeth.

— Obrigada — disse ela, seguindo as duas para dentro de casa. — Imagino que estejam me achando muito cruel, não é?

— Eu aprendi, nos meus mais de sessenta anos de vida, a nunca julgar um livro pela capa — respondeu Gertie. — É sempre melhor esperar para ouvir a história toda.

— Bem, acho que chegou a hora de saberem a história toda.

— Você não precisa nos explicar nada — disse Hedy.

— Não, tudo bem. Eu quero contar.

Gertie colocou um copo de uísque diante de Elizabeth, que tomou um gole e fez uma careta.

— Imagino que já desconfiem de que o pai de Billy não está lutando na guerra.

— Eu realmente achei que Billy teria histórias para compartilhar se esse fosse o caso — admitiu Gertie.

— Você o conhece bem — comentou Elizabeth com um sorriso carinhoso. — A verdade é que o pai dele é um homem conhecido e poderoso. Um amigo do meu pai, na verdade.

— Ah, entendi.

— Pois é. Vocês podem imaginar como o meu pai reagiu a esse pequeno escândalo. — Elizabeth tomou outro gole de uísque antes de continuar: — No início, ele queria me expulsar de casa, mas a minha mãe o fez perceber que isso só causaria um estardalhaço ainda maior. Não ajudou muito o fato de as minhas irmãs sempre terem feito exatamente o que era esperado delas: casaram-se com homens ricos e deram netos para os meus pais. Infelizmente, eu decidi me apaixonar por um homem casado e ter um filho fora dos laços do matrimônio. Vocês devem ter notado, pelo comportamento do meu pai, que ele não está acostumado a ser contrariado. Então, ele entrou em contato com todos os donos de jornais que conhecia e a história foi abafada. Tudo o que importa para ele é a reputação da família. Ele não está nem aí para mim ou para Billy.

— E quanto a esse homem? Ele costuma ver o Billy? — Hedy quis saber.

— Ele o viu uma vez. Em um parque. Billy ainda era um bebê. Não foi exatamente uma experiência memorável nem o início de uma relação marcada pelo amor paterno. Ele paga por esta casa, porém. Ele e meu pai chegaram a um acordo.

— Sinto muito, Elizabeth — disse Gertie. — Por você e pelo Billy serem apenas marionetes nisso tudo.

Elizabeth deu de ombros.

— É o que acontece quando se está no meio de homens poderosos. Eu me considero com sorte. Tenho Billy e tenho um teto sobre a minha cabeça. E tenho vocês. Do que mais posso precisar?

— E quanto à sua mãe? — perguntou Gertie, inclinando-se para a amiga. — Não quero me meter, mas pude perceber o quanto ela ama Billy quando veio aqui no Natal. E o quanto ele a ama também.

Elizabeth cruzou os braços.

— Ela fica do lado do meu pai. Vem visitar o Billy, mas sempre às escondidas, como se tivesse vergonha de nós.

Gertie colocou a sua mão sobre a de Elizabeth.

— Entendo a sua angústia, mas também consigo imaginar o quanto deve ser difícil para a sua mãe. Ela visivelmente se importa com vocês dois.

Elizabeth se remexeu no assento.

— Vocês acham que eu devo ir até ela?

— Talvez você se arrependa se não for — disse Hedy.

Elizabeth olhou para ela.

— Desculpe, Hedy. Você deve me achar um monstro. Sei que você daria qualquer coisa para ver a sua mãe.

Hedy meneou a cabeça.

— As pessoas são diferentes. Minha mãe às vezes me irritava muito, mas ninguém me ama mais do que ela. Acho que é o mesmo com sua mãe. Eu vi como ela trata Billy. Ela quer melhorar as coisas, mas não sabe como.

Elizabeth ficou com os olhos marejados.

— Vocês estão certas. É claro que estão. Eu só me sentia muito sozinha. Até agora.

— Talvez a sua mãe também esteja se sentindo assim — disse Gertie.

Elizabeth assentiu.

— Eu preciso ir vê-la. Vou levar o Billy. Que se dane o que o meu pai pensa. Obrigada. A vocês duas. Eu estava preocupada que fossem me julgar.

— Há muitas pessoas no mundo fazendo coisas terríveis neste exato momento — disse Gertie. — Posso assegurar que você não é uma delas.

Margery Fortescue tinha conseguido mais uma vez. O centro comunitário estava tomado pelo delicioso cheiro do pinheiro que ela havia pedido a Gerald para cortar do jardim naquela manhã. A árvore estava orgulhosamente posicionada no canto do palco e tinha sido decorada com pinhas pintadas de branco e laços feitos com retalhos de tecidos. Penduradas de um canto a outro, as guirlandas de azevinho e hera cintilavam graças à ideia engenhosa de Emily Farthing de mergulhá-las em uma solução forte de sais de Epsom. O Velho General chiava no fundo do salão, pronto para servir o chá ao público, que agora se reunia ali com um burburinho de animação. Gertie e Hedy se sentaram ao lado de Elizabeth e Billy, que estava muito elegante com a sua capa de mágico e uma gravata-borboleta.

— Mãe, eu vou ter que fazer os meus truques? — cochichou ele.

Elizabeth passou a mão no cabelo do filho.

— Você praticou a semana toda, Billy.

— Eu quero muito ver sua apresentação — disse Hedy.

— Quer ser minha assistente? — perguntou o menino.

— Vai ser uma honra.

Assim que Margery entrou no palco, Elizabeth sussurrou:

— Fomos visitar a minha mãe na semana passada.

— E como ela está? — perguntou Gertie.

— Bem melhor, obrigada. Foi uma boa visita — contou Elizabeth.

— Fico feliz em saber. — Gertie deu tapinhas na mão da amiga.

— Boa noite a todos — disse Margery, e sua voz ecoou por todo o salão. — Bem-vindos ao Show de Variedades de Natal. Teremos uma programação maravilhosa, recheada de talentos incríveis. E, para começar, apresento a vocês a srta. Eleanora Snipp, que vai tocar a "Ave Maria" na serra musical.

Gertie assistiu, com perplexidade, à srta. Snipp, que ela conhecia havia mais de trinta anos, começar a tocar aquele instrumento excêntrico com a expressão séria e concentrada. Era impressionante, peculiar e encantador. E foi apenas uma das muitas surpresas da noite. O sr. Travers mostrou a todos que tocava gaita como ninguém; Emily Farthing levou ao palco um ato em que cantava e fazia cenas engraçadas, o que fez Gertie pensar em Gracie Fields; um homem fez um número com o seu monociclo; outro equilibrou tijolos; e uma mulher sapateou e tocou banjo em total sincronia. Gertie achou tudo muito divertido. Quando chegou a vez de Billy, a mãe beijou o seu rosto, e Hedy lhe estendeu a mão.

— Ele está muito nervoso — cochichou Elizabeth para Gertie.

Então a porta do salão se abriu, rangendo atrás delas. Gertie olhou por cima do ombro e viu os pais de Elizabeth entrarem. Gerald se levantou, oferecendo o seu lugar para lady Mary. Ela aceitou a delicadeza inclinando a cabeça de forma graciosa, enquanto o marido permanecia de pé na lateral da plateia com uma expressão dura no rosto. Gertie olhou para Elizabeth, que estava concentrada no filho e não havia notado a chegada dos pais. Billy já tinha a audiência na palma das mãos quando puxou um cordão de bandeirinhas do bolso de Hedy, que se comportava como a assistente perfeita, reagindo a cada movimento dele com surpresa e alegria. Gertie, Elizabeth e o restante dos presentes riram muito quando Billy pediu a Hedy que imitasse uma galinha enquanto ele balançava a varinha mágica sobre um saco vazio de feltro preto. Quando o menino tirou dois ovos de lá de dentro, todos aplaudiram. Para fechar a apresentação, ele fingiu jogar um jarro de água sobre os espectadores, mas, na verdade, de lá saíram serpentinas prateadas. A plateia veio abaixo. Elizabeth e Gertie se levantaram em um pulo, aplaudindo e comemorando de pé com todo mundo. Gertie deu uma olhada para trás e notou que a mãe de Elizabeth estava fazendo a mesma coisa, enquanto o seu pai, em vez da expressão séria, tinha agora um ar de contentamento. Billy e Hedy agradeceram várias vezes antes de descerem do palco.

— Vovó! — gritou ele, correndo para o fundo do salão assim que a viu.

Elizabeth ficou observando, impressionada, enquanto Billy se atirava nos braços da avó. Ela se virou para o pai, que a cumprimentou apenas com um aceno educado de cabeça.

Margery subiu no palco mais uma vez e ficou esperando a plateia se acalmar.

— Eu gostaria de agradecer a todos que se apresentaram aqui hoje — disse ela. — Espero que esta noite tenha lhes trazido muita alegria. Devo agradecer à sra. Gertie Bingham pela ideia.

Houve gritos de comemoração enquanto ela puxava uma salva de palmas da plateia. Margery esperou que o tumulto diminuísse e continuou.

— Estamos enfrentando tempos difíceis e sombrios, mas creio que somos capazes de seguir em frente por causa das pessoas que nos cercam. — Ela olhou para Gertie. — Conseguimos nos apoiar uns aos outros quando mais precisamos, e sou muito grata por isso. Eu queria encerrar a noite com uma música. Um amigo me disse que eu deveria cantar, mas vou pedir a todos que se juntem a mim. Acho que conhecem a letra. Gerald, por favor.

Gerald foi até o piano e tocou os primeiros acordes de "We'll Meet Again". Margery começou a cantar, deixando os presentes boquiabertos com a sua voz afinada e macia. Devagar, todos começaram a se unir em um coro para entoar aquela canção tão familiar e potente. No fim, não havia ninguém que não estivesse com lágrimas nos olhos.

— Que noite maravilhosa — comentou Gertie enquanto saíam do salão. — E as apresentações não foram interrompidas por nenhum ataque aéreo.

— Mãe, o vovô e a vovó podem ficar lá em casa esta noite? — pediu Billy.

— Hoje, não — respondeu Elizabeth.

— Mas nós vamos vir visitá-los no Natal — disse lady Mary.

— Sério? — perguntou Billy. Sua mãe confirmou com a cabeça.

Billy abraçou a avó e, depois, por instinto, também o avô, que pareceu surpreso. Mas sua expressão logo se suavizou.

— Você é um bom garoto — disse, dando tapinhas na cabeça do neto.

Lady Mary segurou a mão de Gertie.

— Muito obrigada — sussurrou. — Por ter convencido Elizabeth a vir nos ver. Sei que tem dedo seu nisso e sou muito grata.

Gertie viu Elizabeth dando um beijo de boa-noite no pai.

— Familiares precisam cuidar uns dos outros sempre que possível — disse ela. — Feliz Natal, lady Mary.

— Feliz Natal, sra. Bingham.

O Natal foi tranquilo. Com Elizabeth e Billy fora e a sra. Constantine de cama por causa de uma gripe, foram só Gertie, Hedy e Charles na ceia. Nem mesmo Hemingway parecia animado com as iguarias do cardápio daquele ano. Um pouco de carneiro e algumas peras enlatadas não eram exatamente a receita da felicidade. Mesmo assim, enquanto os três se sentavam à mesa, Gertie pensava que tinha muito que agradecer. Se um estranho olhasse para eles agora, talvez presumisse que fossem uma família. E, de muitas formas, para Gertie, eles eram exatamente isso. Viu Hedy rir de alguma coisa que Charles tinha falado e começou a refletir sobre as circunstâncias que haviam levado os três até aquele momento. E pensar o que poderia ter perdido por querer se aposentar... Não conseguia imaginar uma vida além da guerra, mas, acima de tudo, não conseguia imaginar um mundo sem aquelas duas pessoas. Sentia saudade de Harry todos os dias, é lógico. Mas, desde que a guerra lhe dera um novo propósito, a vida sem ele se tornara um pouco mais fácil de suportar.

Enquanto lavavam a louça mais tarde, Charles parecia mais quieto do que o usual.

— Uma moeda pelos seus pensamentos — disse Gertie, entregando um prato para ele secar.

— Desculpe — disse ele. — Quanto mais velho eu fico, mais acho o Natal melancólico. São muitos anos e muitas lembranças.

— Lembranças felizes, espero.

Ele assentiu.

— Muito felizes. Esse é o problema. Deve acontecer o mesmo com você.

— Sim, mas parece que estou criando novas memórias agora, e que as antigas me trazem conforto.

— Minha nossa, Gertie. Você está tão madura.

Ela deu uma risada.

— Finalmente! Aos sessenta e quatro anos! — Ela lançou um olhar para ele. — Posso fazer uma pergunta?

— Claro.

— Por que você nunca se casou? Foi só por que a pessoa certa nunca apareceu?

Ele olhou pela janela, encarando a escuridão do lado de fora.

— Algo do tipo.

O telefone começou a tocar.

— Pode deixar que eu atendo — gritou Hedy.

Gertie tocou o braço dele.

— Tudo bem, Charles. Você pode me contar. Somos amigos há tempo suficiente. Eu não vou ficar chocada.

Charles abriu a boca para responder, mas, naquele instante, ouviram o grito angustiado de Hedy. Gertie soltou o pano de prato e seguiu apressada para o corredor.

— O que foi, querida? O que houve?

Hedy se virou para ela com os olhos cheios de lágrimas.

— Sam e Harris tentaram fugir do campo de prisioneiros. Harris levou um tiro de um guarda. Está morto.

Gertie encostou levemente no braço dela.

— E Sam?

— Está desaparecido, Gertie. — Hedy a encarou com os olhos arregalados. — Ele está fugindo. Se o encontrarem, vão matá-lo.

Gertie olhou para Charles enquanto abraçava Hedy bem apertado. Era tudo o que podia fazer: oferecer conforto e repetir que tudo ficaria bem enquanto se agarrava à esperança de que as palavras acabassem sendo verdadeiras.

Parte Três

1944

Capítulo 20

"Não tenho medo de tempestades porque estou aprendendo a controlar meu navio."

Mulherzinhas, Louisa May Alcott

O casamento de Margery e Gerald no cartório pegou todo mundo de surpresa. Para uma mulher cujo conservadorismo rivalizava com o do próprio Churchill, foi algo bastante impulsivo. A noiva estava radiante em um conjunto azul-escuro simples. Tinha deixado de lado o chapéu do uniforme do Serviço Voluntário de Mulheres e decidido usar um *fascinator* inclinado e adornado com penas. O noivo vestia o seu melhor terno, um heléboro do jardim na lapela e o maior sorriso que Gertie já tinha visto. As mulheres do serviço voluntário, entre elas Gertie e Hedy, acabaram formando uma guarda de honra com as agulhas de tricô, enquanto os wardens do grupo de Gerald celebraram a ocasião tocando os sinos que usavam normalmente para indicar o fim de um ataque. No almoço oferecido na casa de Margery depois da cerimônia, havia sanduíches de sardinha, torta de queijo com batata, saladas variadas que, graças à colheita abundante de Gerald, contavam com todos os tipos de legumes e verduras, e um bolo de frutas feito com as porções combinadas do racionamento de Margery, da sra. Constantine, de Gertie e da srta. Snipp. Gerald havia conseguido comprar um barril de cerveja de um amigo seu que era dono de um pub, trazendo ainda mais alegria para a festa. Archibald Sparrow, que vinha cortejando Cynthia de forma discreta desde a discussão sobre Wodehouse no clube do livro, tinha se revelado um pianista talentoso e preferiu entreter os convidados em vez de socializar com eles. Cynthia se sentou ao lado dele na banqueta do piano, sorrindo e às vezes se inclinando para virar a página da partitura.

— Deveríamos promover a Livraria Bingham como o lugar certo para encontrar o amor — disse Gertie para Hedy enquanto elas observavam o casal apaixonado.

— Talvez seja a sua presença, Gertie — respondeu Hedy. — Afinal, eu não teria conhecido o Sam se não fosse por você.

Gertie apertou o braço dela. Não recebiam notícias de Sam desde que ele havia fugido. Hedy aguentava tudo aquilo com o estoicismo que tinha aprendido a usar como escudo desde o início da guerra. Não corria mais para pegar a correspondência nem perguntava se algum telegrama tinha chegado. Gertie sabia que Hedy se debruçava sobre as notícias e já devia ter ouvido os rumores sobre os suplícios vividos pelos judeus. Houve um tempo em que teria tentado protegê-la disso, mas Hedy agora já era adulta. Não havia jeito de esconder a terrível realidade da guerra quando se estava no meio dela. Diante disso, só podiam mesmo se agarrar à crença de que a falta de notícias ainda era uma boa notícia. Parecia estranho viver em um mundo no qual a sua esperança só existia porque ninguém havia chegado com informações para esmagá-la. Ainda assim, que escolha tinham? Se ninguém acabasse com aquela esperança, ela continuaria existindo, como uma sementinha esperando para ser regada.

— Bolo de frutas?

Gertie se virou e viu Margery segurando um prato.

— Obrigada. Como está se sentindo?

— Nunca estive mais feliz, minha querida Gertie. Aliás, eu estava para te contar. Acabei de ler *Jane Eyre*.

Gertie ficou olhando para ela.

— Margery Fortescue leu um livro.

— Margery Travers, por favor — disse ela com um sorriso. — Bem, o Gerald adora ler, e você disse que era uma boa história.

— E aí? O que achou?

Margery assentiu em aprovação.

— Admiro a força de Jane. Adoraria poder recrutá-la para o Serviço Voluntário de Mulheres.

Gertie riu.

— Que festa maravilhosa, Margery. Estou muito feliz por você e Gerald.

— *Carpe diem*, minha querida Gertie. Uma bomba pode cair dos céus a qualquer instante. Temos que agarrar qualquer chance de felicidade pelo pescoço enquanto pudermos.

Gertie se perguntou como a felicidade se sentiria ao ser agarrada pelo pescoço, mas imaginou que obedeceria à vontade de Margery, como a maioria das pessoas fazia.

— Vocês formam um lindo casal.

Margery surpreendeu Gertie ao lhe dar um beijo no rosto.

— Pois isso nunca teria acontecido se não fosse por você. Gerald e eu nos referimos a você como nosso pequeno cupido. Ele é um homem adorável. Nunca haverá ninguém como o meu Edward, mas também não haverá ninguém como o meu Gerald. Eu me considero uma mulher de sorte por ter sido abençoada com dois maridos tão bons. Sabe, Gertie, você também deveria pensar nisso.

— Se eu esbarrar com o Clark Gable a caminho de casa, pode ter certeza de que pedirei a mão dele em casamento.

— Estou falando sério. Nunca é tarde demais para dar uma segunda chance à felicidade.

Talvez tenha sido por causa das palavras de encorajamento de Margery, ou talvez pelo copo de cerveja com o qual brindou ao feliz casal, mas o fato é que Gertie tomou impulsivamente a decisão de telefonar para Charles naquela noite. Não se falavam desde o Natal. Gertie se lembrou da conversa que não tinham terminado e decidiu que estava na hora de retomar o fio da meada.

— Gertie? Está tudo bem? — Ele parecia cansado.

— Está tudo bem. Eu gostaria de terminar a conversa que começamos no Natal.

— Acho que não é um bom momento.

Gertie estava determinada e não aceitaria desculpas.

— E quando seria um bom momento, Charles? Quando essa maldita guerra tiver acabado? Quem é que sabe quando será isso? Nós precisamos viver plenamente cada dia. Ou aproveitar o dia ou algo assim.

— Você bebeu, Gertie?

A voz dele era gentil e tinha um tom implicante. Era como o Charles de antigamente. O Charles com quem ela podia compartilhar os seus sentimentos mais profundos.

— Um pouco. Margery e Gerald se casaram hoje e talvez eu tenha tomado um copinho de cerveja para celebrar a felicidade deles.

— Que bom, Gertie.

— Consequentemente, estou bastante loquaz.

— Fico impressionado por ainda conseguir pronunciar essa palavra.

Gertie riu.

— Eu amo você, Charles Ashford.

— E eu amo você, Gertie Bingham.

— Não. Estou dizendo que eu te amo como Margery ama Gerald. Bem, talvez não exatamente da mesma forma. Eu não seria tão mandona com você quanto ela é com ele. Mas eu te amo e acho que já está mais do que na hora de nos casarmos.

Houve um silêncio do outro lado da linha.

— Charles? Ainda está aí? Você ouviu o que eu disse?

— Ouvi.

— Ah. E você não me ama do mesmo jeito.

— Gertie...

— Não. Tudo bem, Charles. Acabei de fazer papel de boba. Por favor, me perdoe.

— Gertie, por favor, escute. Está tudo bem. Estou lisonjeado. Muito, muito lisonjeado. Mas a verdade é que eu nunca conseguiria fazê-la feliz. Eu não conseguiria fazer ninguém feliz. Eu a amo muito. Mais do que amaria qualquer esposa. Só não sou o homem certo para você. Sinto muito.

Gertie ficou aliviada por ele não poder ver o seu rosto, que certamente estava da cor de uma das beterrabas premiadas de Gerald.

— Tudo bem, Charles. Eu entendo. É que você significa muito para mim. Achei que poderia haver mais além disso. Mas ainda somos amigos, não somos?

— É claro. Para todo o sempre. Eu amo mesmo você, Gertie Bingham.

— Eu sei que sim. Boa noite, Charles.

Gertie desligou o telefone, se afundou na poltrona e apoiou a testa nas mãos. Hemingway se arrastou até ela e colocou a cabeça no seu colo. Ela acariciou o pelo macio e suspirou.

— Sua dona é uma completa idiota.

As bombas voadoras não tripuladas trouxeram de volta um tipo de terror que Gertie não experimentava desde a Blitz de Londres. Elas eram impiedosas e mortais, caindo ao longo da noite inteira, todas as noites, por semanas a fio. Ainda que Gertie quisesse dormir, não conseguia, principalmente quando Hedy estava de plantão no serviço de Precauções contra Ataques Aéreos. Ficava sentada no abrigo com Hemingway aos seus pés. O cachorro permanecia deitado, mas totalmente alerta. Gertie sentia falta da presença tranquilizadora dos Chambers, mas estava feliz por Elizabeth ter decidido levar Billy para ficar com os seus pais. Pelo menos estariam mais seguros por lá.

Naquelas noites, Gertie se distraía com um livro. O Clube do Livro do Bunker e o clube voltado aos prisioneiros de guerra tinham feito um sucesso atrás do outro durante a guerra. Para a (falsa) irritação da srta. Snipp, elas agora enviavam livros para todos os cantos do mundo. O título daquele mês tinha sido uma sugestão de Cynthia. Ela havia abordado Gertie em um dia em que a livraria estava tranquila e colocado um exemplar de *Mulherzinhas* no balcão.

— Acho que este talvez seja um bom título para o clube do livro — disse ela, evitando o olhar de Gertie. — Me trouxe conforto depois que meu pai morreu.

— É uma ótima ideia — respondeu Gertie. — Marmee sempre me faz pensar na minha mãe.

Cynthia sorriu, olhando para baixo.

— Laurie me lembra Archie.

Gertie estava mergulhada no mundo das irmãs March quando ouviu a primeira bomba cair. Era como um robô mortal rangendo os dentes. Um momento de silêncio profundo. O som estridente de um trem a vapor avançando nos trilhos. Depois, estilhaços, colisões, quedas e batidas. O caos. A carnificina. Ruas inteiras destruídas. Corpos despedaçados. Crianças enterradas vivas. O inferno na terra.

Quando Hedy voltava para casa depois de noites como essas, com o sol aparecendo por entre as nuvens e fazendo o céu passar de escarlate a laranja e, depois, a um tom forte de amarelo, Gertie sempre estava aguardando sentada à mesa da cozinha. Ela preparava o chá e ouvia os relatos de Hedy com lágrimas nos olhos, agradecida por sua chegada em segurança. Ficava feliz por ela compartilhar aquelas história em vez de engoli-las e enterrá-las no coração. Era melhor contar e chorar pela família que vira o seu bebê voar do berço por causa de uma explosão. Um bebê que Hedy tinha coberto com o próprio casaco e levado para a ambulância. Ou pelos idosos que foram encontrados sob os escombros ainda abraçados no leito matrimonial que tinham dividido por mais de cinquenta anos. Era melhor encarar de frente o horror e a desumanidade, lançar sobre eles um olhar intimidador para que não tivessem a chance de arrastá-lo para o fundo do poço. Desse jeito, você podia se levantar mais uma vez e enfrentar um novo dia.

Gertie sempre descansava melhor quando Hedy estava em casa. Não era só pela companhia, mas pela tranquilidade de saber onde ela estava. *Se eu a mantiver por perto, posso protegê-la*, dizia para si mesma. Gertie sabia que às vezes a sua preocupação exagerada irritava Hedy. Cinco anos de guerra tinham tido seu preço, e não era difícil que perdessem a paciência. Uma noite, a sirene soou um pouco depois da meia-noite, e Gertie rapidamente se levantou.

— Venha logo, Hedy. Vamos para o abrigo — chamou, batendo à porta dela. Um murmúrio saiu de lá de dentro. — Venha logo, querida. Temos que nos apressar.

— Não esta noite, Gertie. Deixe-me ficar na cama. Por favor.

Gertie entrou no quarto, tomada pelo pânico, e arrancou as cobertas da cama.

— Você tem que vir agora mesmo. É perigoso demais ficar em casa.

Hedy puxou as cobertas de volta e cobriu a cabeça com o travesseiro.

— Vá embora, Gertie. Eu não tenho que fazer o que você manda. Você não é minha mãe.

Gertie deu um passo para trás como se tivesse levado um tapa.

— Não, eu não sou a sua mãe, mas tenho certeza de que ela não ia querer que você ficasse na cama enquanto as bombas de Hitler caem à sua volta.

Depois de um instante de silêncio, Hedy resmungou, resignada.

— Está bem, estou indo.

A atmosfera estava tensa quando entraram no abrigo. Gertie acendeu a vela enquanto Hedy se encolheu em um dos beliches e pegou o seu caderno.

— Como anda a sua história? — perguntou Gertie.

— Bem — disse Hedy sem nem tirar a caneta da página.

— Sinto muito se você acha que eu exagero, mas preciso mantê-la em segurança para a sua mãe.

— Eu sei.

Hedy continuou escrevendo, então Gertie pegou um livro e começou a ler.

— Gertie? — chamou Hedy depois de um tempo.

— Sim, querida?

Hedy ergueu o olhar do caderno.

— Desculpe pelo que eu disse.

— Tudo bem.

— Eu fico mal-humorada quando estou cansada.

Gertie sorriu.

— Eu também. Pode continuar escrevendo. Hemingway e eu estamos acostumados... — Ela congelou e começou a olhar em volta em pânico. — Ah, não. Ele não deve ter ouvido a sirene. Está ficando surdo. Estou tão acostumada com ele me seguindo para cá.

— Posso ir buscá-lo — falou Hedy.

Gertie meneou a cabeça.

— Você fica aqui. Não vou demorar. Talvez você possa ler um pouco do que tem escrito para mim quando eu voltar. Quero saber se Arno e Gertie conseguiram escapar do *shellycoat*.[1]

— Ah, sim — concordou Hedy. — Estou mesmo precisando de alguns conselhos para a próxima parte da história.

O céu estava azul e salpicado de estrelas prateadas quando Gertie voltou para casa. A lua iluminava o caminho. Em noites assim, era fácil se esquecer de que havia uma guerra. Gertie entrou pela porta dos fundos.

— Hemingway? Hemingway? — chamou.

---

[1] "Shellycoat" é uma criatura imaginária da mitologia da Grã-Bretanha, especialmente presente nas histórias da Escócia e da Irlanda. Geralmente é descrita como uma figura trapalhona e enganadora que habita rios ou lagos. (N. da T.)

Ela atravessou a cozinha e foi para o corredor, dando uma olhada na sala, mas não viu o cãozinho em lugar nenhum.

— Hemingway! — gritou, cada vez mais assustada, enquanto subia os degraus.

A lua lançava uma luz leitosa no patamar do andar superior, onde Hemingway estava deitado. Seu corpanzil se espalhava entre as portas abertas que levavam aos quartos de Gertie e Hedy. Um arrepio de medo percorreu o corpo de Gertie quando ela, ao olhar para o pelo do cachorro, foi incapaz de detectar o movimento suave da sua respiração.

— Hemingway — sussurrou, sentindo lágrimas se formarem.

Estendeu a mão hesitante em direção à cabeça grande e macia do seu companheiro.

— Meu doce garoto. Não você. Não o meu querido Hemingway.

Assim que tocou no seu pelo, o cachorro abriu os olhos com uma expressão surpresa. Gertie levou a mão ao peito.

— Ah, graças a Deus — disse afundando o rosto no pescoço dele. — Graças a Deus. Venha comigo, garoto. Vamos ficar com a Hedy. Ela está preocupada com você.

Estavam descendo a escada quando Gertie ouviu o zunido. Parecia estar vindo do nada, mas, de repente, era como se um enxame com milhares de vespas pairasse sobre a casa. Depois, o silêncio. Gertie olhou para cozinha. Não daria tempo de chegar ao abrigo. Não daria tempo de correr. Não daria tempo de fazer mais nada a não ser rezar. Ela se jogou por cima de Hemingway e prendeu a respiração. O mundo explodiu. A escuridão caiu.

Capítulo 21

"Procure fazer o que é sensato, mas também o que é gentil, e procure tirar o melhor de nós, não o pior."

Tempos difíceis, Charles Dickens

Gertie não ia sair dali. Não podia. Enquanto Hedy estivesse presa sob a montanha de destroços da casa que desmoronara sobre o seu jardim, ela ficaria e ajudaria nas buscas. O bombeiro havia tentado argumentar ("Não é seguro, senhora"), e Gerald tinha feito de tudo para persuadi-la ("Eu lhe imploro, sra. Bingham. Por que não esperamos pela equipe de resgate?). Até que finalmente chamaram Margery Travers.

— Se veio até aqui para me dizer que isso é muito perigoso para uma mulher como eu, é melhor nem gastar sua saliva — avisou Gertie, tirando outro tijolo da grande pilha que cobria o abrigo.

— Eu não me atreveria — disse Margery. — Eu trouxe chá e vim oferecer a minha ajuda, se aceitar.

Gertie olhou para o rosto daquela mulher assustadoramente bondosa e sentiu o queixo tremer.

— Eu disse a Hedy para ficar no abrigo, Margery — sussurrou ela. — Achei que estaria segura. Eu voltei para buscar o Hemingway.

Ela olhou para o cachorro que estava deitado ali perto, observando todo aquele drama com uma expressão desolada.

— Vamos lá, Gertie. Não temos tempo para isso. Você fez o que achou que era certo. É tudo o que podemos fazer. Agora temos que concentrar todas as nossas forças no resgate. — Margery apertou levemente o braço de Gertie. — Nós vamos encontrá-la.

Trabalharam a noite inteira e viram o dia amanhecer, trazendo tons de rosa e laranja para um céu ainda encoberto pela fumaça e pela poeira dos escombros. Gerald apareceu depois do seu turno como warden, trazendo mais chá com uma expressão de pura determinação. Juntos os três foram erguendo e arrastando aqueles destroços imundos até as mãos ficarem feridas. A tarefa parecia impossível, como tentar remover a neve no meio de uma avalanche. Gertie olhou para a pilha de escombros que já tinham tirado de cima do abrigo e, depois, para a montanha que ainda estava por lá. Sentiu os ombros se curvarem.

— Achamos que vocês precisariam de ajuda — disse uma voz familiar.

Gertie se virou e, piscando em meio à poeira dos escombros, viu a srta. Snipp. Ela estava com a srta. Crow, Cynthia e várias das mulheres da equipe de Margery no serviço voluntário, incluindo Emily Farthing. Pela primeira vez na vida, Gertie Bingham tinha ficado sem palavras.

— Que bom — disse Margery, arregaçando as mangas. — Era exatamente disso que precisávamos. Certo. Srta. Farthing, você pode começar a liberar esse lado com a srta. Crow. Cynthia, você vem comigo e com a srta. Snipp. Gertie, Gerald, as outras vão ficar com vocês.

Hemingway ficava em volta do grupo, farejando o ar em busca da sua amada Hedy. Depois de horas de mais trabalho, Emily gritou:

— Estou vendo ferro corrugado aqui!

Hemingway foi direto até aquele ponto e começou a latir.

— Aqui! — gritou Margery. — Precisamos cavar aqui.

Todos correram e redobraram os esforços naquela parte. Retiraram os destroços o mais rápido que podiam até que, cobertos de poeira, conseguiram ver a porta do abrigo.

— Muito bem — disse Margery. — Vocês precisam colocar toda a sua força nisso. — Todos puxaram a porta, que estava deformada e emperrada. — De novo — ordenou, levantando o queixo. — Vamos fingir que estamos brincando de cabo-de-guerra com o próprio Hitler.

Todos assentiram com firmeza.

— Comigo. Um. Dois. Três!

A porta cedeu, fazendo um guincho alto ao ser arrancada das dobradiças. Eles encararam a escuridão.

— Precisamos de luz — disse Margery.

Gerald entregou a sua lanterna para Gertie, que estava com os dedos tremendo. Quando ela direcionou a luz lá para dentro, Margery pousou a mão sobre o seu ombro. O abrigo parecia estar quase exatamente do jeito que tinha deixado. Lá estavam os colchões, os cobertores, o seu chá e o seu livro. A vela havia caído no chão e se apagado. Gertie apertou os olhos desesperada. Tinha medo do que poderia encontrar ao virar a lanterna de um lado para o outro.

O pingente em forma de relicário foi a primeira coisa que chamou sua atenção, pois brilhava sob a luz como um tesouro perdido. O pingente que Sam dera a Hedy no seu aniversário de dezesseis anos, quando o mundo ainda estava intacto, quando a vida era repleta de luz. Ela seguiu com os olhos o feixe da lanterna. Encostada em um canto, com os olhos fechados, como se profundamente adormecida, estava Hedy.

— Consigo vê-la! — gritou Gertie. — Ajudem-me a descer. Por favor, alguém me ajude a descer.

Mãos fortes a ajudaram a entrar na escuridão. Margery iluminava o caminho com a lanterna, enquanto Gertie se aproximava devagarzinho de Hedy com o coração na garganta. *Por favor*, rezou. *Por favor, permita que ela esteja viva*. Chegou mais perto e sussurrou:

— Hedy? Hedy, você está me ouvindo?

O silêncio era sufocante.

— Verifique os batimentos dela, Gertie. Sinta o pulso — ordenou Margery.

Gertie se ajoelhou ao lado de Hedy na escuridão úmida. Pegou a mão dela. Estava gelada.

— Sinto muito, minha adorada Hedy — murmurou ela enquanto lágrimas escorriam pelo seu rosto. — Sinto muito.

Ela segurou o pulso da moça e buscou as veias com a ponta dos dedos, esperando e desejando com todas as forças encontrar ali algum sinal de vida. Gertie começou a menear a cabeça ao perceber que era inútil.

— Não. Não, não, não.

— Tente o pescoço — orientou Margery. — Bem abaixo da mandíbula.

Gertie fez o que lhe foi pedido, tentando controlar as lágrimas.

— Por favor, Hedy. Por favor. O mundo precisa de você. Eu preciso de você.

Ela fechou os olhos e começou a pensar em todas as pessoas que havia amado e perdido. Não tinha conseguido salvá-las. E agora aquela preciosa garota, que havia lhe sido confiada pela própria mãe, partiria também. Uma visão do rosto brilhante dos seus entes queridos surgiu diante dela: Jack provocando-a no dia de seu casamento, Lilian cuidando dela quando estava doente, o pai sorrindo com orgulho, Harry. O querido Harry. Seu único e verdadeiro amor. Foi naquele instante que Gertie sentiu. E seu próprio coração começou a bater no mesmo ritmo. Um sinal de vida. Uma pequena pulsação. Era fraca, mas estava ali. Ela abriu os olhos e se levantou.

— Ela está viva! — gritou. — Consegui sentir o pulso. Está muito fraco. Chamem uma ambulância. Rápido. Ela está viva!

★ ★ ★

O prognóstico do médico foi pessimista.

— Ela tem sorte de ter sobrevivido e ainda corre perigo. Inalou uma grande quantidade de poeira dos escombros enquanto estava presa lá embaixo. O funcionamento dos pulmões está gravemente comprometido. Por ora, ela precisa de repousou para se recuperar.

Gertie ia vê-la todos os dias. Os horários de visitação eram restritos, mas, dependendo de quem estivesse de plantão na enfermaria, ela às vezes conseguia burlar as regras e ficar um pouco mais. A enfermeira Willoughby era a sua preferida. Tinha uma filha da mesma idade de Hedy.

— A gente faz qualquer coisa para se certificar de que estejam bem, não é verdade?

Hedy ainda não tinha aberto os olhos nem se comunicado com nada além de um suave suspiro.

Gertie mantinha os olhos fixos no rosto dela.

— Sim. Qualquer coisa.

A enfermeira Willoughby ajeitou as cobertas da cama.

— Logo, logo ela vai estar novinha em folha e voltará a deixar você louca da vida, sra. Bingham. Essas meninas são duras na queda.

Margery tinha dado a Gertie a ordem de não se preocupar com a livraria.

— Vamos cuidar de tudo na sua ausência. A srta. Snipp pode nos mostrar como as coisas funcionam, e Cynthia está eufórica com a ideia de trabalhar lá. Você só precisa se concentrar na saúde de Hedy.

Gertie ficou grata. Na verdade, não tinha nem se lembrado da livraria. Uma única coisa ocupava a sua mente durante todo o tempo em que estava acordada: Hedy. Dormia e acordava pensando nela. Se estava no hospital, toda a sua atenção se voltava para a moça e, quando saía de lá, só conseguia pensar na próxima visita.

Por sorte ou milagre, os danos causados à casa de Gertie tinham sido mínimos. Os cacos das janelas quebradas logo foram varridos, e as vidraças foram substituídas por Gerald. Quando Gertie estava em casa, passava horas no quarto de Hedy. Sentava-se na penteadeira que tinha transformado em escrivaninha e folheava os seus cadernos, olhando pela janela, por cima da montanha de detritos que estava no seu jardim, em direção ao espaço onde antes havia uma fileira de casas. Hemingway raramente saía do lado dela. Ele estava esperando perto da porta sempre que ela voltava para casa, como se ansiasse por notícias, e a seguia por toda a casa, dormindo ao pé da cama durante a noite.

Um dia, Gertie viu uma pilha de livros ao lado da cama de Hedy e um título em particular lhe deu uma ideia. Por cerca de uma semana depois disso, foi transportada para a Berlim dos anos 1920 junto a Emil, Gustav e seus detetives, Pony Hütchen e o vilão Herr Grundeis. Enquanto ia lendo em voz alta, olhava, volta e meia, para Hedy e tentava ver se havia algum sinal de reconhecimento. Gertie tinha ficado sabendo de histórias sobre pessoas que, mesmo inconscientes, conseguiam ouvir. Havia decidido então que, dentre todos os livros, seria aquele que poderia fazer Hedy despertar. Quando chegou à última página da história, não conseguiu evitar a sensação de derrota. Seus olhos lacrimejaram ao se fixarem nas últimas palavras. Foi então que ela ouviu o som de um murmúrio. Ficou surpresa ao ver os lábios de Hedy se moverem.

— O que foi? — perguntou. — O que está tentando dizer, minha querida?

Gertie se inclinou na direção dela, esforçando-se para entender as palavras.

— Dinheiro... — sussurrou Hedy.

— Dinheiro?

Hedy assentiu.

— ... deve sempre ser mandado pelos correios.

Gertie olhou para a página.

— É isso que a avó diz para Emil — exclamou. — Ah, Hedy, você se lembrou da fala.

— Três vivas — sussurrou Hedy.

Gertie olhou para a fala final da história.

— Isso mesmo! Você está certa. Três vivas.

Aos poucos, a saúde de Hedy começou a melhorar. Gertie a visitava todos os dias, levando mais livros. Elas leram Jane Austen, John Steinbeck, Emily e Charlotte Brontë e, por insistência de tio Thomas, Charles Dickens.

— Ele é perfeito para uma recuperação adequada, esse Dickens — dissera ele a Gertie ao ligar para saber notícias de Hedy.

Hedy recebia um fluxo constante de visitas agora. A sra. Constantine, a srta. Snipp, Margery e Cynthia costumavam aparecer para passar um tempo com a paciente. Um dia, Charles foi ao hospital enquanto Gertie estava lá. Ele passara um tempo viajando, mas ainda telefonava de vez em quando. As conversas que tinham tido eram exageradamente animadas, quase esquisitas. O rosto de Gertie agora queimava de vergonha quando ela se lembrava do que havia falado depois do casamento de Margery e Gerald.

— Charles — disse Hedy com os olhos brilhando ao vê-lo. Sua voz estava rouca, e ela ainda estava fraca, mas Gertie notava que o seu rosto ficava mais corado a cada dia. — Que bom ver você.

— É bom vê-la também. Você nos deu um baita susto — comentou ele, olhando para Gertie. — Mas vejo que está em ótimas mãos.

— Gertie tem lido para mim — contou Hedy.

— Ah, o poder curativo dos livros, não é? — disse Charles.

— Realmente — respondeu Gertie, levantando-se. — Bem. Melhor eu voltar para casa. Não quero que fique muito cansada.

— Por favor. Não vá embora por minha causa — pediu Charles.

Havia um tom quase de súplica na maneira como disse aquilo, o que fez com que Gertie se sentasse de novo. Depois de meia hora, Hedy começou a tossir.

— Aqui, Hedy. Tome um pouco d'água — disse Gertie, encostando um copo de latão nos lábios dela.

— Muito bem. Acho que a hora da visita acabou — disse a enfermeira Willoughby, entrando no quarto. — Esta mocinha parece estar precisando de um descanso.

— Sim, claro — disse Charles, levantando-se. — Tchau, Hedy.

— Até amanhã — despediu-se Gertie.

— Obrigada por virem — disse Hedy com a voz falhando.

— Ela parece estar se recuperando bem — disse Charles enquanto ele e Gertie seguiam pelo corredor em direção à saída.

— Será um longo caminho até que fique boa de vez, mas ela está progredindo bastante. Só espero que o mesmo possa ser dito sobre esses pobres homens — comentou ela, apontando para as enfermarias cheias de soldados em recuperação. Eles tinham o rosto coberto de curativos e castigado pela guerra, e encaravam Gertie com uma expressão vazia.

Passaram por um homem com apenas uma perna que andava com a ajuda de muletas. A outra havia sido amputada na altura do joelho.

— Coitado — disse Charles. — E ele é um dos sortudos. Só vai precisar conviver com a lembrança recorrente do horror pelo resto da vida.

Gertie notou a expressão dele endurecer de amargura ao dizer aquilo.

— É isso que você tem feito desde 1918?

Charles olhou para ela.

— Tento não pensar muito nisso, mas nem sempre é possível. São os pesadelos, sabe? Não há como evitá-los.

— Você sabe que sempre pode conversar comigo, não sabe?

Charles engoliu em seco.

— Na verdade, você tem um momento agora?

— Claro.

Eles caminharam pelo gramado do hospital, um amplo espaço verde com alguns carvalhos, freixos e castanheiros.

— Sinto que devo uma explicação a você depois daquela nossa conversa — disse ele.

— Não há a menor necessidade — respondeu Gertie, desviando o olhar. — Estou muito constrangida por tudo aquilo. Foi um momento de loucura. Não sei o que deu em mim.

Charles segurou as mãos dela.

— Não, Gertie. Não foi. Foi uma oferta gentil e maravilhosa. Eu fiquei profundamente lisonjeado. Você não deve se sentir constrangida. Se as circunstâncias fossem diferentes, eu aproveitaria essa chance sem nem pensar.

— Quais circunstâncias?

Charles olhou para baixo.

— Eu amo outra pessoa.

— Ah, mas que coisa maravilhosa. Quem é ela? Eu conheço? Fico tão feliz por você. — Ela se inclinou para dar um beijo no rosto dele e então percebeu que ele estava chorando. — Charles, o que foi?

— A pessoa que amo morreu — sussurrou ele. — Muito tempo atrás.

Uma expressão de compaixão tomou o rosto de Gertie.

— Ah, Charles. Sinto muito. Que horror ter que carregar essa tristeza sozinho. E por tantos anos!

— Ali tudo acabou para mim — disse Charles enquanto as lágrimas escorriam. — Nunca ninguém chegou nem perto.

— Ah, meu querido — disse Gertie. — Eu entendo, mas por que o segredo? Por que não me contou isso antes? Ela era casada? — Ela se lembrou da revelação de Elizabeth. — Não se preocupe. Não vou ficar escandalizada.

Charles negou com a cabeça. Seu rosto se encheu de medo.

— Eu não posso contar, Gertie. Pensei que conseguiria, mas agora acho que não.

Gertie olhou nos olhos dele.

— Charles, você me disse uma vez que nós éramos os sobreviventes, os únicos que ficaram para trás. Você esteve ao meu lado quando eu mais precisei. Você pode me contar qualquer coisa, então, por favor. Quem era essa pessoa?

Charles olhou para ela, consternado.

— Jack — sussurrou ele. — O seu irmão, Jack.

Gertie sentiu o corpo oscilar como um barco atingido por uma onda repentina.

— Jack — repetiu ela. Charles assentiu. — Você amava o Jack.

— Sim. Ainda amo.

— Sinto muito, Charles. Mas podemos nos sentar por um instante, por favor? — pediu ela, sentindo o mundo girar.

— Há um banco logo ali — disse ele, levando-a até lá.

Enquanto tentava absorver a revelação de Charles, Gertie sentia como se estivesse vendo a cena de cima. Sabia o que a lei dizia, o que a sociedade pensava, mas, ainda assim, nada daquilo importava para ela. Conhecia Charles e tinha conhecido o irmão. Lentamente, as lembranças da história começaram a se encaixar em sua mente. A briga de Jack com o pai. A sugestão de Harry de que poderia ter alguma coisa a ver com jogo. Charles dizendo, repetidas vezes, que simplesmente não tinha nascido para se casar. Tudo fazia sentido agora. Sentiu-se tola por não ter percebido antes. Poderia ter sido uma amiga para Charles, ter oferecido o conforto de que ele tanto precisava. Em vez disso, ele tinha tido que carregar aquele segredo por anos, sem poder falar sobre como realmente havia se sentido depois da morte de Jack. Imagine perder a pessoa que você mais amava no mundo e nunca poder dizer isso para ninguém. Quando Gertie se lembrou de como tinham sido as coisas depois da partida de Harry e de como Charles a tinha apoiado, foi tomada pela vergonha.

— Gertie, por favor, diga alguma coisa.

— Desculpe.

— O quê?

Ela se virou e pegou as mãos dele.

— Eu pedi desculpas.

Charles parecia confuso.

— Mas por que, exatamente?

Ela encarou os seus olhos azuis.

— Por você ter enfrentado tudo isso sozinho. O luto é algo terrível. É solitário e devastador. Eu só consegui lidar com a perda do Harry porque você estava ao meu lado. Não posso nem imaginar como deve ter sido para você não poder contar para ninguém.

Os olhos de Charles se encheram de lágrimas mais uma vez.

— Você não está chocada?

Gertie beijou as mãos dele.

— O mundo está em chamas, as pessoas estão morrendo todos os dias em uma guerra que parece que nunca vai acabar, seres humanos estão se transformando em monstros por causa do ódio que sentem por outras pessoas. Você nunca demonstrou nada além de amor e bondade durante toda a sua vida. Você ama o meu irmão, que me era mais querido do que a própria vida. Como eu poderia ficar chocada com isso?

Charles ficou olhando para Gertie por um momento e depois caiu nos braços dela. Ela lhe deu um abraçou apertado, e os dois choraram, unidos pelo amor e pela perda.

A recuperação de Hedy foi lenta, mas constante. Os médicos acreditavam que ela poderia voltar para casa dentro de uma semana. Gertie começou a preparar tudo. Arejou a casa de cima a baixo, eliminou cada grão de poeira, arrumou a cama e comprou um caderno novinho em folha para a moça. As notícias da Alemanha eram sombrias. A Cruz Vermelha afirmava que os campos que abrigavam os muitos judeus eram inofensivos, mas, apesar disso, os rumores que chegavam do leste eram de um terror inimaginável. Não havia mais cartas nem telegramas. Era difícil saber como agir. Só podiam aguardar e ter esperança, assim como vinham fazendo havia tantos anos. Gertie teria dado os próprios olhos por uma boa notícia e, então, um dia, ela chegou.

Ela estava do lado de fora colhendo batatas quando ouviu o telefone tocar. Largou o seu ancinho na terra e tirou as luvas, satisfeita com o trabalho que tinha feito até então. O abrigo e a área que ficava atrás dele tinham sido cobertos pelos destroços depois da explosão, mas a horta havia permanecido intacta. Ela se apressou em direção ao corredor.

— Alô?

— Sra. Bingham?

A voz feminina do outro lado da linha lhe era familiar, mas, mesmo assim, Gertie não conseguiu descobrir imediatamente quem estava falando.

— Pois não?

— Aqui é Daphne Godwin. Mãe da Betty e do Samuel.

— Ah, sra. Godwin. Como vai? — perguntou Gertie, alarmada.

— Bem. Na verdade, muito bem. Samuel está em casa.

No início, Gertie achou que não tivesse ouvido direito. Depois de tanto tempo de espera, era difícil acreditar naquilo sem questionar.

— Desculpe. Você poderia repetir, por favor?

Daphne riu.

— Foi exatamente assim que reagi quando me contaram. Mas é verdade. Samuel está em casa. Eu queria te avisar para que você pudesse contar as boas novas para Hedy. Espero que ela esteja se recuperando bem.

— Está, sim. E a senhora não faz ideia de como isso vai ajudar. Muito obrigada. Sam está bem?

Daphne hesitou um pouco antes de responder.

— Você sabe como esta guerra terrível tem seu preço. As noites têm sido bem difíceis.

Gertie se lembrou na hora da conversa que tinha tido com Charles.

— Pobrezinho.

— Ele está bem frustrado no momento. O pai prescreveu repouso pela próxima semana, mas, como você pode imaginar, Sam quer muito se encontrar com Hedy.

— Claro. Bem, estamos torcendo para que ela receba alta e volte para casa nos próximos dias. Posso ligar quando eu souber a data?

— Eu agradeceria, sra. Bingham. Mande meus votos de pronta recuperação para Hedy.

— Pode deixar. E mande os meus para Sam. Muito obrigada, sra. Godwin, por avisar. Vou visitar Hedy hoje à tarde e mal posso esperar para contar a ela essa novidade.

Gertie atravessou o corredor do hospital praticamente saltitando mais tarde naquele dia. Já conseguia até imaginar a expressão de felicidade no rosto de Hedy quando ela ouvisse as notícias sobre Sam. Esperava que a enfermeira Willoughby estivesse de plantão. Ela ficaria contente de saber que ele estava em casa em segurança. Mas, ao entrar naquela ala, Gertie congelou. A cama de Hedy estava vazia. Não havia nenhuma enfermeira à vista. Ela voltou para o corredor às pressas e quase deu um encontrão na enfermeira Willoughby.

— Ah, sra. Bingham. Tentei ligar para você mais cedo, mas ninguém atendeu.

— Aconteceu alguma coisa? — perguntou Gertie, notando que a sua atitude sempre alegre e cordial agora estava também marcada pela preocupação.

— Acho melhor me acompanhar — disse ela. — O dr. Fitzroy vai querer falar com a senhora.

— Tudo bem — respondeu Gertie, que a seguiu com o coração disparado.

— Sra. Bingham — disse o médico. Ele parecia ainda mais sério do que o normal. — Sinto muito por informar que a srta. Fischer está muito doente. A senhora deve se lembrar de quando eu disse que os pulmões dela tinham sido muito afetados? Infelizmente ela desenvolveu uma pneumonia.

— Mas ela estava se recuperando — protestou Gertie. — Achei que receberia alta logo.

— Sinto muito — respondeu o médico. — O sistema imunológico dela estava enfraquecido. Isso a deixou bastante vulnerável.

— Eu a vi ontem e ela parecia muito bem. Estava com uma tosse chata, mas ficou conversando comigo.

O tom de Gertie foi ficando mais desesperado. Aquilo não podia estar acontecendo de novo. Primeiro Harry. Depois Hedy. Um ciclo infinito de perdas e sofrimento.

— O quadro dela piorou durante a noite. Eu realmente sinto muito.

— Mas ela vai melhorar. Ela tem que melhorar.

A enfermeira Willoughby abraçou Gertie. O médico suspirou.

— O estado dela é grave. Não temos certeza de nada neste momento, mas você precisa se preparar para o pior.

Capítulo 22

"Não existe nada que eu não faria por aquelas que são realmente minhas amigas. Não sei amar pessoas pela metade; não é da minha natureza."

A abadia de Northanger, Jane Austen

Margery tinha feito sopa de repolho com beterraba. Mas, mesmo se estivesse com fome, Gertie duvidava que pudesse comer aquilo. Tanto o cheiro quanto a cor eram assustadores. Preocupou-se porque achou que a amiga iria ficar em cima dela até que terminasse tudo. Entretanto, em vez disso, Margery colocou a tigela de lado e começou a preparar chá com torrada, passando no pão uma grossa camada da geleia de ameixa feita por Gertie. Sentada à mesa, Gertie observava a outra se movimentar pela cozinha com uma eficiência reconfortante.

— E se ela morrer, Margery?

Margery congelou enquanto a pergunta pairava no ar. Ela se virou para Gertie. Sua expressão normalmente impassível foi se suavizando até demonstrar um sentimento bem próximo da compaixão.

— Não adianta ficar pensando nessas coisas — disse ela, colocando diante de Gertie a xícara de chá e um prato com a torrada.

— Ela é tudo para mim. Tudo.

Margery se sentou na frente dela.

— Eu sei, minha querida, e você deve se manter forte por ela. Não fará bem nenhum a Hedy se você desmoronar.

— Eu não deveria tê-la deixado sozinha no abrigo.

— Teria sido melhor se você tivesse sido enterrada lá dentro com ela?

Gertie piscou.

— Acho que não.

— Eu também acho que não — concordou Margery. — Sério, Gertie. Vou permitir que tenha este único momento de autocomiseração porque você é minha amiga. Mas não vou admitir que aconteça de novo. Isso simplesmente não ajuda em nada nesses tempos sombrios. Hedy precisa de você. Todos nós precisamos, minha querida. — Gertie olhou nos olhos dela e assentiu com um leve movimento de cabeça. Margery deu tapinhas na sua mão. — Muito bem. Agora coma essa torrada antes que esfrie.

Gertie fez o que ela pediu. Sabia que Margery estava certa, mas, ainda assim, sentia a responsabilidade pelo destino de Hedy pesar nos seus ombros. Lembrou-se de quando era criança e teve escarlatina. Os pais não haviam comentado o assunto com ela, obviamente. Jack, por outro lado, não perdeu a chance de lhe informar, com um brilho mórbido nos olhos, que tinha ouvido a mãe chorar por Gertie quase ter morrido. Ela se lembrava de Lilian lendo *Mulherzinhas* para ela durante a recuperação. Por uma semana, as duas fugiram para o mundo da família March. Deliciaram-se com as peripécias teatrais das personagens, ficaram boquiabertas quando Jo cortou o cabelo e prenderam a respiração quando Amy caiu na água congelada. Quando chegaram à parte em que Beth morre, Lilian abraçou a filha e as duas choraram juntas.

— Mas por que a Marmee deixou Beth ir àquela casa com as crianças doentes? — perguntou Gertie em um lamento.

Lilian enxugou o rosto da filha com um lenço.

— As mães fazem de tudo para proteger os seus filhos, mas nem sempre é possível prever os acontecimentos. Você só pode fazer o que acha que é melhor em determinado momento.

Gertie assentiu, aconchegando-se ao calor do corpo macio da mãe.

— Estou bem agora, mãe. Você não precisa mais se preocupar. Estou bem melhor.

Lilian envolveu a filha em um abraço apertado e chorou silenciosamente. Só naquele momento é que Gertie entendia de verdade como a mãe havia se sentido.

Sam visitou Hedy no hospital assim que conseguiu. Gertie rezou para que algo no estilo da história de Bela Adormecida acontecesse: o príncipe encantado chegaria e tiraria a princesa do seu sono profundo. O pano de fundo infernal da guerra, entretanto, não dava espaço para finais como os dos contos de fada. Quando Gertie chegou, Sam estava sentado à cabeceira de Hedy, segurando a mão dela, com um olhar cheio de esperança. Ela abriu a porta devagar e, quando ele se virou, foi obrigada a engolir o choque. O rosto jovem de Sam estava cansado e envelhecido. Ainda havia um brilho nos seus olhos, mas era fraco, como uma estrela que morria no céu noturno. *Maldita seja esta guerra*, pensou Gertie. *Como se atreve a deixar esses jovens tão feridos e devastados?*

— Sra. B. — disse Sam com a voz marcada pela fatiga. — Que bom revê-la.

Gertie abriu os braços e o puxou para um abraço apertado.

— Ah, Sam, que bom ver você também. Eu só queria que as circunstâncias fossem melhores.

Sam se retraiu e assentiu.

— Fico observando o rosto dela em busca de um sinal, sabe? Temos que manter a esperança, não é?

Gertie seguiu o olhar dele até o rosto bondoso de Hedy.

— Sim, Sam. É exatamente o que temos que fazer.

Os dias se transformaram em semanas. Gertie e Sam se revezavam nas visitas diárias a Hedy e telefonavam um para o outro com atualizações na parte da noite. Cada dia que Hedy atravessava parecia um progresso para Gertie. Era como se toda aquela guerra tivesse se transformado em uma batalha constante para se manter vivo. Se você sobrevivia por mais um dia, tinha motivos para comemorar.

Um dia, o médico abordou Gertie com notícias menos encorajadoras.

— Precisamos que Hedy acorde logo. Quanto mais tempo passar inconsciente, mais fraca vai ficar.

Gertie observou Hedy ao ocupar seu lugar de sempre ao lado da cama. Tirou as luvas e pressionou a mão fria na testa quente da moça. Ela parecia tão relaxada e tranquila. Não parecia possível que estivesse entre a vida e a morte. Gertie respirou fundo, pronta para começar o seu relato diário.

— Hemingway parece ter recuperado o apetite. Eu o peguei roubando uma fatia de bolo de cima da bancada da cozinha ontem. — Ela deu uma risadinha. — Ele agora dorme no seu quarto todas as noites.

Gertie não mencionou que ele estava sentindo profundamente a falta dela e ficava vagando pela casa como uma alma perdida. Os dois estavam, na verdade.

— E a srta. Snipp tem um novo admirador — continuou. — O sr. Higgins. Ele é taxidermista, imagine você. De acordo com Emily, eles estão bem apaixonados.

Gertie buscou no rosto de Hedy algum sinal de reação. *Por favor, volte para mim*, pensou. *Por favor, Hedy. O tempo está se esgotando.* Gertie respirou fundo.

— Margery está planejando outro show de variedades para o Natal. Conversei com Elizabeth ontem, e ela mandou todo seu amor, é claro.

Acho que estão gostando da vida no interior. Ela disse que Billy quer fazer novamente o show de mágica, mas só se você for assistente dele.

Gertie sentiu as lágrimas se formarem e enxugou os olhos.

— O que mais? Ah, sim. Betty está noiva! Do soldado americano. Está nas nuvens, como você bem pode imaginar. Daphne Godwin disse que já está economizando as suas partes do racionamento para o bolo. E ela espera ter que economizar o suficiente para assar dois bolos. — Gertie pegou as mãos de Hedy. — Eu quero que ela precise economizar para dois bolos, Hedy. Não há nada que eu queira mais do que isso. — Ela baixou a cabeça. — Sabe, quando Charles me pediu para acolher uma criança, eu tive as minhas dúvidas. Achei que estava velha demais, que estava cansada e triste demais depois da morte de Harry. Mas ter você na minha vida tem sido um verdadeiro milagre. Você me ensinou muitas coisas. Acima de tudo, me ensinou a viver de novo. Eu nunca teria conseguido passar por esta guerra sem a sua companhia. Jamais. Você tem sido uma filha, uma irmã e uma mãe para mim. Por favor, não me deixe agora. Você tem tanta coisa para viver. Sam ama você. Eu amo você. Todo mundo ama você, Hedy. Por favor. Por favor, não nos deixe.

Gertie começou a chorar enquanto olhava para o rosto de Hedy, rezando por um sinal de vida.

A porta se abriu e a enfermeira Willoughby apareceu.

— Com licença, sra. Bingham. Vou ter que levar Hedy para fazer alguns exames.

Gertie assentiu, enxugando as lágrimas com um lenço e se levantando.

— Claro.

Enquanto se arrastava pelo corredor, sentia como se os sapatos pesassem toneladas e como se a sua esperança se dissolvesse em areia movediça, desaparecendo a cada passo que dava. Estava quase na porta quando ouviu um grito atrás de si.

— Sra. Bingham! — chamou a enfermeira Willoughby. — Venha rápido. Hedy está acordada.

Gertie correu como se fosse uma garotinha de cinco anos. O rosto de Hedy estava radiante de felicidade quando ela entrou no quarto.

— Acabei de ter um sonho maravilhoso, Gertie — disse ela. — Estávamos passeando pelo Englischer Garten com a minha mãe em um lindo dia de sol. Vocês duas tinham se tornado melhores amigas. Fiquei tão feliz.

1945

Capítulo 23

"Herdamos o passado, mas podemos criar o futuro."

Anônimo

Hedy e Sam se casaram na primavera. Gertie arejou o seu melhor conjunto de tweed e explodiu de orgulho ao ver o casal trocando votos.

Logo depois de a data ter sido marcada, Gertie havia subido ao sótão, eliminado algumas teias de aranha com o seu espanador de penas e tirado de lá uma grande caixa cor de creme desbotada. Ela a levou até a sala e a colocou diante de Hedy, que estava deitada no sofá, escrevendo em seu caderno.

— Eu sei que você gostaria que sua mãe estivesse aqui para criar algo especialmente para você, mas, como não é possível, achei que isso aqui talvez servisse.

Hedy levantou a tampa, abriu o papel de seda perolado e encontrou um vestido de noiva marfim com mangas de renda. Olhou para ele e, depois, para Gertie, que continuou:

— Talvez precise de alguns ajustes, mas tenho certeza de que as costureiras de Margery podem ajudar. Mas é claro que, se você preferir usar algo mais atual...

Hedy se levantou e envolveu Gertie em um abraço.

— Obrigada — sussurrou ela. — Obrigada, Gertie.

— Espero que você se sinta tão feliz no dia do seu casamento quanto eu me senti no dia do meu, minha querida.

O exército de costureiras de Margery realmente fez maravilhas com a peça, acrescentando nela detalhes únicos e garantindo que servisse perfeitamente em Hedy. A moça usou na cabeça um enfeite feito por Betty com flores de cerejeira e heras e ficou radiante como uma deusa grega. Sam olhou para ela com tanta adoração que Gertie, ao ver aquilo, sentiu o coração pular dentro do peito. *É assim que as mães se sentem*, pensou enquanto observava, ao lado de Daphne, o casal posar para fotografias.

A recepção foi realizada na casa da família Godwin e pareceu a Gertie que seria a primeira de muitas celebrações por vir. O mundo estava cheio de expectativa, já que a cada dia se aproximava mais um pouco a possibilidade de paz. A notícia de que o rio Reno havia sido cruzado causou grande animação. A nuvem escura do fascismo tinha se espalhado sobre a Europa como um vírus, mas naquele momento começava a se dissipar.

Daphne e Margery já se conheciam por meio da Sociedade Operística de Beechwood. Então, Gertie não ficou surpresa ao notar que Margery tinha assumido o controle da organização do bufê. Graças ao noivo americano de Betty, puderam se deliciar com carne enlatada em receitas diversas e com batatas preparadas de três maneiras diferentes. O bolo de casamento estava protegido por um anel de papelão e decorado com flores e folhagens. Gerald havia conseguido outro barril de cerveja, e Margery e suas amigas do Serviço Voluntário de Mulheres tinham preparado litros e mais litros de chá.

— Um casamento muito bonito, não é, sra. B.? — perguntou Betty, aparecendo ao lado dela enquanto Sam colocava "On the Sunny Side of the Street" para tocar no gramofone.

— Maravilhoso — disse Gertie. — E o seu será o próximo.

Betty olhou para o seu noivo, que conduzia a sua mãe pela pista de dança improvisada. Ela sorriu.

— Mal posso esperar. E você, sra. B.? O que vai fazer quando tudo isso acabar?

Gertie hesitou. Não tinha parado para pensar naquilo até então. Nos últimos anos, havia se concentrado em sobreviver, aguardar e manter a esperança. Não sobrara tempo para muito mais do que isso. Tão perto de conquistar a paz, não fazia ideia do que faria. Sam e Hedy morariam com ela por um tempo, mas Gertie sabia que não seria para sempre. Sam tinha continuado a estudar Direito mesmo enquanto permanecia no campo de prisioneiros de guerra e esperava logo conseguir o diploma. Eles teriam a própria casa e pensariam no próprio futuro, enquanto Gertie deveria se preocupar com o dela. O problema era que não fazia ideia de como ele seria. Era como se estivesse no litoral, encarando um nevoeiro, sem conseguir enxergar o horizonte. Antes da guerra, estava determinada a se aposentar. Durante a guerra, a livraria lhe tinha dado um senso de propósito. Naquele momento, porém, não conseguia prever o que a vida lhe traria.

— Vou continuar seguindo em frente como antes, acho — respondeu, embora essa ideia a deixasse estranhamente insatisfeita. — Você está animada com a possibilidade de se mudar para os Estados Unidos?

Betty abriu um sorriso.

— Estou quase explodindo de alegria, mas não fale sobre esse assunto na frente da minha mãe. Ela começa a chorar na hora. — Betty olhou para o noivo e para a mãe, que riam juntos. — Às vezes, eu acho que ela vai sentir mais saudade de William do que de mim.

— Bem, eu vou sentir muita saudade de você — declarou Gertie.

— Nós vivemos muitas aventuras, não é?

— Com certeza, minha querida.

— Com licença — disse William, fazendo uma reverência para as duas. — Posso tirar minha noiva para dançar?

Betty sorriu.

— Achei que você nunca fosse me convidar. A gente se fala depois, sra. B.

Gertie acenou alegremente para o casal e decidiu sair para pegar um pouco de ar. Havia tomado um copo da cerveja de Gerald e sentia a necessidade de clarear os pensamentos. Abriu a porta que levava ao jardim e logo viu Hedy sentada sob a macieira.

— *Não se sente sob a macieira com ninguém além de mim* — cantarolou Gertie, atravessando o gramado para se juntar a ela.

— Gertie! — O rosto da moça se iluminou. — Eu estava um pouco cansada e achei que um pouco de ar puro me faria bem.

— Pensei o mesmo — disse Gertie, acomodando-se ao lado dela.

Percebeu que os olhos de Hedy estavam vermelhos, como se ela tivesse chorado. Instintivamente, pousou a mão sobre a dela. E então elas ficaram ali, em silêncio.

Depois de um tempo, Hedy disse:

— Hoje é o aniversário de quarenta e sete anos da minha mãe.

As palavras ficaram pairando no ar, carregadas de tristeza. Gertie sentiu uma grande frustração por não ser capaz de trazer como num passe de mágica Else Fischer para aquele momento nem oferecer a Hedy nenhum consolo. Não havia o que dizer naquela situação. Ela apertou a mão de Hedy em um gesto que parecia lamentavelmente insuficiente.

— Eu só quero saber, Gertie. Quero saber, de um jeito ou de outro, o que aconteceu com eles.

Gertie assentiu.

— Eu vou fazer tudo o que estiver ao meu alcance para ajudar você. Eu prometo.

Ouviram o som de uma música das Andrews Sisters vindo da sala de jantar quando Sam abriu a porta.

— Hedy, meu amor, a minha mãe acha que devemos cortar o bolo.

— Já estou indo — respondeu Hedy, levantando-se. Ela se virou para Gertie. — Eu ouvi o que você me disse no hospital quando eu estava doente, sabia?

— Ouviu?

Hedy assentiu e estendeu a mão para ela.

— Eu sinto exatamente o mesmo.

Ao voltarem para dentro, Gertie encontrou Charles perto do bufê.

— Eu me sinto como uma mãe orgulhosa — disse ela.

Ele olhou para Hedy, que ria ao lado de Sam.

— E eu me sinto como um pai babão.

Gertie tocou o braço dele.

— Temos que ajudar Hedy a descobrir o que aconteceu com os pais e o irmão. Há algo que você possa fazer quanto a isso?

O rosto de Charles ficou sério.

— Pode deixar comigo. Talvez leve um tempo, mas vou fazer o possível.

Eles ouviram gritos de comemoração quando Hedy e Sam cortaram o bolo de casamento. Charles ofereceu o braço para Gertie.

— Venha, vamos arriscar uma dança. Afinal, estamos em uma festa.

— Tem certeza de que seus dedos vão aguentar as minhas pisadas.

— Coloquei o meu sapato com biqueira de aço só para prevenir.

Gertie deu risada.

— Nesse caso, sr. Ashford, será um prazer.

As primeiras informações vindas de dentro dos campos de extermínio chegaram algumas semanas depois e foram transmitidas uma noite como parte do noticiário.

— Tem certeza de que quer ouvir? — perguntou Sam enquanto ele, Hedy e Gertie se reuniam em volta do rádio na sala.

— Claro — respondeu ela.

Enquanto Richard Dimbleby apresentava os fatos de forma direta, clara e urgente, Hedy mantinha os olhos fixos à frente. Sem nem respirar, eles tentavam compreender como era aquele "mundo de pesadelo", no qual o tifo, a febre tifoide e a disenteria se espalhavam violentamente, no qual pessoas que eram só pele e osso cambaleavam à beira da morte, no qual fantasmas vagavam atordoados e perdidos, do qual toda a civilidade havia desaparecido, dando lugar a um mal monstruoso. Não havia palavras de consolo, vislumbres de esperança ou um fio de luz naquela escuridão aterrorizante. O mundo tinha se voltado contra si mesmo. O senso de humanidade estava morto. Quando a transmissão acabou, o silêncio era ensurdecedor. Hedy continuava olhando fixamente para o mesmo ponto, enquanto Sam fitava o rosto da esposa com uma expressão de ânsia e desespero. Gertie entendia o que ele estava sentindo. Faria qualquer coisa para afastar todo aquele horror de Hedy.

— Eles morreram, não é? — sussurrou ela depois de um tempo. — Mamãe, papai, Arno. Estão todos mortos.

— Não sabemos, na verdade — disse Gertie, entrelaçando as mãos. — Existem sobreviventes. Os soldados estão se esforçando para salvá-los.

— Eles queimaram dez mil pessoas vivas — disse Hedy. Ela olhou de Gertie para Sam. — Como é que os seres humanos são capazes de ter tanto ódio?

— Eu não sei, meu amor — respondeu Sam com a voz tremendo de raiva. — Mas eles serão levados à justiça. Não vão conseguir sair impunes.

Ela acariciou o rosto do marido.

— Querido Sam, eles já saíram.

Gertie nunca tinha visto tantas bandeiras, nem mesmo depois do fim da Grande Guerra. Tingidas de vermelho, branco e azul, elas adornavam todas as ruas, casas e postes, tremulando sob o sol de maio. Margery havia prometido a maior e melhor festa do Dia da Vitória do país e requisitado o centro comunitário para a ocasião. Graças a Gerald, dois alto-falantes tinham sido colocados no palco e músicas de sucesso da guerra, como as de Gracie Fields e Vera Lynn, tocavam pela cidade. Emily Farthing pintara um grande lençol com a imagem da deusa Britânia e os dizeres "Sempre haverá uma Inglaterra", e o pendurara como uma cortina no fundo do palco. Mas o ponto alto foi a comida. As donas de casa tinham poupado os seus cupons de racionamento e trabalhado juntas para servir um verdadeiro banquete. Várias mesas improvisadas com cavaletes exibiam sanduíches, bolos, geleias e manjares de todo tipo.

Gertie não sabia se Hedy ia querer participar da comemoração. O fim da guerra trouxe paz, claro, mas a palavra vitória parecia não ser totalmente adequada quando tanta gente tinha sofrido e continuava sofrendo. Não havia nada de triunfal no número crescente de relatos que iam chegando do leste à medida que os campos de extermínio eram libertados. Não era o fim de uma história. Era só o início.

Desse modo, ficou surpresa quando Hedy apareceu naquele dia de saia azul, camisa branca e um lenço vermelho de seda. Sam estava ao lado dela, elegante com o terno dado aos soldados desmobilizados após o conflito.

— Temos que honrar aqueles que lutaram e aqueles que não estão mais entre nós.

— Vou trocar de roupa — disse Gertie, enxugando as mãos no avental.

Gertie teve a sensação de que toda a cidade tinha ido para a festa. A srta. Snipp estava radiante, vestida de Britânia. O sr. Higgins vinha ao lado dela perfeitamente caracterizado como Churchill, fazendo o sinal da vitória para todos. Elizabeth e Billy tinham voltado por causa da comemoração, acompanhados por lady Mary.

— Não consegui imaginar que lugar seria melhor para celebrar — disse ela para Gertie.

Billy ficou muito feliz por se reencontrar com Hedy, embora logo tenha deixado óbvio que estava um tanto irritado com Sam.

— Eu ia pedir a mão de Hedy Fischer em casamento antes de você aparecer — disse a ele com uma cara feia.

— Billy! — repreendeu a mãe.

Sam colocou a mão no ombro do menino.

— Ah, que bom que fui mais rápido do que você, porque, do contrário, eu não teria tido a menor chance.

Billy ficou olhando para o rosto de Sam por um momento como se estivesse estudando um grande rival. Depois, assentiu com satisfação.

— Você gostaria de ver um truque com uma moeda?

— Claro — respondeu Sam.

Billy ficou ao lado de Hedy e do novo amigo durante a maior parte do dia. Gertie sorriu ao vê-los juntos e pensou em como Sam e Hedy seriam ótimos pais um dia.

Quando a noite caiu, acenderam uma fogueira nos jardins em volta do centro comunitário e todos saíram para continuar a festa, assando batatas nas chamas, dançando e cantando. Algumas crianças tinham feito bonecos de Hitler para jogar na fogueira. Assim que Hedy viu a pira incandescente, virou-se para Sam.

— Eu gostaria de ir agora — disse ela.

— Claro. Vemos você em casa, sra. B.?

Gertie viu o terror nos olhos de Hedy e compreendeu.

— Não. Eu vou voltar também — afirmou ela, dando o braço para Hedy enquanto caminhavam pela noite, deixando os gritos e as comemorações para trás.

O mundo emergiu vacilante sob o sol do pós-guerra, e Gertie o acompanhou sem saber ao certo o que esperar. Depois de seis anos, era difícil se lembrar de como eram os tempos de paz. A vida sem os blecautes diários, sem as sirenes e sem os ataques aéreos precisava ser celebrada, mas o racionamento continuou, o que constituía uma angústia para as pessoas.

— Pelo que estávamos lutando se não para dar adeus a esses malditos cupons e a essas filas? — reclamou a srta. Crow ao chegar à reunião do clube do livro.

Se Gertie quisesse uma confirmação de que o mundo realmente estava virado de ponta-cabeça, não precisava procurar além da srta. Crow, que, sob a tutela da srta. Snipp, tinha descoberto uma paixão pela leitura.

— Ah, pare com isso, Philomena. A guerra acabou. Será que você não pode ao menos ficar grata por isso? — perguntou a srta. Snipp.

Gertie havia notado que ela adotara recentemente uma atitude mais positiva diante da vida. Achava que tinha sido por causa da influência de um certo sr. Higgins.

— Hum — resmungou a srta. Crow, que estranhamente deu o braço a torcer. — Creio que esteja certa. — Ela tirou um livro do seu cesto de compras. — Agora, quanto à trama de *A revolução dos bichos*. Eu gostei, já que admiro bastante os porcos. São animais muito inteligentes, ao que tudo indica. Minha mãe tinha uma criação quando eu era criança. Mas eu não tenho a menor ideia do que esse livro quer dizer.

— Espero que não estejam começando sem mim — disse a sra. Constantine, passando pela porta. — Estou profundamente encantada com este romance. Uma sátira tão inteligente da Revolução Russa e daquele monstro chamado Stalin. O sr. Orwell é um gênio.

— Ah — disse a srta. Crow, curiosa. — Então, Napoleão...?

— É o Stalin — confirmou a srta. Snipp.

— Nunca imaginei.

O sr. Reynolds apareceu um pouco depois com as sobrinhas da srta. Snipp e Emily Farthing. Gertie se sentou na lateral e ficou ouvindo. Emily muito se impressionou quando o sr. Reynolds lhe contou que havia conhecido Karl Marx. Já Sylvie e Rosaline confessaram que não tinham lido o livro e contaram que a mãe as mandara à reunião para conseguir um pouco de paz. Foi uma discussão animada e envolvente, mas Gertie estava com os pensamentos longe, no futuro.

A Livraria Bingham estava indo bem, como sempre. Os clientes regulares ainda frequentavam a loja, e, além disso, as encomendas postais e o clube do livro remanescentes eram capazes de manter a srta. Snipp ocupada por ora.

Para Gertie, porém, parecia que alguma coisa estava faltando. Ela passava todos os dias na frente do espaço vazio onde antes ficavam Margery e seu exército de voluntárias. Olhava lá para dentro com uma pontada de saudade. Não tinham lutado no front, mas o trabalho delas sempre parecera importante. Isso se confirmava naquele momento pelas cartas que recebiam de ex-prisioneiros de guerra demonstrando gratidão. Uma em particular havia deixado Gertie muito impressionada.

Não considero um exagero dizer que os livros que as senhoras enviaram salvaram minha vida. Eu estava em um lugar muito sombrio, mas as histórias engraçadas de Jeeves e Wooster me faziam esquecer disso. Conseguir escapar da dura realidade e passar algumas horas rindo sozinho foram um bálsamo para a minha alma.

Gertie tinha dobrado a carta com cuidado e guardado entre as páginas do seu adorado exemplar de Wodehouse.

— SRA. BINGHAM!

Gertie voltou o rosto para a srta. Snipp, que franzia a testa por sobre os óculos.

— Desculpe, srta. Snipp. O que foi que disse?

— Nossa discussão acabou, e todos querem saber qual vai ser o próximo título do clube do livro.

Gertie olhou para o grupo ali reunido sem saber o que dizer, sem saber se era a pessoa certa para responder.

— Se você ainda não escolheu, eu adoraria conduzir um debate sobre *Judas, o obscuro* — continuou ela.

— Na verdade, acabei de ler um livro maravilhoso — disse Emily. — *A procura do amor*, de Nancy Mitford. Achei muito engraçado.

— Ah, parece bem o tipo de leitura de que gostamos — disse Rosaline, cutucando a irmã.

— Exatamente, talvez a gente até leia esse — complementou Sylvie, dando uma risadinha.

— Então, está decidido. Leremos *A procura do amor*. — afirmou Gertie, ignorando o olhar fulminante da srta. Snipp. — Muito obrigada, Emily.

Enquanto caminhava de volta para casa naquele fim de tarde, Gertie percebeu que não era só do Serviço Voluntário de Mulheres que sentia falta. Hedy ainda estava muito frágil depois da doença e se cansava com facilidade. Só trabalhava na livraria duas manhãs por semana e passava o resto do tempo em casa, escrevendo suas histórias. Sam estava trabalhando muito para concluir os estudos e planejava tentar um estágio na área de advocacia assim que terminasse.

— Sempre me imaginei como um daqueles sujeitos de peruca — contou ele certa noite no jantar. — Mas agora percebo que quero ter um emprego perto de casa. — Ele olhou para Hedy com expressão de carinho. — É claro que vamos precisar encontrar essa casa bem rápido. Você não vai querer que a gente fique aqui te atrapalhando para sempre, sra. B.

O coração de Gertie ficou pesado com um temor secreto.

— Podem ficar pelo tempo que precisarem — disse ela, tentando parecer tranquila. — Mas entendo que queiram ter a casa de vocês. É o que todo casal deseja.

— Ainda vamos nos ver — disse Hedy como se fizesse uma pergunta e precisasse de alguma garantia.

— Claro que sim.

Elas tinham passado por tanta coisa juntas, mais do que a maioria das pessoas vivenciava em uma vida inteira. Gertie não conseguia pensar em mais ninguém, além de Harry, que significasse tanto para ela quanto Hedy. Também não conseguia imaginar a vida sem ela. Não tinha certeza de que queria voltar para o mesmo mundo de antes da guerra. A Livraria Bingham. Aquela casa. A rotina solitária que levava tendo apenas Hemingway como companhia. Estava na hora de tomar uma decisão. O mundo havia mudado de novo, e Gertie precisava dar um jeito de mudar com ele.

Como já era o hábito, Hedy e Sam insistiram em tirar a mesa do jantar e lavar a louça enquanto Gertie descansava na sala. Ela pegou o jornal e tentou se concentrar em um artigo sobre a prisão do lorde Haw-Haw, mas não conseguiu.

— Vou dar um passeio noturno com Hemingway — avisou ela. — Não demoro.

O cachorro levantou a cabeça ao ouvir aquela que era uma das suas palavras favoritas, mas não conseguiu decidir se realmente queria sair do conforto do seu tapete.

— Vamos lá, seu preguiçoso — disse Gertie, prendendo a guia na coleira. — Vamos tomar um ar.

O céu estava tingido em tons de lavanda e amora quando Gertie e Hemingway passaram pela porta. O cachorro virou o focinho na direção da cidade.

— Hoje não, garoto. Vamos a um lugar diferente — disse Gertie, levando-o para o lado oposto.

As ruas residenciais logo deram lugar a um cenário mais verde. Gertie sempre tinha amado isso naquela parte de Londres: em determinado instante, estavam na cidade; em outro, na região rural de Kent. Passearam por um tempo sob um dossel formado pelas faias e depois pararam diante de um longo caminho que levava a um casarão. A placa, parcialmente coberta pelas heras, dizia "Lar Dorcas Fitzwilliam para Senhoras".

Gertie tinha ficado surpresa no dia em que a mãe anunciara a sua mudança para a "Casa da tia Dorca", como o lugar era apelidado. Sempre havia achado que Lilian passaria o resto da vida na casa que dividira com o marido por quase cinquenta anos. Arthur Arnold morrera dez anos antes sem nunca ter se recuperado completamente da morte do filho.

— A questão é que me sinto muito sozinha — disse ela para Gertie um dia. — E a manutenção dessa casa é cara. Eu vou ter um teto e comida. E tudo mais de que preciso. E eles têm uma biblioteca magnífica — acrescentou ela com os olhos brilhando.

Gertie adorava ir até lá aos domingos para almoçar com a mãe. Lembrava-se de uma visita em particular, durante a qual haviam servido um rosbife bem macio e uns pãezinhos Yorkshire leves como nuvens. Havia sido uma refeição sublime, mas, por algum motivo, Gertie não conseguira aproveitar.

— Está tudo bem, querida? — perguntou Lilian, olhando para o prato quase intocado da filha.

Gertie se virou para a mãe. Sempre podia se abrir com ela, compartilhar as emoções mais íntimas.

— Eu me sinto... — ela hesitou enquanto procurava a palavra certa — ... diferente.

Lilian levantou uma das sobrancelhas.

— Diferente? Em que sentido?

Gertie se remexeu no assento.

— É difícil explicar. Um tipo de inquietação.

— Como vai o Harry?

Gertie deu de ombros.

— O Harry é o Harry. Você sabe como ele é. Firme. Confiável.

— Você está dizendo isso como se fossem coisas ruins.

Gertie suspirou.

— Não é isso. Ele é um homem tão bom. É só que parece que a vida anda um pouco monótona ultimamente.

Lilian pegou a mão da filha.

— Sabe o que aprendi nos meus mais de setenta anos?

— Diga.

— A apreciar a calma. Sempre tem uma tempestade para cair. Sempre haverá uma batalha no horizonte. Você precisa aprender a aproveitar a paz antes que ela desapareça.

— Estou sendo boba? — perguntou Gertie.

Lilian negou com a cabeça.

— Não, minha querida. Eu sentia a mesma coisa na sua idade.

— E o que você fez?

A expressão de Lilian ficou nostálgica.

— Eu adotei um cachorro.

Gertie riu.

— Você está falando de Pip?

Ela assentiu.

— Ele salvou meu casamento, Gertie.

— Nossa.

Lilian se virou para a filha.

— Temos que aprender a apreciar a nossa vida, mas não precisamos suportar nada se estivermos infelizes. Se o chão está quente, então é melhor continuar andando.

Hemingway ganiu baixinho, trazendo Gertie de volta ao presente. Ela passou a mão na cabeça dele.

— Você está certíssimo — disse ela, afastando-se dali com ele. — Devemos continuar andando. Você é muito esperto, garoto.

Capítulo 24

"Mas não adianta voltar ao dia de ontem, porque eu era uma pessoa diferente então."

Alice no País das Maravilhas, Lewis Carroll

A mulher no escritório da Cruz Vermelha se desculpava profundamente.

— Simplesmente não temos essa informação no momento. Sinto muito mesmo — disse a eles.

Gertie olhou para a mulher e, depois, para o rosto tenso e pálido de Hedy. Embora o fim da guerra tenha trazido paz para tantas pessoas, para Hedy trouxe apenas incertezas. Por mais que insistissem e por mais que perguntassem, ninguém parecia capaz de dar uma resposta definitiva sobre o paradeiro dos familiares dela ou dizer se ainda estavam vivos. Tudo o que Gertie queria era poder ajudá-la a descobrir a verdade. Ela tinha visto Hedy se transformar de uma jovem espirituosa em uma mulher destemida. Naquele momento, parecia que o vigor de Hedy estava se esvaindo e que a sua esperança, cultivada por tantos e tantos anos, simplesmente ia desaparecendo como a imagem de uma fotografia sob o sol.

— E quando você acha que terão essa informação? — indagou Gertie, querendo recuperar um pouco daquela chama de esperança.

A mulher meneou a cabeça.

— Não sei. Você pode entrar com um pedido, e eu vou me esforçar para ajudar. — Ela empurrou um formulário na direção de Hedy. — Sinto muitíssimo.

— Obrigada — disse Hedy com a voz desanimada.

Gertie sentiu um aperto no peito de tanta frustração. Todo mundo sentia muito. Um pedido de desculpa. Uma palavra de compaixão. Uma expressão de tristeza. À medida que o terror da perseguição sistemática aos judeus vinha a público, isso era tudo o que as pessoas tinham para oferecer, mas não era o bastante. Nunca seria. Gertie sabia bem e percebia como aquilo era um fardo pesado para Hedy.

Quando se sentaram às margens do Tâmisa mais tarde, observando as embarcações indo e vindo, Hedy perguntou:

— Você acha que algum dia vou descobrir o que aconteceu com eles?

Gertie pegou a mão dela.

— Não posso dizer ao certo, mas sei que eles não gostariam que isso impedisse você de viver a sua vida.

Lágrimas brotaram nos olhos de Hedy. Gertie envolveu a moça em um abraço, enquanto elas ficavam sentadas ali, em silêncio, olhando para as águas lamacentas e escuras. Quando Hedy começou a tossir, Gertie lhe entregou um lenço e deu tapinhas nas suas costas até que se recuperasse, olhando sombriamente para as chaminés adiante, que lançavam fumaça em um céu já encoberto pela poluição.

— Acho que deveriam considerar se mudar de Londres — disse ela para Hedy e Sam mais tarde naquela noite. — Seria muito melhor para a saúde de Hedy.

Ela pensou em Harry e na tosse áspera que acabou ocasionando a sua morte.

Sam olhou para a mulher.

— O que você acha, meu amor?

— Mas e a livraria? — perguntou ela. — Não posso deixar Gertie na mão.

Gertie afastou as preocupações dela.

— A sua saúde é muito mais importante. Eu vou ficar bem. Não se preocupe.

Depois que eles lhe desejaram boa-noite, Gertie estava arrumando a cozinha e ouviu um som atrás de si. Ela se virou e viu Hedy na porta.

— Está tudo bem, querida?

Hedy não respondeu, apenas se atirou nos braços de Gertie. Ela correspondeu, e ficaram assim por um longo tempo sob a luz pálida da lua que entrava pela janela.

A casinha branca com a porta azul-clara era perfeita. Fazia parte de um conjunto de seis antigas moradias de pescadores que ficavam bem próximas a uma praia de seixos. O jardim que a cercava era repleto de pés de alecrim, tritônias e azevinhos-do-mar, e o oceano podia ser visto da janela do segundo andar. Sam tinha insistido para que Gertie fosse visitá-la junto com eles. A viagem de carro no domingo a havia levado de volta àquele passeio perfeito que tinham realizado um pouco antes da guerra. Tanta coisa acontecera naqueles seis anos. O mundo tinha virado de cabeça para baixo, mostrando o melhor e o pior da humanidade.

— O que achou? — perguntou Sam depois que o corretor lhes mostrou tudo. — Fica a apenas dez minutos da cidade onde vou trabalhar e é tão perto da praia. A brisa do mar vai te fazer bem.

— Acho que a casa é maravilhosa — disse Gertie.

Hedy olhou para os dois.

— Desde que haja um lugar para Gertie e Hemingway ficarem, para mim está ótimo.

★ ★ ★

Mais ou menos uma semana depois, a srta. Snipp abordou Gertie com uma expressão séria.

— Preciso tratar de uma questão urgente com você, sra. Bingham.

Apesar de se conhecerem há muito tempo, a dupla nunca tinha conseguido transpor o precipício que separava o tratamento formal do informal. De certa forma, Gertie achava aquilo reconfortante. Muita coisa estava mudando, e ela já tinha aprendido a contar com a presença meticulosa da srta. Snipp.

— Claro — disse Gertie. — Só espero que não seja para me entregar o seu aviso prévio. Acho que eu não seria capaz de aguentar.

A srta. Snipp pareceu arrasada.

— A Philomena contou?

— Ah — respondeu Gertie. — Não, não. Ela não me contou nada. Eu só estava brincando. Mas agora eu entendi.

— Sim — disse a srta. Snipp, surpreendendo Gertie ao enrubescer levemente. — O sr. Higgins pediu a minha mão, sabe? E achei que seria de bom tom lhe avisar com bastante antecedência.

Gertie ficou olhando para ela por um momento. Depois, se inclinou e deu um beijo em cada lado do seu rosto chocado.

— Ah, mas que notícia maravilhosa. Estou muito feliz por vocês dois.

A srta. Snipp abriu um raro sorriso.

— Muito obrigada, sra. Bingham. Confesso que estou muito feliz.

— Não estou nem um pouco surpresa. O sr. Higgins é um bom homem.

— De fato — disse a srta. Snipp com os olhos brilhando. — Obrigada.

Ela estava de saída, mas parou.

— Posso dizer mais uma coisa?

— Claro.

A srta. Snipp fez uma pausa e buscou as palavras como se escolhesse conchinhas à beira-mar.

— Gostaria de dizer que foi um prazer trabalhar para você e seu falecido marido.

— Ah — disse Gertie. — Fico muito feliz em saber.

A srta. Snipp assentiu.

— E você sabe que nunca é tarde demais, não é, sra. Bingham?

— Tarde demais?

— Para encontrar a felicidade. — Ela sustentou o olhar de Gertie por um segundo antes de tirar um exemplar de *A procura do amor* da prateleira, pronta para enviá-lo a um cliente. — Você só deve saber onde procurar — concluiu ela por cima do ombro.

As ervas daninhas tinham se embolado de forma caótica em volta do túmulo de Harry desde a última visita de Gertie. Ela arrancou as plantas emaranhadas e tirou a maior quantidade de mato que conseguiu. Depois, trocou as flores da semana anterior por rosas cor de pêssego de aroma adocicado.

— Colhi esta manhã para você, meu querido — disse Gertie enquanto Hemingway tentava recuperar o fôlego sob o sol.

Tinha notado que ele estava andando mais devagar ultimamente e sentiu que ela mesma diminuía o ritmo para acompanhá-lo.

Hemingway não ia muito à livraria mais. Preferia ficar em casa sentado ao lado de Hedy enquanto ela escrevia. Ela tinha terminado o primeiro livro e enviado o texto para Elizabeth, que estava fazendo as ilustrações. Havia mantido uma cópia, que dera para Gertie ler. Gertie logo foi conquistada pela história, um misto extraordinário de aventura e magia. Sabia que as crianças amariam. De acordo com Billy, era "ainda melhor que *Ursinho Pooh*". Sem contar para Hedy, Gertie enviara a sua cópia a tio Thomas para que ele pudesse mostrá-la aos seus amigos editores.

— O senhor não tem nenhuma obrigação, entendeu? — disse. — Afinal, é o primeiro livro dela.

— Eu entendi, minha querida — respondeu Thomas. — Editores são imprevisíveis, então é melhor não ter muita esperança.

Ele telefonou no dia seguinte.

— Eles querem saber se ela consegue escrever outro ainda este ano, e talvez mais dois no ano que vem. Acho que vai ser uma série de primeira linha para os jovens. Diga a Hedy que estou muito feliz de agenciá-la. Cobro vinte por cento. — Gertie tossiu alto. — Ah, tudo bem. Dez, então. Mas só porque você é a minha sobrinha favorita.

— Pois saiba que você vai abrir mão de qualquer porcentagem e se dar por satisfeito por representar uma jovem tão talentosa — declarou Gertie.

— Que os deuses me protejam dessas mulheres difíceis — respondeu tio Thomas. — Que assim seja. Eu entro em contato.

Gertie limpou a sujeira da lápide de Harry com o lenço e passou a mão pelas letras.

— Então, como pode ver, temos tido muitas emoções lá em casa nas últimas semanas, meu amor. Com o livro de Hedy, o novo emprego de Sam e a casinha deles na praia... — A voz dela falhou. — E, é claro, com a notícia de que a srta. Snipp vai se casar e nos deixar. Está tudo mudando de novo. — Ela suspirou. — Ah, Harry, eu não sei o que fazer, para ser bem sincera. — Gertie enxugou uma lágrima. — Que velha tola eu sou, mas sinto que estou ficando para trás. Até a srta. Snipp me disse que nunca é tarde demais. E está tudo bem, mas essas coisas não costumam simplesmente surgir diante de você como aqueles palhaços que saltam de caixinhas para te dar um susto.

Ela olhou em volta, lembrando-se daquele artigo de jornal que, trazido pelo vento, tinha sido responsável pela chegada de Hedy em sua vida anos antes. O lugar estava tranquilo naquele momento. Não havia nem mesmo uma brisa, só o céu azul de brigadeiro e algumas abelhas e borboletas voando ali e acolá.

— Nada de intervenção divina por hoje, meu amor — disse ela, dando um tapinha na lápide uma última vez antes de se levantar com dificuldade, fazendo uma careta por causa da dor nas juntas. — Bem, eu amo você, mas agora vou embora. Venha, garoto — disse ela para Hemingway, que se levantou com um esforço semelhante ao da dona.

Eles caminharam juntos sob os raios de sol do fim do verão.

Quando Gertie entrou em casa, o telefone começou a tocar.

— Alô?

— Sra. Bingham?

— Pois não.

— Boa tarde. Aqui é Alfreda Crisp. Não nos falamos há muito tempo, mas estou entrando em contato para perguntar se a senhora ainda está interessada em vender a livraria.

Gertie foi pega de surpresa.

— Minha nossa. Não sei ao certo...

— Tudo bem. Não precisa decidir agora. Acontece que um jovem casal me procurou dizendo que está em busca de uma livraria para administrar, e é claro que pensei na senhora. Gostaria de conhecê-los? Sem compromisso, é claro.

Gertie olhou para a foto de Harry. Ele estava sorrindo e parecia encorajá-la.

— Sabe de uma coisa, srta. Crisp? Eu adoraria.

— Que maravilha. Podemos marcar um encontro para amanhã às dez da manhã?

— Dez horas é perfeito.

Quando Gertie viu Flora e Nicholas Hope entrarem pela porta da Livraria Bingham, ela sentiu que estava voltando no tempo. Os olhos brilhantes de Flora, tão alertas quanto os de um pintarroxo, e o andar relaxado de Nicholas a levaram diretamente para a Livraria Arnold da virada do século.

— Ah, olhe, Nicky, P. G. Wodehouse — disse Flora, tirando o exemplar da prateleira. Ela sorriu para Gertie. — Eu prefiro Nancy Mitford, mas Wodehouse é o favorito dele, não é, querido?

— Não há ninguém melhor — disse Nicholas. — Peço perdão em nome da minha esposa, ela sempre fica animada demais quando entra em uma livraria. Bom dia, sra. Bingham. Nicholas Hope, ao seu dispor. — Ele estendeu a mão e fez um breve aceno com a cabeça.

— Não tem problema algum — disse Gertie, contornando o balcão para cumprimentar o casal. — Eu entendo bem esse sentimento.

1946

Capítulo 25

"Gertie sabia que era a única que poderia salvar Arno. Precisava ser mais corajosa do que nunca. Ela agarrou o enorme livro de veludo vermelho com as duas mãos, abriu a capa e deixou a magia saltar no ar como fogo saindo das narinas de um dragão."

As aventuras de Gertie e Arno, Hedy Fischer

Gertie encarou as prateleiras repletas de livros e fechou os olhos apreciando, naquele que seria o seu último dia como proprietária da Livraria Bingham, o aroma que tanto adorava. Ela abriu os volumes e passou a ponta dos dedos pelas preciosas lombadas. Não havia nada mais emocionante do que uma livraria vazia no início da manhã, com o sol entrando pela vitrine, fazendo as letras douradas brilharem, cheias de promessas.

A decisão tinha sido tomada de forma bem objetiva, no fim das contas. Não parecia que ela estava desistindo, mas sim passando o seu legado adiante. Ela tinha se afeiçoado ao casal, Flora e Nicholas, no decorrer das últimas semanas. Eles compareceriam à festa daquela noite.

Gertie mal podia esperar. Ela pegou um exemplar de *As aventuras de Gertie e Arno* do balcão e admirou a capa verde-clara adornada com uma adorável ilustração feita por Elizabeth dos dois protagonistas. Abriu o volume e leu a dedicatória com um pouco de tristeza.

Para mamãe, papai e Arno, que vão viver para sempre em meu coração.

As buscas de Gertie e Hedy por informações tinham sido infrutíferas. As de Charles, por outro lado, foram mais bem-sucedidas. Ele apareceu em um domingo enquanto Gertie cuidava das rosas no jardim. Quando olhou para o rosto dele, Gertie soube.

— Você tem notícias?

Ele assentiu, entrando na casa logo atrás dela.

— Hedy está em casa?

— Não. Ela foi dar um passeio de carro com Sam. Não são boas notícias, não é?

Charles tirou um documento do bolso e mostrou a ela. Gertie viu o nome de Johann e Else Fischer.

— O que é isso, Charles? O que são todas essas colunas?

Charles engoliu em seco.

— É de um *Totenbuch*, ou seja, um livro de prisioneiros falecidos.

Gertie levou a mão à boca.

— Mas como conseguiu isso?

— Por intermédio dos meus contatos na Cruz Vermelha.

Ela ficou olhando para ele por um momento, tomando mais uma vez consciência daquela sua faceta enigmática e sentindo que não deveria fazer muitas perguntas.

— O que mais diz?

— O suficiente para sabermos que eles morreram em 1943 em Auschwitz. Um dos prisioneiros manteve esse livro de registros e o escondeu, mesmo sabendo que poderia ser morto por isso. O material foi encontrado alguns meses atrás em um tanque de tratamento de esgoto do campo.

Gertie pegou o documento e se sentou em uma cadeira.

— E quanto a Arno?

Charles se sentou de frente para ela e pressionou as têmporas.

— Tudo o que sei é que a fábrica onde ele trabalhava foi fechada pelos nazistas, mas não consegui descobrir o que aconteceu com os trabalhadores judeus.

Gertie se ajeitou na cadeira.

— Mas o nome dele não consta no livro, não é? Então, existe esperança?

— A maior parte dos registros dos mortos foi destruída — disse Charles com um rosto sério. — Eu odeio dizer isso, Gertie, mas é bem provável que ele tenha ido parar em um campo de concentração.

— Então, você acha que ele morreu também?

— Sinto muito. — Ele estendeu a mão e ela a apertou com força. — Você quer que eu conte para Hedy?

Gertie negou com a cabeça.

— Não. Eu acho que ela deve ouvir isso de mim.

Na ausência de um jazigo adequado, a dedicatória do livro foi o tributo que Hedy pôde prestar à sua família. Gertie não conseguia pensar em uma forma melhor de se homenagear os entes queridos e perdidos do que imortalizá-los entre as páginas de uma história. Estava desempacotando mais exemplares da obra de Hedy quando ouviu uma batida na porta da frente. Ela ergueu o rosto e viu Betty sorrindo do outro lado do vidro. Gertie destrancou a porta, e Betty entrou na livraria eufórica, como um cachorrinho solto da guia.

— Pronta para uma última comemoração, sra. B.? — perguntou ela.

— Mais pronta do que nunca.

Para Gertie, aquele foi um dia para reviver as memórias dos últimos cerca de trinta anos. Betty e a srta. Snipp estavam lá, obviamente, e todos os seus clientes favoritos passaram para se despedir. O sr. Reynolds teve que assoar o nariz várias vezes, pois não conseguia lidar com a ideia de que Gertie não estaria ali para ajudá-lo a encontrar o seu próximo e emocionante livro de história militar.

A sra. Constantine se mantinha inabalável como sempre e quase levou Gertie às lágrimas ao presenteá-la com um broche de esmeralda que pertencera à sua mãe.

— Porque você acabou se tornando como uma filha para mim — disse ela.

— Você virá à festa de Hedy mais tarde, não é?

A sra. Constantine abriu um sorriso radiante que fez Gertie pensar em sua própria mãe.

— Eu não perderia por nada neste mundo.

Margery chegou um pouco depois das quatro horas da tarde com o seu time usual de voluntárias e alegrou Gertie ao pegar o Velho General para cumprir com as obrigações de fazer o chá.

— Então, Gertie — disse ela enquanto começavam a decorar a livraria com tirinhas coloridas feitas com papel reciclado das comemorações do Dia da Vitória do ano anterior. — O que vai fazer depois que Hedy se mudar?

Gertie já estava acostumada com a objetividade de Margery, mas aquela pergunta a pegou desprevenida.

— Bem, acho que vou aproveitar a aposentadoria.

— Aposentaria? — Margery levantou as sobrancelhas.

— Isso.

— E fazer o quê? Ficar embaixo das cobertas o dia todo?

— Não. Vou cuidar do meu jardim.

— Hum.

Gertie colocou as mãos na cintura.

— Ah, desembucha logo. O que você acha que eu devo fazer?

Margery respirou fundo, olhando para a amiga com ar de quem sabe tudo.

— Só estou um pouco surpresa por você não decidir se mudar para mais perto de Hedy.

Gertie cruzou os braços.

— Margery, Sam e Hedy estão morando comigo há mais de um ano agora. Pobrezinhos! Eles são um casal. Acho que não vão querer que eu me mude nem para a mesma cidade.

Margery deu de ombros.

— Eu simplesmente não permitiria que a minha Cynthia se mudasse para longe de mim.

— Cynthia é sua filha. Hedy é minha...

— Sua o quê?

Gertie encarou a amiga com um olhar muito sério.

— Ela não é minha filha, Margery.

— Sim, mas você tem sido uma mãe para ela durante todos esses anos.

— Eu não sou a mãe dela.

Margery ergueu as mãos.

— Pois muito bem. Muito bem. Não vou gastar minha saliva com isso, como você diria.

— Obrigada.

— Além disso, eu sentiria muita saudade de você, Gertie Bingham.

Gertie riu.

— E eu de você, Margery Fortescue.

— Travers.

— Você sempre será a grandiosa Margery Fortescue para mim.

Margery assentiu com satisfação.

— Muito bem. Agora vamos acelerar, não é? As pessoas vão começar a chegar logo.

A festa foi tão alegre quanto Gertie esperava. Eleanor, a editora de Hedy e Elizabeth, fez um discurso curto, porém emocionante, sobre o livro e afirmou que mal podia esperar para os leitores descobrirem o mundo de Arno e Gertie. Todos aplaudiram, e os olhos de Sam brilharam de orgulho quando ele beijou a esposa. Billy passou a maior parte da noite com um exemplar do livro na mão, dizendo para todo mundo:

— Minha mãe que fez as ilustrações, e aquela lá é a verdadeira Gertie.

Gertie apreciou cada momento como se degustasse uma última xícara do delicioso chá de Margery: a srta. Snipp cochichando com a srta. Crow em um canto, tio Thomas convidando a sra. Constantine para um almoço no clube dele, o sr. Higgins entretendo Betty e William com histórias da época em que ele tinha empalhado um tatu como parte do treinamento de taxidermia.

— Uma moeda pelos seus pensamentos? — disse Charles, aparecendo ao lado dela.

— Ah, estou só saboreando meus últimos momentos como livreira.

— Algum arrependimento?

Ela olhou para ele e, depois, de volta para o grupo animado.

— Nenhum.

— Eu gostaria de pedir a atenção de vocês, por favor?

Gertie olhou em volta e ficou surpresa ao ver Hedy se dirigindo aos presentes. Ela deu um sorriso enquanto todos ficavam quietos.

— Toda história tem um começo, um meio e um fim. E não seria diferente com a Livraria Bingham. — Ela se virou para Gertie. — Uma mulher viveu esta história por mais de trinta anos. Ela queria que esta fosse uma festa para celebrarmos o livro que Elizabeth e eu lançamos. No entanto, hoje é o último dia de Gertie na livraria. Acho que deveríamos brindar a tudo o que ela fez por nós.

— Três vivas para Gertie Bingham! — gritou Billy.

A resposta emocionante ecoou alta na noite. Gertie controlou as lágrimas ao ver a expressão de felicidade das pessoas. Desejou poder fotografar aquele momento. Até mesmo a srta. Snipp ficou comovida e teve que pegar o lenço do sr. Higgins emprestado.

Gertie murmurou uma oração para Harry.

— Nós conseguimos, não é, meu amor?

★ ★ ★

Hedy e Gertie foram as últimas a sair da loja, já que Sam tinha se oferecido para acompanhar a sra. Constantine de volta para casa. Ao trancar a porta da Livraria Bingham pela última vez, Gertie fez uma pausa e olhou para o letreiro.

— Sabia que Flora e Nicholas decidiram manter o nome?

Hedy sorriu.

— A história continua.

— Com um novo capítulo — disse Gertie enquanto Hedy passava o seu braço pelo dela. — Obrigada por ficar comigo até o fim, minha querida.

— Na verdade, Gertie, tenho um segredo que quero contar para você.

Gertie notou o brilho nos olhos dela.

— Você vai ter um filho.

Hedy sorriu.

— Está vendo, Gertie? Novas histórias são escritas o tempo todo.

Sussex Ocidental, 1947

Capítulo 26

"Nunca poderemos desistir de ter anseios e desejos enquanto tivermos um sopro de vida. Há certas coisas que sentimos serem boas e belas; e devemos passar por elas sem as ver."

O moinho à beira do rio Floss, George Eliot

A bebê recebeu o nome de Else Gertrude Godwin e era tão fofa quanto uma nuvenzinha. Hedy vinha telefonando todos os dias para Gertie. Um pouco antes da chegada da bebê, ela ligou mais uma vez, visivelmente agitada.

— Preciso de você, Gertie. Você pode por favor vir e ficar aqui? Não vou conseguir fazer isso sem você.

— Quero só lembrar que resisti bravamente ao impulso de dizer 'bem que eu te avisei' — comentou Margery enquanto ela e Gerald levavam Gertie até Sussex Ocidental dois dias depois.

— Até agora, meu amor — retrucou Gerald, levantando as sobrancelhas para Gertie, que estava no banco detrás do carro com Hemingway.

— Uma moça precisa da mãe quando está grávida.

— Eu já falei, Margery, não sou a mãe dela — disse Gertie.

Margery abriu e sacudiu os braços.

— Sim, mas você exerceu essa função materna por um bom tempo. Nem todas as famílias precisam ter uma ligação de sangue. Veja como o Gerald se tornou uma figura paterna para a minha Cynthia. Ele está sempre por perto para ajudar Archie e ela nas melhorias da casa.

— Outro dia mesmo, ensinei o rapaz a instalar prateleiras para todos os livros deles — contou Gerald com orgulho. — E ajudei Cynthia a fazer uma estrutura para as vagens. Agora vou construir uma estufa para o casal.

— Está vendo? — perguntou Margery. — Pense em tudo o que já fez pela Hedy. Você tem sido uma verdadeira mãe para ela.

— Talvez — disse Gertie. — Mas eu jamais pensaria em roubar o lugar de Else Fischer.

— Ninguém está pedindo para você fazer isso, Gertie. Meu Deus, para uma mulher tão inteligente, você às vezes é um pouco lenta.

— Margery — disse Gerald com um leve tom de repreensão.

Margery fez um gesto com a mão e não deu ouvidos ao marido.

— Ah, fique tranquilo, Gerald. Gertie já está acostumada com o meu jeito direto.

— Não consigo imaginá-la de outra forma, Margery — respondeu Gertie, observando a paisagem de Sussex pela janela.

Hedy entrou em trabalho de parto uma noite quando estavam terminando de jantar. Ela arfou alto e segurou a barriga. Sam ficou pálido e correu para o lado dela.

— Você está bem, querida?

Hedy assentiu quando a dor diminuiu.

— Está começando — avisou.

A parteira do distrito se chamava Nelly Crabb e fumava cigarros da marca Player's Navy Cut nos intervalos para o chá.

— A noite vai ser longa — disse ela ao examinar Hedy. — Os primeiros filhos parecem relutar um pouco para chegar. — Ela expulsou Sam do quarto. — É melhor esperar lá embaixo e manter aquele bule sempre cheio, meu jovem. Vou cuidar da sua esposa com a mãe dela. Não se preocupe.

Gertie e Hedy se olharam, mas decidiram não contradizer a mulher.

Hedy enfrentou o trabalho de parto e o nascimento da filha com a mesma determinação e coragem que tinha demonstrado diante de tudo o que havia acontecido nos últimos oito anos. Gertie ficou segurando a mão dela, oferecendo palavras de encorajamento, passando na sua testa uma toalha úmida e observando com respeito e admiração aquela jovem fazer o que faziam milhares de mulheres todos os dias. Quando a bebê Else nasceu, anunciando a sua chegada com um choro forte e poderoso, Gertie sentiu o mundo à sua volta mudar de novo. Uma nova vida. Uma nova esperança. O futuro se abrindo diante delas.

— Essa é uma voz que exige ser ouvida — comentou Nelly enquanto cortava o cordão umbilical. — Essa menina está pronta para dominar o mundo.

Gertie e Hedy trocaram um sorriso antes de se virarem para Else, que encarou as duas e logo fechou os olhinhos como se sentisse que tudo estava bem. Nelly abriu a porta, e Sam praticamente caiu dentro do quarto.

— Pode entrar, papai — disse ela. — Meus parabéns.

Gertie se afastou para deixar Sam abraçar a mulher e a filha recém-nascida.

— Ah, Hedy — disse ele. — Ela é perfeita. Muito bem, minha querida.

— Eu não teria conseguido sem a Gertie.

— Obrigado, sra. B. — falou Sam.

— Muito bem — disse Nelly, voltando para o quarto. — Preciso cuidar da nova mamãe, então, se vocês puderem levar a neném lá para baixo, será ótimo. Mas fiquem na cozinha para mantê-la quentinha.

Gertie ficou com os olhos cheios de lágrimas ao ver Sam pegar a filha nos braços e olhar para ela com tanta ternura.

— Olá, minha linda — disse ele.

Gertie colocou a chaleira no fogo enquanto Sam se sentava com Else no colo. Hemingway cheirou a trouxinha e ficou em prontidão ao lado deles como se estivesse preparado para proteger aquele ser precioso com a própria vida.

— Sabe, sra. B., minha filha é a melhor coisa que veio desta maldita guerra. Ela me enche de esperança. E olha que eu quase já a havia perdido.

Gertie envolveu o ombro dele com o braço e fitou a menina, que abriu os olhinhos por um instante, olhando para eles com expressão de surpresa.

— Sei exatamente o que quer dizer, Sam. Estou muito feliz por vocês dois. Vai ser difícil ter que voltar para casa.

— Então não volte.

— O que foi que disse?

— Não volte para casa, Gertie. Por favor, fique. Nós dois gostaríamos muito que você ficasse.

— Tem certeza?

Sam assentiu.

— Eu não disse nada antes porque achei que gostaria de aproveitar a sua aposentadoria, mas, agora, vendo você aqui com a Hedy, tudo faz sentido.

— Eu não quero me intrometer.

— Temos três quartos e sei que Hedy gostaria de ajuda com a bebê. Por que não fica por um tempo e vê como se sente? Eu conheço o corretor de imóveis da região. Ele certamente conseguiria encontrar uma casa do seu agrado.

Gertie começou a pensar na possibilidade. Sam estava certo. Tudo fazia sentido, mas, ainda assim, ela não sabia ao certo se conseguiria deixar o lugar onde tinha vivido com Harry, onde haviam construído a Livraria Bingham, onde foram tão felizes. A bebê soltou um gritinho como se tivesse uma opinião diferente. Gertie sorriu.

— Vou ficar por um tempo. Muito obrigada, querido.

Eles rapidamente estabeleceram uma rotina. Hedy amamentava Else assim que a bebê acordava, Sam saía para o trabalho, e Gertie cuidava das tarefas de casa. Tomava café da manhã com Hedy enquanto Else dormia. Se a menininha estivesse agitada, Gertie saía para passear com ela, maravilhando-se com a forma como o barulho do mar a acalmava e a fazia dormir. Os três passavam dias felizes no jardim ou na praia, saboreando o prazer de ver Else crescer. O primeiro sorrisinho. A primeira risada. A forma como ela agarrava o dedo de Gertie e se recusava a soltar. O jeito com que olhava para Hedy, como se ela fosse a única pessoa do mundo. Gertie tinha a forte sensação de que estava exatamente onde deveria estar.

Conversava com Margery uma vez por semana, sempre às terças-feiras, às seis horas da tarde em ponto.

— Tenho uma proposta para você, Gertie — disse a amiga alguns meses depois que Else nasceu.

— Ah, sim — respondeu Gertie, sentindo a apreensão crescer. As propostas de Margery sempre as levavam aonde Margery queria que fossem.

— Gerald e eu gostaríamos de comprar a sua casa.

— Perdão?

— A sua casa, querida. É perfeita. Desde que Cynthia se casou, eu venho achando este velho lugar enorme. Além disso, Gerald sempre admirou o seu jardim.

— Entendo. E eu posso ter alguma opinião nesse assunto?

Margery suspirou.

— Gertie, você por acaso vai me dizer que planeja voltar para cá e deixar Hedy e Else para trás?

— Bem, não sei.

— Exatamente. Como eu disse, é uma proposta, mas eu acho que sabemos que é o melhor para todos.

— Vou pensar.

— Pois pense. E mande um beijo meu para essa família maravilhosa, por favor. Tchau, Gertie.

— Tchau, Margery.

Gertie primeiro avistou o homem do outro lado da praia, mas não deu muita atenção. Estava passeando com Else enquanto Hedy tirava uma soneca. Os dentinhos da bebê começavam a despontar, e as suas gengivas estavam vermelhas e sensíveis. Tinha sido uma noite longa. Naquele momento, graças a um bálsamo milagroso que a incrível Nelly Crabb lhes dera, Else estava dormindo e Gertie aproveitava uma caminhada matinal. Ela parou para admirar a vista, respirando o ar fresco e salgado, enquanto as gaivotas mergulhavam e voavam em círculos, seguindo um barco pesqueiro que ia para o continente. A nuvem pesada que cobria o céu quando ela acordou estava começando a se dissipar, revelando os primeiros raios de sol. Desde que se mudara para lá, Gertie tinha chegado à conclusão de que, além do inebriante aroma dos livros, também amava o cheirinho adocicado da cabeça dos bebês e o odor revigorante da brisa do mar.

Ela se virou para apreciar o outro lado da praia e notou o homem caminhando na sua direção. Era difícil determinar a sua idade àquela distância, mas ele tinha um ar ligeiramente selvagem com o seu cabelo cacheado e a sua barba cheia. Gertie sentiu o coração disparar quando percebeu que ele estava indo diretamente até ela. Por instinto, envolveu Else com o outro braço e começou a andar rápido para longe. *Não precisa ter medo*, disse para si mesma. *Você está bem perto de casa.* Olhando por sobre o ombro, viu que ele também tinha acelerado o passo em resposta ao movimento dela. Gertie entrou em pânico. Andou ainda mais rápido pela praia, seguindo em direção ao caminho que a levaria à casa.

— Por favor! Espere! — gritou o homem.

Gertie não olhou para trás e continuou caminhando apressada ao sair da praia, apertando Else junto ao corpo. A trilha era estreita, ladeada por mato, o que dificultava que Gertie andasse muito rápido. Além disso, com Else no colo, ela não queria correr.

— Por favor — pediu o homem ao chegar na trilha. — Só quero conversar com você.

Alguma coisa na voz dele a fez parar. Ele falava inglês com um sotaque alemão. Ela se virou, esforçando-se para reproduzir o tom intimidante de Margery Travers ao se dirigir a ele.

— O que deseja? — exigiu saber.

O homem se aproximou um pouco sem fôlego. Atrás da barba e por baixo das roupas largas, ela vislumbrou uma aparência pálida e um corpo magro. Os olhos dele estavam desesperados, mas logo pareceram familiares.

— Você sabe onde Hedy Fischer mora? — perguntou ele.

Gertie o reconheceu e sentiu a emoção apertar o seu peito.

— Arno.

O homem levantou as sobrancelhas, surpreso, antes de se dar conta.

— Você é Gertie Bingham.

Ela assentiu. O olhar de Arno passou do rosto dela para a criança em seus braços.

— E este é...? — A voz não passava de um sussurro.

Gertie mostrou a bebê a ele.

— Esta é Else.

Arno soltou uma exclamação que era um misto de felicidade e sofrimento. Ele levou a mão ao peito e ficou olhando para a menina.

— Você pode me levar até Hedy? *Bitte?* — pediu em um sussurro como se não se atrevesse a acreditar que aquilo era possível.

Gertie o levou pelo caminho e parou do lado de fora do portão do jardim que levava à casa. Arno olhou para ela por um momento.

— Vá até lá e bata na porta — disse ela. — Vou esperar aqui.

Ele assentiu antes de seguir até a porta. Gertie ficou olhando enquanto ele tocava a campainha e aguardava. Ao abrir a porta e vê-lo, Hedy congelou. Irmão e irmã se encararam em silêncio sem conseguir acreditar no que estava acontecendo. Então, Hedy deu um passo para a frente e abraçou o irmão, e eles foram ao chão em um reencontro repleto de alegria, tristeza e amor.

Quando se sentaram à mesa da cozinha mais tarde, Gertie notou um novo brilho nos olhos de Hedy. Ficava bem próxima do irmão e prestava atenção em cada palavra que dizia como se temesse que ele pudesse desaparecer de novo a qualquer momento.

— Quando foi a última vez que você viu a mamãe e o papai?

O rosto de Arno se anuviou com a lembrança.

— Foi em 1943. Estávamos em Theresienstadt antes de sermos enviados para o leste. Eles queriam homens jovens para trabalhar na fábrica, e fui escolhido. Nós sabíamos que aquela provavelmente seria a última vez que nos veríamos. — Arno ficou olhando para a xícara diante dele. Hedy pegou a sua mão. — A mamãe escreveu cartas. — Ele olhou de Hedy para Gertie. — Uma para cada. — Ele enfiou a mão no bolso e tirou dois envelopes desbotados. — Ela disse que eu tinha que sobreviver para entregá-las a vocês. Acho que isso me deu coragem. Disse ainda que, se nos encontrássemos de novo, deveríamos nos lembrar de que ela e o papai sempre estariam conosco. Tudo o que precisamos fazer é olhar para as estrelas no céu e encontrá-los. — Hedy assentiu e pegou a carta enquanto as lágrimas escorriam pelo seu rosto.

Ele entregou a outra para Gertie.

— Obrigado por cuidar da minha irmã — falou ele.

— A sua irmã também tem cuidado de mim — respondeu Gertie.

Gertie esperou até chegar em casa para ler a carta. Morava na mesma rua de Sam e Hedy e tinha uma linda vista para o mar. O sol alaranjado beijava o horizonte quando ela e Hemingway passaram pela porta.

Gertie preparou um chá e o levou até o jardim, apreciando o ar fresco do início da noite. Sentindo o cheiro de lavanda, ela parou para ver uma rosa que tinha acabado de se abrir naquele dia e depois se sentou no banco que Sam tinha feito para ela no lugar perfeito para olhar o mar. Enquanto o céu escurecia, Gertie olhou para o céu e notou duas estrelas brilhando com força ao longe. Pensou na promessa de Else e sorriu antes de começar a ler.

Theresienstadt, 14 de janeiro de 1943

Minha querida Gertie,
Espero que não se importe por eu estar me dirigindo a você com tanta informalidade. Mas, depois das cartas de Hedy, sinto como se a conhecesse e fôssemos grande amigas. Não sei quando nem como esta carta vai chegar às suas mãos, mas eu a confiei ao meu querido filho. Se alguém é capaz de entregá-la, esse alguém é ele. Sinto que essas serão as últimas cartas que poderei escrever. Minhas mãos tremem ao pensar assim porque isso significa que nunca mais vou ver a minha adorada filha de novo. Dói-me profundamente pensar que nunca mais vou ver o seu rosto bonito, que não vou mais poder tomá-la nos meus braços nem lhe dar um beijo na bochecha macia. Rezo para que um dia Hedy se torne mãe e entenda a força do que sinto por ela. Hedy e Arno trouxeram alegria e amor para mim e o meu marido. Nunca senti um amor como esse que sinto por eles. É tão grande quanto o oceano, tão constante quanto o céu noturno. É um amor que viverá para sempre, não importa o que aconteça. E foi justamente por causa dele que decidimos mandar Hedy para a Inglaterra. Preciso que entenda quanto foi difícil tomar essa decisão. Passei muitas noites sem dormir, perguntando-me se era a coisa certa a se fazer, e quase enlouqueci o pobre Johann com as minhas preocupações. No dia que Hedy partiu, fiquei inconsolável. Eu ficava me lembrando dela me olhando com o seu rostinho doce pela janela do trem, tão corajosa, tão firme. Todas as noites, nos meus sonhos, eu a via gritando, implorando

para que permitíssemos que ficasse conosco. Eu acordava suando frio, com medo do que poderia ter acontecido a ela. Mas então as cartas de Hedy começaram a chegar, e ela nos falou de você e do quanto era boa. Eu conseguia imaginá-las sentadas no jardim com Hemingway. Isso me fazia pensar na nossa querida Mischa. Foi quando eu soube que tínhamos tomado a decisão certa. Perder minha filha e saber que nunca mais poderei vê-la é um pesadelo constante. Mas pensar que você está tomando conta dela, assumindo o papel de mãe que as circunstâncias me impediram de exercer, significa muito para mim. Nunca serei capaz de agradecer o suficiente por tudo o que fez. É um conforto infinito para mim, como mãe, saber que a minha filha está cercada de tanto amor e bondade. Em tempos tão desesperadores, quando não existe nada além de escuridão no mundo, é de amor e bondade que precisamos.

 Com carinho,
Else Fischer

Notícias da Livraria Bingham
Natal de 1952

Saudações calorosas a todos os membros do nosso clube do livro, tanto aos antigos quanto aos novos.

Como vocês sabem, foi um ano agitado, com a inauguração de duas novas filiais da Livraria Bingham, uma em Hoxley e a outra em Meerford. Estamos felizes em anunciar que Cynthia e Archibald Sparrow assumiram, respectivamente, a gerência e a subgerência da loja original em Beechwood.

Tivemos uma seleção maravilhosa de títulos e várias reuniões do clube do livro para aproveitar. Elas foram organizadas pelo mais novo funcionário da Livraria Bingham, Will Chambers (filho da ilustradora de livros infantis e moradora local Elizabeth Chambers). Damos destaque à visita da srta. Barbara Pym para discutir o seu livro Excelentes mulheres *e o encontro do clube do livro infantil para debater* A teia de Charlotte, *durante o qual as crianças fizeram máscaras de porquinho.*

Foi com pesar que recebemos a notícia da morte de Thomas Arnold, que dirigiu a Livraria Arnold por mais de cinquenta anos e era respeitadíssimo por toda a comunidade literária. Nossa grande amiga Gertie Bingham, sobrinha do sr. Arnold, nos pediu para transmitir o seu agradecimento por todas as mensagens de condolências enviadas. Ela segue aproveitando a sua aposentadoria no litoral de Sussex, vivendo bem perto da nossa autora de livros infantis favorita,

Hedy Fischer. Ficamos muito felizes de contar que o próprio Walt Disney planeja adaptar o best-seller As aventuras de Gertie e Arno *(ilustrado pela já citada Elizabeth Chambers)* em um desenho animado.

A propósito, gostaríamos de parabenizar a ex-livreira assistente da Livraria Bingham, Betty Hardy, e seu marido, William, que se mudaram para a Flórida depois da guerra e tiveram recentemente o segundo filho, Jimmy, irmão de Scarlet. Também enviamos os nossos melhores votos de sucesso para a ex-gerente de compras da Livraria Bingham, a sra. Eleanora Higgins, que acabou de abrir, com o marido, o sr. Horatio Higgins, um negócio na área de taxidermia. Desejamos ainda um feliz aniversário para a sra. Constantine e o sr. Reynolds, dois dos nossos mais fiéis membros do clube do livro, que completaram noventa anos de vida este ano. Por fim, mas não menos importante, parabenizamos o sr. Gerald Travers, outro estimado membro, que ganhou o prêmio de melhor horticultor de Kent, e sua mulher, a sra. Margery Travers, que foi recentemente designada presidente do Instituto da Mulher. Ela está procurando alguém para assumir as atividades locais e pede às interessadas que entrem em contato diretamente com ela no endereço Beechwood 8153 para marcar uma entrevista.

Esperamos por vocês na nossa próxima reunião do Clube do Livro da Bingham, na sede de Beechwood, na quinta-feira, dia 15 de janeiro, às 19h. Vamos discutir o novo romance de espionagem Um tiro na escuridão, de Philip du Champ, que, como alguns já sabem, é o pseudônimo do velho amigo de Gertie Bingham, Charles Ashford.

Aproveitamos a oportunidade para desejar a todos um Natal feliz, abençoado e repleto de paz.

Atenciosamente,

Florence e Nicholas Hope.

Recomendações do Clube do Livro da Bingham

Clássicos preciosos

As mil e uma noites
Orgulho e preconceito, de Jane Austen
A inquilina de Wildfell Hall, de Anne Brontë
Jane Eyre, de Charlotte Brontë
O morro dos ventos uivantes, de Emily Brontë
A boa terra, de Pearl S. Buck
Um conto de Natal, de Charles Dickens
Grandes esperanças, de Charles Dickens
Middlemarch, de George Eliot
Regency Buck, de Georgette Heyer
Contos dos irmãos Grimm
Tess dos D'Urbervilles, de Thomas Hardy
Mulherzinhas, de Louisa May Alcott
Como era verde o meu vale, de Richard Llewellyn
Moby Dick, de Herman Melville
E o vento levou, de Margaret Mitchell
A procura do amor, de Nancy Mitford
As vinhas da ira, de John Steinbeck

Mistérios

Os 39 degraus, de John Buchan
Encontro com a morte, de Agatha Christie
O cão dos Baskerville, de Arthur Conan Doyle
Rebecca, de Daphne du Maurier

Para rir

Histórias de detetive do lorde Peter Wimsey, de Dorothy L. Sayers
The Code of the Woosters, de P. G. Wodehouse

Os favoritos das crianças

Peter Pan e Wendy, de J. M. Barrie
Alice no País das Maravilhas, de Lewis Carroll
As aventuras de Gertie e Arno, de Hedy Fischer, com ilustrações de Elizabeth Chambers
O jardim secreto, de Frances Hodgson Burnett
Emil e os detetives, de Erich Kästner
A ilha do tesouro, de Robert Louis Stevenson
Ursinho Pooh, de A. A. Milne
Mary Poppins, de P. L. Travers

FONTES HISTÓRICAS

Esta história foi inspirada em muita pesquisa, e a maior parte dela foi realizada de forma remota por causa da pandemia de COVID-19. As seguintes fontes se provaram especialmente úteis:

Livros

Millions Like Us, de Virginia Nicholson, Penguin, 2011
The Truth About Bookselling, de Thomas Joy, Sir Isaac Pitman & Sons Ltd, 1964
1939: A People's History, de Frederick Taylor, Picador, 2019
Blitz Spirit, compilado por Becky Brown, do Mass-Observation Archive, Hodder and Stoughton, 2020

Filmes/programas de TV

WW2: I Was There, documentário da BBC, YouTube, 2020
Blitz Spirit with Lucy Worsley, BBC, 2021
Nos braços de estranhos: Histórias do Kindertransport, escrito e dirigido por Mark Jonathan Harris, 2000

Websites

The Imperial War Museum
https://www.iwm.org.uk/

WW2 People's War – BBC
https://www.bbc.co.uk/history/ww2peopleswar/

AGRADECIMENTOS

Agradeço à minha agente, Laura Macdougall, que, ao saber da ideia para este livro, perguntou: "De quanto tempo você precisa para escrever?" Ela sempre me apoia, sempre é sincera e brilhante. Também agradeço a Olivia Davies por sua sabedoria e pelo encorajamento. Muito obrigada ao restante da equipe da United Agents por me ajudar a trazer este livro ao mundo, especialmente a Lucy Joyce, por responder a tantas perguntas minhas, e a Amy Mitchell e todo o maravilhoso time de direitos autorais.

Minha gratidão a Emily Krump e à equipe da William Morrow, nos Estados Unidos, que publicaram *The Brilliant Life of Eudora Honeysett* com tanto amor e carinho e agora demonstram o mesmo por Gertie e Hedy.

Muito obrigada a Sherise Hobbs por compartilhar a minha visão para este livro e a todos da Headline pelo entusiasmo e a dedicação.

Agradeço aos meus editores ao redor do mundo, que leram a história de Gertie e Hedy e contrataram o livro na hora. Vocês agora são membros oficiais do Clube do Livro da Bingham.

Meu muito obrigada a Catherine Flynn, arquivista sênior do Penguin Random House Archive, por me mandar uma quantidade inacreditável de informações valiosas sobre a história do mercado livreiro; a Lindsay Ould, arquivista local do Museum of Croydon, que me indicou os maravilhosos *Ward's Directories*, que, por fim, me levaram até os igualmente maravilhosos *Kelly's Directories*; a Raphaelle Broughton, da Hatchards, que me recomendou o fascinante livro de Thomas Joy *The Truth About Bookselling*; a Melissa Hacker, presidente da Kindertransport Association, que me deu muitas informações e referências de pesquisa; e à comunidade do Facebook Bromley Gross, que me ofereceu fotos e fatos sobre a história e as livrarias locais.

Todo o meu amor e a minha gratidão aos meus amigos escritores que sempre me oferecem o seu apoio generoso e são muito sábios em seus conselhos, em especial Celia Anderson, Kerry Barrett, Laurie Ellingham, Fiona Harper, Kerry Fisher, Ruth Hogan, Andi Michael, Helen Phifer e Lisa Timoney.

Agradeço aos livreiros, aos bibliotecários e à comunidade de leitores on-line que incansavelmente leem e avaliam histórias e compartilham o amor que sentem por elas e pela leitura. Este livro é inspirado na paixão de vocês.

Agradecimentos especiais a Jenna Bahen (@flowersfavouritefiction), que é gentil, generosa e grande apoiadora dos meus livros na comunidade do Bookstagram.

Muito obrigada aos meus amigos, que me estimulam a cada passo desse caminho: Carol, pela geleia de amora, os martínis de lichia e por me acompanhar a palestras de autores; Jan, por todas as nossas conversas e risadas dentro e fora da quadra de tênis; Melissa, pelas jogadas diárias de Wordle, pela bondade e pelas excelentes recomendações culturais; Nick, Becs, Eva e James, por todo o amor e torcida; Julia, pelas palavras gentis e pelas risadas; Helen (e Kobe), pelos passeios com cachorro para organizar os pensamentos, fosse na chuva ou no sol; Gill, que acreditou em mim desde o dia em que leu o meu primeiro livro há quase dez anos; Pammie e Rip (BBHBs), pelas partidas de Perudo e pela bondade; Sal, pelos passeios e pelo excelente gosto para vinhos; Sarah, por sempre me mandar uma mensagem quando eu mais precisava e, o mais importante, por dedicar o seu tempo a me contar sobre a experiência da sua família, que fugiu da Alemanha nos anos 1930.

Todo o meu amor e gratidão à minha querida amiga Helen Abbott, que morreu em junho de 2022, quando eu estava terminando de escrever este livro. Ela sempre me encorajou a escrever, e sinto muito orgulho em dedicar este livro à sua memória.

Um agradecimento emocionado aos meus falecidos pais, Margaret e Graham, que me presentearam com o amor pelos livros e pela leitura.

Um agradecimento final enorme para as minhas pessoas favoritas, Rich, Lil e Alfie, por todo o amor, o riso e os incontáveis episódios de *Taskmaster* e *Better Call Saul*. E muito obrigada a Nelson por todos os passeios.

Impressão e Acabamento:
EDITORA JPA LTDA.